UNA RUEDA EN EL TEJADO

UNA RUEDA
EN EL TEJADO

Meindert DeJong

Traducción de Ángela Figuera Aymerich

noguer

Título original: *The Wheel on the School*
© del texto: Meindert DeJong, 1954

© de las ilustraciones: Maurice Sendak
© de la traducción: Ángela Figuera Aymerich
© Editorial Noguer S. A., 1988
Avda. Diagonal, 662-664, 08034 Barcelona
Primera edición en esta colección: septiembre de 2010
ISBN: 978-84-279-0107-0
Depósito legal: M. 7.901-2010
Impreso por: Brosmac, S. L.
Impreso en España – Printed in Spain

Para Laurent

A mis sobrinas
Shirley y Beverly,
las de los dedos voladores

Capítulo I

¿QUÉ SABÉIS DE LAS CIGÜEÑAS?

Para empezar, hablemos de Shora. Shora está en Holanda y es un pueblecito de pescadores. Se encuentra en la orilla del mar del Norte, en Frisia, acurrucado junto al dique. En el tiempo de nuestra historia tenía unas pocas casas y una iglesia con su torre. Los seis niños que, en Shora, iban a la escuela vivían en cinco de esas casas; por eso éstas eran importantes. Había otras pocas viviendas, pero no vivía en ellas ningún niño, sólo personas mayores. Viejos y nada más. Así que esas otras casas no tenían ninguna importancia. En realidad, había otros niños, pero eran muy pequeños, mocosos, como quien dice, no colegiales; de modo que tampoco ellos nos importan.

Los seis niños de Shora iban todos a la misma escuela, una escuela pequeñita. Jella era el mayor de los seis. Más bien grandote y serio para su edad. Luego estaba Eelka. Eelka era calmoso y torpe. Pero no de espíritu; su espíritu era vivo y pronto. Después venía Auka; de momento, no podemos decir gran cosa acerca de Auka, salvo que era un niño agradable, de lo más corriente, con el que uno podía divertirse. También estaban Pier y Dirk, que eran hermanos. No se parecían más uno a otro que si fueran primos segundos. Pero a Pier le gustaba todo lo que le gustaba a Dirk, y Dirk hacía todo lo que hacía Pier. Siempre estaban juntos. Eran gemelos.

Y ahora viene Lina. Lina era la única niña que iba a la pequeña escuela de Shora. Una chica entre cinco muchachos. Claro que también estaba el maestro; pero el maestro era un hombre.

En realidad, deberíamos haber empezado por hablar de Lina. No porque fuera la única colegiala que había en Shora, sino porque ella fue quien escribió una especie de cuento acerca de las cigüeñas. En Shora no había cigüeñas. Lina había escrito aquello sólo por gusto; el maestro no le había encargado que lo escribiera. Y la verdad es que, hasta que Lina lo leyó en voz alta, delante del maestro y de los cinco chicos, a nadie en la escuela se le había ocurrido pensar en las cigüeñas.

Pero he aquí que un día, en plena clase de aritmética, Lina levantó la mano y preguntó:

—Maestro, ¿puedo leer un cuentecito de cigüeñas? Lo he escrito yo sola y habla de estas aves.

Lina lo llamaba cuento, pero en realidad era una especie de ensayo, una redacción. Al maestro le pareció tan bien que Lina hubiera hecho ese trabajito por su propia voluntad, que suspendió inmediatamente la clase de aritmética y permitió a Lina que lo leyera. Y eso fue lo que hizo la chiquilla, empezando por el título. Decía:

¿QUÉ SABÉIS DE LAS CIGÜEÑAS?

¿Sabéis algo de las cigüeñas? Si las cigüeñas anidan en vuestro tejado, traen la buena suerte. Son grandes y blancas y tienen largos picos amarillos y patas largas y amarillas. Hacen unos nidos muy grandes y hondos; algunas veces en vuestro mismo tejado. Y cuando hacen el nido sobre el tejado de una casa, traen la buena suerte a esa casa y a todo el pueblo. Las cigüeñas no cantan. Hacen un ruido parecido al de las palmadas que uno da cuando se siente a gusto y feliz. Yo creo que las cigüeñas castañetean con el pico para hacer esos ruidos alegres cuando se sienten a gusto y felices. Lo están haciendo casi siempre. Menos cuando andan por las marismas y las acequias buscando ranas y pececitos y cosas de ésas. Entonces no hacen ruido. Pero cuando están en el tejado, entonces alborotan. Es un ruido alegre. Me gustan los ruidos alegres.

Esto es todo lo que sé de las cigüeñas. Pero mi tía, la de Nes, sabe muchas cosas de ellas porque, todos los años, dos grandes cigüeñas vienen a hacer su nido allí mismo, en el tejado de su casa. Yo no sé mucho de las cigüeñas porque a

11

Shora no vienen nunca. Van a todos los pueblos de alrededor, pero a Shora nunca vienen. Esto es todo lo que sé de las cigüeñas. Si vinieran ahora, sabría más.

Cuando Lina acabó de leer su historia, la clase quedó en silencio. El maestro parecía orgulloso y complacido. Luego dijo:

—Ha sido un cuento muy bonito, Lina. Una excelente redacción. Y sabes mucho de las cigüeñas.

Sus ojos brillaban satisfechos. Se volvió a Jella, el grandullón.

—Jella —dijo—, ¿qué sabes tú de las cigüeñas?

—¿De las cigüeñas, maestro? —respondió Jella lentamente—. ¿De las cigüeñas? Pues... Nada.

Parecía cazurro y displicente, porque, por dentro, se sentía estúpido. Luego pensó que debía explicarse.

—Es que —dijo al maestro— no puedo darles con la honda. Lo he probado veces y veces; pero nada, no puedo.

El maestro dio un respingo.

—Pero ¿por qué quieres derribarlas?

—Oh, no lo sé —dijo Jella, retorciéndose en el asiento—. Puede que sea porque se mueven.

—¡Ah! —replicó el maestro. Y luego, dirigiéndose a los gemelos—: Pier, Dirk, ¿qué sabéis de las cigüeñas?

—¿De las cigüeñas? —repitió Pier—. Nada.

—¿Dirk?

—Lo mismo que Pier. Nada.

—Pier —añadió el maestro—, si le hubiera preguntado a Dirk primero, ¿qué hubieras contestado tú?

—Lo mismo que Dirk —replicó Pier inmediatamente—. Maestro, eso es lo malo que tiene el ser gemelos. Cuando algo no se sabe, no se sabe por partida doble.

Al maestro le hizo gracia aquello. Y a toda la clase. Todo el mundo se echó a reír.

—Bueno, Auka —dijo el maestro—, y tú, ¿qué?

Auka estaba riéndose todavía del comentario de Pier, pero en seguida se puso serio.

—Todo lo que sé es que hacen un ruido alegre con el pico, como ha dicho Lina, y que a mí también me gustaría que hubiera cigüeñas en el pueblo.

El maestro miró a su alrededor y dijo:

—A ver, el de la esquina, Eelka; ya sólo faltas tú.

Eelka se quedó pensando un rato.

—Me pasa lo mismo que a Lina, maestro: que sé muy poca cosa de las cigüeñas. Pero si vinieran a Shora, creo que aprendería más.

—Eso es verdad —dijo el maestro—. ¿Y qué creéis que ocurriría si todos nos pusiéramos a pensar con gran empeño en las cigüeñas? La clase está a punto de terminar por hoy; pero, si de aquí a mañana, cuando volváis a la escuela, os dedicarais a pensar y pensar en las cigüeñas, me parece que empezarían a ocurrir cosas.

Todos se quedaron callados pensando en ello. Eelka levantó la mano.

—Me parece que, sabiendo tan poco de las cigüeñas, no podría pensar mucho en ellas. Acabaría en un minuto.

Todos rieron, pero los ojos del maestro no se mostraban muy satisfechos.

—Cierto, cierto —dijo—; tienes razón, Eelka. No se puede pensar mucho en algo que se conoce poco. Pero

13

uno puede preguntarse y reflexionar. ¿Queréis hacerlo desde ahora hasta mañana por la mañana cuando volváis a clase? ¿Os preguntaréis una y otra vez por qué? ¿Os preguntaréis por qué las cigüeñas no vienen a Shora? ¿Por qué no hacen sus nidos en nuestros tejados, como lo hacen en todos los pueblos de alrededor? Algunas veces, a fuerza de preguntarnos por qué podemos llegar a conseguir que empiecen a suceder cosas. Si prometéis hacerlo, la escuela se ha terminado por hoy.

Capítulo II

PREGUNTARSE POR QUÉ

Ya estaban fuera, en el patio. ¡Libres! Jella se asomó de nuevo a mirar, por encima de los tejados, la torre que se alzaba a lo lejos, junto al dique. No podía creerlo. Pero en la gran cara blanca del reloj de la torre se veía claramente que eran las tres, un poco pasadas.

—¡Caray! —dijo asombrado—. Nos ha dejado salir casi una hora antes, y todo por las cigüeñas.

A Jella estaban empezando a gustarle las cigüeñas.

—¿Qué vamos a hacer? —preguntó, impaciente, a los otros muchachos.

Pero Lina tomó el mando. Puesto que era ella la que había empezado todo aquello con su escrito sobre las cigüeñas, se sentía responsable. Era un día maravilloso: el cielo, azul brillante, y el dique, lleno de sol.

—Vamos a sentarnos en el dique y a preguntarnos por qué, como ha dicho el maestro.

Nadie se opuso. Todos obedecieron y fueron hacia el dique, felices por esa hora de libertad que tan súbita e inesperadamente les había llovido del cielo. Estaban todavía lo bastante agradecidos a las cigüeñas y a Lina como para obedecerla y sentarse en el dique y ponerse a pensar. Pero Jella se iba quedando atrás, cosa rara en él, que siempre iba a la cabeza. Al pasar por la calle del pueblo, iba mirando las casas, una por una, como si fueran algo nuevo en aquella nueva libertad. Sin embargo, trepó al dique sin protestar y se sentó obediente al extremo de la fila formada por los muchachos.

Ya estaban sentados. Nadie sabía por dónde empezar, ya que no estaba allí el maestro para guiarlos. Jella miró al cielo. Había una nube; pero no había cigüeñas, ni siquiera una gaviota. Luego miró al mar, que se extendía frente a ellos, solitario y vacío. No se veía ni un barco.

Jella recorrió con los ojos la fila silenciosa. Todos seguían callados. Parecían estar incómodos y a disgusto. De pronto, Jella se hartó. A través de la hilera de chicos, miró a Lina.

—El maestro no ha dicho que tengamos que estar así, sentados en fila para pensar, ¿no?

—No —dijo Lina—; pero yo creo...; bueno, nunca

nos había dado una hora entera de recreo antes, y yo pensaba...

—Entonces... —dijo Jella.

No parecía lo más propio estar allí sentados en una hora libre. Aquel mar en calma y aquel cielo sereno no le decían nada. Por suerte, una cachazuda barca se acercaba doblando un lejano recodo del canal. Los dos hombres que estaban en cubierta arriaron la vela y el mástil para poder pasar bajo el puente. Cogieron las pértigas y empezaron a empujar. Jella se levantó de un brinco. Tenía una idea.

—Eh, chicos, vamos a buscar las pértigas para saltar las acequias.

Todos, menos Eelka, se pusieron ansiosamente en pie. Ya tenían algo que hacer. Algo divertido para aprovechar su hora de libertad.

—Tú también, Eelka. Corre y trae tu pértiga —dijo Jella—. Y dile a Auka que traiga la mía. Os espero aquí.

Lina se quedó mirando a Jella llena de consternación. Hasta Eelka iba a marcharse. Cuando jugaban a saltar acequias, Eelka se quedaba fuera casi siempre porque estaba demasiado gordo y torpón.

—Pero yo creía que íbamos a preguntarnos por qué las cigüeñas no vienen nunca a Shora —dijo.

Si hasta Eelka se marchaba, iba a quedarse allí sola.

Miró a los chicos, que se alejaban corriendo a lo largo del dique.

—¡Muy bonito, Eelka! —se quejó amargamente. Luego miró a Jella con aire triste.

—¡Anda, que si el maestro descubre que vosotros...! —Se tragó las palabras. Era un triste desconsuelo que la dejaran sola en esa inesperada hora de libertad.

17

De pronto se le ocurrió algo que le dio esperanza. A lo mejor Jella quería que estuvieran juntos saltando para que, si el maestro los veía, los cogiera a todos en la misma falta. Puede que la dejara ir también a ella. Quizá por eso se había quedado hasta entonces con ella, en el dique.

—Jella —le preguntó—, ¿puedo ir yo también? Si no hubiera sido por mí, todos estaríais ahora sentados en la escuela. Podría traer el palo que usa mi madre para tender la ropa. Es muy largo y liso y...

—No —replicó Jella inmediatamente—. Las chicas no saben saltar. Es un juego de chicos.

—Lo haría tan bien como Eelka; mejor aún —alegó Lina indignada.

—Ya. Ya me lo figuro. Pero a Eelka no le importa mojarse, y las chicas siempre se están preocupando de no mojarse los pies y de si se les vuelan las faldas. Y se quejan de todo, y gritan, y se asustan, y empiezan a soltar risitas.

Por lo visto, Jella había reflexionado mucho acerca del asunto.

Lina comprendió que era completamente inútil discutir o hacerle la pelota. Escondió los zuecos recatadamente bajo el borde de la falda, se abrazó las rodillas y se quedó mirando al mar, llena de aflicción.

—El maestro dijo que teníamos que preguntarnos por qué no vienen las cigüeñas. Hasta dijo que si nos preguntábamos por qué con todas nuestras fuerzas, empezarían a pasar cosas.

—Lo preguntaremos mientras saltamos —replicó Jella secamente. Se sentía un poco incómodo. Pero los muchachos volvían ya. Auka traía dos pértigas para saltar. Jella inició la marcha—. Y no nos importa que se lo cuentes al maestro. Él no dijo que estuviéramos sentados en el dique como unos tontos.

Seguro que a Jella le importaba. Y que incluso estaba preocupado por miedo a que ella lo dijera. Pero Lina no era una acusica. Ni siquiera se dignó volverse y contestar. Pero no pudo evitar quedarse mirando al dique cuando llegó Eelka arrastrando su larga pértiga.

—¡Sí que es bonito lo que haces, Eelka! —dijo enfurruñada.

Eso era lo peor de ser la única chica. Siempre la dejaban de lado. Y si Eelka no se quedaba fuera también, no podía hacer nada más que estar sola o jugar con su hermanita Linda y los niños pequeños. ¿Cómo podía uno divertirse así? Bueno, ya les enseñaría ella. Se quedaría sentada allí mismo, pensando y preguntándose por qué con todas sus fuerzas. Y al día siguiente por la mañana, cuando el maestro les preguntara, ella levantaría la mano mientras que ellos seguirían sentados como unos bobos, con la boca abierta, enseñando los dientes. No parecía, sin embargo, que tal peligro les preocupara mucho. Sus voces excitadas se oían a lo lejos.

Lina fijó intensamente la mirada en un distante y confuso remolino que se percibía a lo lejos, sobre el mar, deseando que fuera una cigüeña, pero sabiendo todo el tiempo que sólo era una gaviota. ¡Ya no iba a jugar con Eelka en toda una semana! O puede que en diez días. O tres semanas completas. Aunque Jella y los demás dejaran a Eelka fuera de todos sus juegos. Ya no se preocuparía de Eelka nunca más. ¡No le haría el menor caso!

Se quedó mirando fijamente a la gaviota. Seguía siendo una gaviota. No era una cigüeña. ¡Si toda una bandada de cigüeñas llegara volando por encima del mar! Los chicos, saltando acequias, ni siquiera las verían. Pero Lina no tuvo más remedio que admitir en su interior que daba lo mismo que las vieran o no. Las cigüeñas no se quedarían en Shora y los chicos no podían obligarlas a quedarse, así que era igual. Lina suspiró. Era muy duro ser la única chica que había en Shora.

Se quitó uno de los zuecos y lo miró por dentro, rabiosa. Lo hizo sin darse cuenta. Era una costumbre que había adquirido de tanto estar sola. Se quedaba muchas veces mirando uno de sus zuecos. Le gustaba hacerlo; le parecía que la ayudaba a pensar mejor, pero no sabía por qué. Más de una vez había deseado llevar puestos los zuecos en la escuela en lugar de escarpines solamente. Los zuecos había que dejarlos en el portal. Lina estaba segura de que si pudiera quitarse uno de los zuecos y quedarse un rato soñando, mirándolo por dentro —sobre todo antes de hacer un problema de aritmética—, sería una ayuda tremenda. Suspiró. No había quien soñara con la aritmética. Con la aritmética lo único que se podía hacer era pensar. Eso es lo que hacía que la aritmética diera así como miedo. La aritmética era difícil y medrosa y no demasiado interesante.

Las cigüeñas sí que eran interesantes. «Preguntarse por qué, preguntarse por qué», repetía Lina afanosamente mirando al zueco. Las palabras volvían rebotando hacia ella desde el duro cascarón de madera. Luego se puso a susurrar dentro del zueco y las palabras volvieron susurrando hasta su oído. Se quedó así, mirando al zueco. Y la gaviota siguió remolineando y volando, alejándose por encima del mar.

Sin dejar de pensar y soñar con las cigüeñas, se puso en pie, envuelta en su confuso y agradable deslumbramiento, y se apartó lentamente del dique, con el zueco en la mano. Pasó despacio a lo largo de la calle, mirando fijamente a los tejados de todas las casas como si nunca los hubiera visto hasta entonces. La calle estaba silenciosa y vacía. Lina la tenía para ella sola, mientras atravesaba todo el pueblo hasta llegar a la pequeña escuela. El tejado de ésta era el más empinado de todo el pueblo, decidió Lina. Todos los tejados eran empinados, pero el de la escuela era el más empinado de todos.

Un ligero grito y una risa aguda llegaron hasta ella. Se volvió para mirar. A lo lejos, podía ver a los muchachos. En aquel momento, Jella —el grandote debía de ser Jella— saltaba por encima de una acequia. Casi pegados a él, saltando primero y luego volando alto sobre el agua apoyados en las pértigas, vinieron otros tres chicos. Y, en seguida, uno más, que debía de ser Eelka. Pero Eelka desapareció de pronto. Seguro que se había caído a la acequia. Ahora se oían muchos chillidos y carreras. Lina se sorprendió, esperando con ansiedad que Eelka saliera de la acequia. Luego recordó que había decidido no jugar con él durante tres semanas. Volvió la espalda a los muchachos. «¡Ojalá se haya hundido hasta el cuello!», se oyó decir casi en voz alta. Y se sorprendió. Porque ya no le importaba que Eelka se hubiera metido o no en el agua hasta el cuello. Ya no le importaba que los chicos jugaran. Ella había descubierto por qué las cigüeñas no hacían sus nidos en Shora. Y no sólo sabía por qué no lo hacían, sino que sabía también cómo remediarlo. Tan sólo hacía falta colocar una rueda de carro en la punta de uno de los tejados igual que su tía la de Nes había hecho en el suyo. Al día siguiente por la mañana se lo diría a todos, de repente, en medio de la clase. ¡Vaya sorpresa que se iban a llevar!

Lina echó a correr de vuelta hacia el pueblo como si tuviera mucha prisa por decírselo a alguien. Pero ya sabía que en la escuela no había nadie: los chicos seguían jugando en los campos, y el maestro se había ido. Podía ir a su casa y decírselo a su madre, pero a su madre tendría que decírselo de todas maneras. Lo que deseaba era contárselo a otra persona, alguien que fuera *distinto*; lo sentía así, sin saber por qué. Pero no había nadie con esas condiciones. La calle estaba totalmente vacía, lo que hacía que toda aquella prisa careciera de sentido. Lina aflojó el paso mientras miraba una de las casas.

De nuevo anduvo Lina perezosamente a lo largo de la calle y una vez más se detuvo un momento, como perdida en un sueño, frente a cada una de las casas. Estaba mirando al tejado de la abuela Sibble, cuando la anciana señora apareció en la puerta. Lina se sobresaltó.

—Ya sé que soy una vieja curiosa —dijo la abuela Sibble—, pero te he visto mirando otra vez y... Antes te había visto ir del dique a la escuela y de la escuela al dique vagabundeando como una oveja perdida.

Lina soltó una risita de pura cortesía.

—No es que ande vagabundeando. Estoy reflexionando y preguntándome por qué.

—Ah —replicó la anciana, desconcertada—. Vaya, vaya... Me figuro que siempre será mejor reflexionar que vagabundear. Es más útil. —Se echó a reír con ese delicado cloqueo propio de los viejecillos.

Se miraron la una a la otra. Y a Lina se le ocurrió que nunca había hablado mucho con la abuela Sibble. Apenas un saludo cortés, un «¡hola!» o un «¡adiós!» cuando pasaba por su lado. Y ahora no sabía qué decirle.

La anciana seguía mirándola llena de curiosidad.

—¿Por eso llevas un zueco en la mano? —preguntó amablemente—. ¿Por qué estás pensando con tanto afán?

Lina miró sorprendida el zueco que tenía en la mano. Se puso un poco colorada y se lo calzó a toda prisa. ¿Qué estaría pensando de ella la abuela Sibble? No es que fuera precisamente su abuela; era la abuela de todo el pueblo; la más anciana de las ancianas. Desde luego que había debido de parecer una tonta cojeando por la calle con un zueco sí y otro no. No era extraño que la abuela Sibble se hubiera asomado para verla.

—Yo... —balbuceó Lina, queriendo explicarse. Soltó una risilla—. Qué tontería, ¿verdad?

Estaba calentándose la cabeza, buscando alguna explicación; pero no se le ocurría nada. Sin embargo, la abuela no la miraba sonriendo con aire de superioridad, como hacían siempre los mayores. Parecía confusa y curiosa. Eso era todo. Lina decidió decírselo.

—Supongo que debe de parecer una bobada y una rareza, pero mirar al zueco me ayuda a pensar mejor. Y luego, a fuerza de pensar, se me olvida volver a ponérmelo —dijo al fin, intentando defenderse.

—¡Claro que sí! —exclamó inmediatamente la anciana señora—. ¿Verdad que es extraño cómo nos ayudan a veces esas menudencias? Mira, yo pienso mucho mejor cuando estoy balanceándome y chupando al mismo tiempo un caramelo. Lo he venido haciendo desde que era una chicuela como tú. —Se sentó con gran cuidado en el escalón más alto de su porche de ladrillo. Al parecer se estaba acomodando para disfrutar de una buena charla—. Lo que ahora quiero saber es en qué estabas pensando con tanto interés como para olvidar ponerte el zueco. —Volvió a soltar su menuda risilla—. Si no me lo dices, me pasaré la noche sin dormir queriendo adivinarlo.

Las dos se echaron a reír. La abuela Sibble dio unas palmadas sobre el escalón, a su lado.

—¿Por qué no te sientas aquí conmigo y me lo cuentas todo?

Lina se apresuró a sentarse, muy cerquita, exactamente donde la anciana le había indicado. La vieja abuela Sibble era muy amable, pensó para sí. Una agradable sorpresa. No te hablaba desde kilómetros y kilómetros de distancia como si fueras una niña pequeña, casi de mantillas, como los mayores solían hacer. Hasta comprendía cosas tan bobas como mirar al interior de un zueco. Lo comprendía como pudiera comprenderlo una amiguita de la misma edad, caso que una la tuviera. Una amiguita que guardaba también sus pequeños trucos y te los confiara en secreto. Lina dijo en voz alta:

—Estaba pensando en las cigüeñas, abuela Sibble. ¿Por qué las cigüeñas no vienen a construir sus nidos a Shora?

La abuela Sibble se quedó reflexionando.

—Mira, es una cosa que da que pensar. No me extraña que te quitaras el zueco. Aquí, en Shora, nunca tenemos cigüeñas.

—Pues a mí ya se me ha ocurrido el porqué —dijo Lina con orgullo—. Nuestros tejados son demasiado puntiagudos.

—Sí... Claro que sí —dijo la anciana cautelosamente, dándose cuenta de lo excitada que estaba Lina—, pero eso podría remediarse colocando la rueda de un carro sobre el tejado, ¿no? Así lo hacen en otros pueblos.

—Sí. Ya he pensado en eso también —se apresuró a explicar Lina—. Mi tía, la de Nes, tiene una rueda de carro sobre su tejado y las cigüeñas anidan todos los años allí.

—Pues claro —afirmó la vieja señora—. Pero dime, la casa de tu tía ¿tiene árboles alrededor?

—Sí, sí que los tiene —respondió Lina, mirando sorprendida a la anciana. Por lo visto la abuela Sibble también había estado pensando en las cigüeñas. Era algo asombroso; aquella señora tan vieja, tan vieja, pensando en las cigüeñas—. La verdad es que nunca se me había ocurrido pensar en los árboles. Como en Shora no los hay, nunca he pensado en ellos. —La voz de Lina se hizo más débil. Ya tenía otra cosa que preguntarse.

—¿Crees que una cigüeña pensaría en los árboles? —La vieja quería saberlo—. A mí me parece que sí. Creo que, para imaginarnos lo que una cigüeña desearía, tenemos que esforzarnos en pensar del mismo modo que lo haría ella.

Lina se puso en pie de un brinco. ¡Qué cosa tan maravillosa! Empezó a buscar a tientas el zueco mientras miraba impaciente a la abuela.

—¿Comprendes? Si yo fuera cigüeña, creo que, aun teniendo un buen nido en el tejado, me gustaría esconderme de cuando en cuando en un árbol y acomodarme a la sombra y descansar mis largas patas. No estar siempre en la punta del tejado a la vista de todo el mundo.

Lina sacó los pies de debajo de la falda y se quedó confusa, mirándose los zuecos. Ahora sí que necesitaba con toda urgencia uno de ellos. Sus pensamientos galopaban.

—Mira, hace años —explicó la abuela—, hace muchos, muchos años, cuando yo era la única niña que había en Shora, como tú ahora, en el pueblo había árboles y también cigüeñas. Los únicos árboles de Shora crecían junto a la casa de mi abuela. Mi abuela era entonces la única abuela de Shora. Era la abuela Sibble Primera como yo soy ahora la abuela Sibble Tercera y como tú habrías podido ser algún día la abuela Sibble Cuarta, si tu madre te hubiera puesto de nombre Sibble, en lugar de Lina. Yo le pedí que lo hiciera. Por supuesto que no tenía el menor derecho a pedírselo (ni siquiera somos parientes), pero es que me parece a mí que siempre debiera haber una abuela Sibble en Shora. Pero esto no viene a cuento.

»Lo que importa es que la casa de mi abuela estaba exactamente donde ahora está la escuela. Pero, ¡ay!, qué diferencia entre aquella casa y esa escuelita vuestra, tan desamparada. La casa de mi abuela tenía el techo de caña y a las cigüeñas les gustan las cañas. Y estaba escondida entre árboles. Y a las cigüeñas les gustan los árboles. Los sauces llorones crecían a su alrededor, al borde de un profundo foso que rodeaba la casa. Y en el agua sombreada por los sauces llorones nadaban los lucios. Por encima del foso cruzaba una pasarela, un puentecillo que conducía a la misma puerta de la casa. En uno de los sauces había siempre un nido de cigüeñas y otro en el tejado de cañas, que era muy bajo. Cuando yo era pequeña, solía pararme en medio del puente pensando que, si alargaba la mano, casi podría llegar al tejado de la casita y tocar las cigüeñas, de tan cerca que estaban.

—¡Oh! Yo no sabía... Nunca he sabido nada de eso... —dijo Lina casi sin aliento.

La abuela Sibble no pareció oírla. Sus ojos miraban lejos, muy lejos, hacia atrás en el tiempo. Sacudió la cabeza.

—Estalló una tormenta —dijo—, una tormenta como las que estallan siempre en Shora. Pero ésa fue una verdadera tempestad. El viento y las olas saltaron rugiendo por encima del dique durante más de una semana. Sí, durante toda una semana el agua estuvo golpeando furiosamente, salpicándolo todo de espuma salada. El aire estaba cargado de sal. Se metía dentro de las casas y hasta el pan sabía salado. Cuando todo hubo terminado, tan sólo quedaba tres sauces en Sibble's Corner. Así llamaban a la casa de mi abuela, donde todo el mundo se reunía en el calor del verano para sentarse a charlar y apoyar las espaldas cansadas contra los únicos árboles del pueblo. Luego, hasta los tres árboles que habían quedado se murieron. Supongo que sus hojas habían absorbido demasiada sal en aquella larga semana de tormenta.

»Más tarde, cuando la abuela Sibble Primera murió, derribaron la casa y sacaron a pedazos los tocones de los sauces muertos, todavía con sus raíces hundidas en el suelo, y rellenaron el foso con tierra. Allí no hubo nada durante años y años. Más tarde, en aquel mismo lugar, construyeron vuestra pequeña escuela desamparada. Pero las cigüeñas ya no volvieron.

Lina se abrazaba las rodillas; tenía los ojos abiertos como platos, miraba hacia adelante, bebiéndose materialmente, soñándolas, todas aquellas cosas que la anciana iba diciendo. Soñando el maravilloso cuadro. Parecía como un cuento muy lejano, y, sin embargo, había existido. La abuela Sibble lo había visto. Cuando era niña, había llegado a creer que podía alargar la mano y tocar las cigüeñas, tan reales eran y tan cerca estaban. Allí mismo, en Shora.

—Yo no lo sabía, no lo sabía —murmuraba por lo bajo—. Y hasta había un puentecito —decía para sí, abrazándose las rodillas.

La abuela Sibble se levantó.

—Como ves, no toda la culpa la tienen nuestros puntiagudos tejados —dijo suavemente—. Hay que pensar también en otras cosas. Como en nuestra falta de árboles, nuestras tormentas y la espuma salada. Tenemos que pensar en todo. Y para pensar como es debido, debemos hacerlo como lo haría una cigüeña.

¡La abuela Sibble había dicho «debemos»!

—Entonces, ¿también usted ha estado pensando en las cigüeñas? —preguntó Lina con asombro.

—Desde que era pequeña. Y desde entonces he estado deseando que volvieran. Traen buena suerte y son bonitas y sociables, y, ¡vaya!, que están muy bien. El pueblo sin ellas nunca ha sido el mismo; un pueblo sin cigüeñas no resulta completo. Pero nadie se ha preocupado nunca de ello.

—El maestro dice —susurró Lina a la abuela dulcemente— que si nos ponemos a pensar y a preguntarnos por qué, es posible que empiecen a ocurrir cosas.

—¿Eso ha dicho? ¡Qué razón tiene! Escucha: entra ahora mismo en mi casa. Hay una lata en el vasar de la cocina donde guardo confites de licor. Saca uno para cada una. Yo me sentaré en mi porche y tú en el tuyo, y nos pondremos a pensar en las cigüeñas. Cada una en nuestro porche, pensaremos mejor; porque si se pone una a hablar se le van los pensamientos. Puede que tenga razón tu maestro y que, si pensamos lo bastante, ocurra algo. Pero vete y busca el bote de caramelos. Yo pienso mucho mejor chupando un confite. Y coge otro para ti. Ya verás como es mucho mejor que mirar al interior de un zueco viejo.

Lina no había estado nunca en casa de la abuela Sibble ni, por tanto, en su bonita cocina. Allí estaba el vasar y allí estaba la caja de caramelos. ¡Y en ella había cigüeñas! Cigüeñas pintadas alrededor de la lata, en sus cuatro lados. Sobre la tapa se veía todo un pueblo y, en cada una de sus casas, un gran y destartalado nido de cigüeñas. Y en cada nido las aves zanquilargas parecían emitir alegres ruidos con el pico en un alegre cielo azul.

Lina fue dando vueltas y más vueltas a la lata para contemplar las cigüeñas una y otra vez. De pronto se dio cuenta de que llevaba muchísimo rato en la cocina de la abuela Sibble. Y era la primera vez que entraba en su casa. ¿Qué iba a pensar de ella? A toda prisa volvió a poner la lata en el vasar y echó a correr hacia el porche.

—¡Abuela Sibble, hay cigüeñas en su lata! Un nido en cada tejado. ¡Oh!...

Se dio cuenta, de repente, de que había olvidado los confites. Se volvió corriendo. Le resultaba difícil no mirar las cigüeñas, pero volvió la cara hacia otro lado y sacó dos caramelos redondos y colorados. Luego volvió al porche.

—Me había olvidado de los confites —se disculpó.

—Sí, ya lo sé —dijo la abuela en voz baja.

Porque advirtió que Lina —aunque la miraba de frente mientras le entregaba el caramelo— no la veía en absoluto. Lina tenía los ojos llenos de ensueño. Lina estaba viendo cigüeñas en todos los tejados de Shora. La vieja abuela, sin decir nada más, dejó que Lina abandonara el porche y se dirigiera lentamente a su propia casa. Porque Lina tenía los ojos llenos de ensoñaciones y, de todos modos, no la hubiera oído.

Una vez en su porche, Lina miró hacia atrás por primera vez. Allí estaba sentada la abuela Sibble, balanceándose ligeramente y chupando su confite. Lina soñaba, pero no soñaba con las cigüeñas; al menos no directamente. Después pensaría en ellas, procurando hacerlo tal como había dicho la abuela, del modo más parecido a como lo haría una cigüeña. Ahora pensaba en la abuela Sibble, que tenía en su casa una lata de caramelos con cigüeñas pintadas, que había conocido las cigüeñas y que, de pequeña, había imaginado que casi podría tocarlas, alargando la mano.

Pero tampoco eso era lo más asombroso. De ninguna manera. Lo maravilloso era que, tal como el maestro había dicho, ya estaban ocurriendo cosas. ¡Vaya si estaban sucediendo! Porque ahí estaba, por ejemplo, la vieja abuela Sibble, sentada en el porche de su casa, y, de repente, la abuela Sibble se había convertido en alguien muy importante. Ya no era tan sólo una persona mayor, de esas que están a miles de años de distancia; era una amiga. Una verdadera amiga, como pudiera serlo otra niña que también se preguntara acerca de las cigüeñas.

Lina miró de nuevo a la viejecita, sentada allí, en el porche. Y se maravilló del sentimiento cariñoso y cálido que experimentaba por la vieja abuela que se había convertido en su amiga. Era un hermoso sentimiento, tan dulce como el confite, tan dulce como un sueño. Lina se quitó un zueco y se quedó mirando a su interior. ¡Vaya si las cigüeñas traían buena suerte! Ya le habían proporcionado una amiga. Ahora, cuando los chicos la dejaran a un lado, sin permitirle jugar con ellos, se iría a buscar a la abuela Sibble y las dos se sentarían y se pondrían a charlar y más charlar. Lina dejó de mirar al zapato y levantó la cabeza con aire triunfante. ¡Vaya si lo haría!

Al día siguiente por la mañana, a la escuela otra vez. Allí, en la clase, estaban todos de nuevo; los cinco chicos, y Lina, y el maestro. Pero esa mañana, aunque era sábado, no empezaron, como de costumbre, cantando aquella antigua, antiquísima canción que hablaba de su país: «Mi hermosa tierra, la patria de mis padres donde en un tiempo se meció mi cuna». No; permanecían sentados y en silencio mientras el maestro iba mirándolos, uno a uno. Y, al fin, dijo:

—¿Quién se ha preguntado por qué? ¿Y cuál ha sido el resultado?

La mano de Lina se levantó inmediatamente. Pero, con gran sorpresa por su parte, todas las manos se habían levantado al mismo tiempo. Hasta la de Eelka y la de Jella. Y el maestro parecía tan complacido y tan alegre por ello, que Lina se puso furiosa.

—¡Pero si ninguno lo ha hecho, maestro! Se fueron todos a saltar acequias.

Se tapó, al momento, la boca con la mano, pero ya era demasiado tarde. Y ella no era una acusica. Le había salido sin querer, de tanta rabia como le había dado que engañaran al maestro y que éste se pusiera tan contento.

El maestro se quedó mirándola. Sólo un instante. Parecía sorprendido. Luego se volvió hacia Jella. Jella estaba en primera fila, grande, huraño y enfadado. Realmente enfadado con ella. El maestro dijo:

—Vamos a ver, Jella: ¿por qué motivo piensas tú que no vienen a Shora las cigüeñas?

—Yo no he pensado nada —dijo Jella francamente—. Se lo pregunté a mi madre.

El maestro sonrió.

—Bueno. Después de pensar, lo mejor para saber es preguntar. ¿Qué contestó tu madre?

—Dijo que las cigüeñas no vienen a Shora porque nunca han venido. Las cigüeñas vuelven todos los años a los mismos lugares donde antes han anidado. Así que, si antes no han venido a Shora, nunca lo harán. Eso dijo.

Lina estaba sentada en su pupitre, temblando de impaciencia; deseando decirles que las cigüeñas habían venido a Shora en otros tiempos y contarles todo lo que la abuela Sibble le había dicho. Pero todos los chicos estaban enfadados con ella, y hasta el maestro había quedado sorprendido y decepcionado por su conducta. Eso le producía un gran desconsuelo; pero, fuera como fuera, tenía que hacer algo. Temblaba de ansiedad. Casi sin quererlo, se puso a agitar la mano, saliéndose prácticamente del asiento. Pero el maestro no le hizo el menor caso. De pronto se oyó a sí misma diciendo en voz alta:

—Las cigüeñas, hace mucho tiempo, venían a Shora.

Todos se volvieron a mirarla, hasta el maestro. Y Lina, sin más tardar, estaba contándoles, muy excitada, lo que la abuela Sibble le había dicho de Sibble's Corner, y de las cigüeñas, y de los sauces llorones que había a su alrededor, y del foso con el puentecillo. Cigüeñas, allí mismo, en el lugar exacto donde ahora estaba la escuela. Hasta les habló de los lucios que nadaban en el foso.

Jella, que estaba en el pupitre de delante, se volvió hacia ella cuando oyó mencionar los lucios. Se olvidó de que estaba enfadado. Se olvidó de que estaba en la escuela. Y, sin pedir permiso ni nada, dijo en voz alta:

—¡Arrea! ¡Lucios! ¿Eran muy grandes, Lina?

Todos los chicos estaban con los ojos muy abiertos y llenos de excitación. Parecía que les interesaban mucho más los lucios que las cigüeñas. Bueno, todos menos Eelka. Eelka levantó la mano y dijo con su calma acostumbrada:

34

—Eso que ha dicho Lina de los árboles... ¿Sabe usted, maestro? Eso es exactamente lo que yo pensé después de preguntarme por qué. Las cigüeñas no vienen a Shora porque no tenemos árboles.

El pupitre de Eelka estaba contiguo al de Lina. Ésta se volvió en su asiento para mirarle. ¿Cómo se atrevía a decir que había estado preguntándose por qué? Lo que había hecho era irse a saltar acequias.

Como si adivinara lo que Lina estaba pensando, Eelka siguió diciendo con toda tranquilidad:

—Creo que no se me hubiera ocurrido pensar en los árboles. Fue al saltar, cuando me caí de lleno en medio de la acequia y me hundí. Entonces se me ocurrió. Me puse como una sopa y deseé que hubiera por allí un árbol para colgar la ropa. Pero no hay árboles por ninguna parte y tuve que irme a casa chorreando agua. ¡Menuda fue la que me armó mi madre!

El maestro se rió tanto y con tantas ganas como toda la clase. Hasta Lina tuvo que reírse.

—Muy bien, Eelka; aunque pensada bajo el agua, no fue una mala idea. —Los ojos le relucían de risa cuando se dirigió a la clase—. Vamos a ver ahora. ¿Estáis todos de acuerdo con Eelka en que la razón número uno para que las cigüeñas no vengan a Shora es la falta de árboles?

Se volvió hacia la pizarra y escribió con grandes letras:

RAZONES POR LAS CUALES LAS CIGÜEÑAS
NO VIENEN A SHORA

Debajo de estas palabras puso un gran número uno y esperó.

—Yo sigo pensando que la principal razón es la que dijo mi madre —opuso Jella.

—Sí, pero Lina acaba de decirnos que las cigüeñas, hace tiempo, venían a Shora. La abuela Sibble las vio cuando anidaban en este mismo lugar en que tú estás sentado. ¡Imaginaos! ¡Donde ahora tenemos la escuela!

—Puede que mi madre estuviera equivocada —replicó Jella a regañadientes. Le fastidiaba tener que admitirlo. Se quedó mirando al techo con aire confuso.

Entonces Auka levantó la mano y dijo tranquilamente:

—O sea, que la razón número uno sigue siendo la falta de árboles.

—Eso es también lo que piensa la abuela Sibble —dijo Lina honradamente—. Dice que a las cigüeñas les gusta el abrigo de los árboles, y esconderse, y tener un sitio sombreado para descansar sus largas patas. Dijo que a ella le pasaría lo mismo si fuera cigüeña. Me enseñó que la mejor manera de averiguar lo que una cigüeña desea es pensar como ella lo haría.

El maestro se la quedó mirando.

—¿Eso te dijo? Me parece maravilloso. —Se volvió a la clase—. ¿Estamos, pues, de acuerdo en que la razón número uno es la falta de árboles? —Y se volvió a la pizarra, con la tiza en la mano, dispuesto a escribirlo.

Pero Lina agitó la mano frenéticamente para detenerle.

—No. No son los árboles; son los tejados —dijo casi gritando al ver que el maestro no se volvía—. Maestro —siguió desesperadamente—, aunque la abuela Sibble y todos los demás creen que son los árboles, tienen que

36

ser los tejados. Las cigüeñas no hacen los nidos en los árboles; al menos, no siempre. También los hacen en los tejados. Y nuestros tejados ¡son tan puntiagudos! Tiene que ser eso —siguió casi suplicando—, porque en los tejados podemos poner ruedas para que hagan los nidos; pero, de momento, no podemos hacer nada en eso de los árboles.

Luego, casi sin aliento, habló de la lata de confites que tenía la abuela Sibble, con un pueblo entero pintado en la tapa, con nidos de cigüeñas en todos los tejados porque había una rueda colocada en cada uno de ellos para que las cigüeñas pudieran construir sus nidos.

Pier y Dirk dijeron casi a un tiempo:

—¡Chicos! Figuraos: un nido de cigüeñas en cada tejado del pueblo.

—¡Hasta en el de la escuela! —gritó Auka.

—¡Eso es, eso es! —les dijo Lina a voz en grito—. Por eso no hay ni una sola rueda en los tejados de Shora; porque todo el mundo, como la abuela Sibble, debe de haber supuesto que se trataba de los árboles. Y nadie se ha molestado en poner ruedas. Ni lo han intentado. Y, si no lo probamos, ¿cómo vamos a saberlo?

Al maestro le gustaba aquel entusiasmo. Se quedó un rato delante de la pizarra, dando vueltas a la tiza, como si no tuviera prisa por escribir nada. Miraba a los muchachos, que todavía seguían mirando a Lina asombrados. Al cabo, él también la miró.

—¡Ajá! Muy bien, pequeña Lina —dijo con orgullo. Y entonces escribió en el encerado la razón de Lina en grandes letras blancas:

Se volvió a la clase.

—¿Creéis que podría ser eso? Si colocáramos ruedas en nuestros tejados, ¿tendríamos cigüeñas en todas las casas de Shora como Lina vio pintado en la lata de caramelos?

—Eso es pintar los deseos —dijo Jella con sorna—. En un dibujo se puede poner lo que se quiera. Todo eso son fantasías. Sueños.

—Sí, eso es —asintió el maestro—; por ahora, al menos. Pero así es como deben empezar las cosas, con un sueño. Claro que si uno se limita a seguir soñando, entonces todo se queda en sueño y el sueño acaba por ponerse rancio y se muere. Primero hay que soñar y luego hacer. ¿No es así como los sueños pueden convertirse en realidad? Ahora detengámonos un instante: imaginémonos a Shora, nuestro pueblo, con árboles y cigüeñas. Arriba, el cielo azul, y el mar extendiéndose más allá del dique, y las cigüeñas volando por encima de Shora. ¿Lo veis?

—Los árboles no crecerán en Shora —contradijo Jella tozudamente—. Con la sal que salpica y el viento y las tormentas. No hay más que un árbol en Shora, el pequeño cerezo que está en el patio trasero de Janus *Sinpiernas*. Pero el patio tiene una cerca muy alta a todo su alrededor, tan alta que no hay quien la trepe. El cerezo está pegado a la pared de la casa, donde da más el sol, y Janus lo atiende y lo mima y lo guarda. No deja que los niños ni los pájaros le quiten una sola cereza. ¡Ni una!

—Verdad. Pero eso mismo, ¿no nos enseña algo?

—replicó el maestro—. Nos dice que para conseguir árboles en Shora tenemos que protegerlos. Y ¿no sería posible cultivar aquellos árboles que pudieran resistir la sal y las tormentas? ¿Árboles más robustos y más resistentes que los sauces? Tiene que haber árboles que crezcan a la orilla del mar. O también se podría proteger a los sauces con una buena fila de álamos que los resguardaran del viento. La cuestión es ésta: si una vez hubo árboles aquí, ¿no podríamos conseguir que los hubiera de nuevo?

—Pero eso llevaría demasiado tiempo —se lamentó Dirk—; años y años.

—Hacer que los sueños se conviertan en realidad necesita casi siempre mucho tiempo —dijo el maestro—; yo no quiero decir que haya que hacerlo ahora mismo. Nuestro problema más urgente es lograr que una pareja de cigüeñas venga y anide en Shora. Una vez hecho esto... Si los árboles crecieron en otro tiempo donde ahora está nuestra escuela, ¿por qué no habrían de crecer de nuevo? Pensad en ello. ¡Árboles rodeando la escuela!

—¡Y un foso con lucios! —añadió Jella inmediatamente—. Nosotros mismos podríamos cavarlo, ¿eh, chicos? Y Lina haría chocolate con leche caliente para los cavadores.

—Muy bien, Jella. Así es como hay que pensar. Y, puestos a ello, también podríamos plantar nosotros mismos nuestros árboles. Pero antes de pensar siquiera en esas cosas, ¿qué es lo que debemos hacer?

—Encontrar una rueda para ponerla en el tejado —exclamó Lina como un rayo.

—Exacto. Ya hemos llegado a algo que podemos hacer en seguida. ¿Lo veis? Nos hemos preguntado por qué y lo hemos razonado, y ahora nos dispondremos a obrar. Debemos encontrar una rueda de carro y colocarla en lo alto de un tejado. Detrás de eso está un bonito sueño que va mucho más lejos: cigüeñas en todos los tejados, y ¡árboles! Y hasta un foso que rodee la escuela. ¿Podéis imaginaros Shora con todo eso?

Su voz sonaba llena de entusiasmo. Toda la clase estaba entusiasmada. Lina no podía quedarse quieta. Se revolvía y se retorcía hasta que su mano se levantó otra vez.

—Y un puentecillo que llegara hasta la misma puerta de la escuela. Vendremos a la escuela pasando por el puente. Maestro —suplicó—, maestro, ¿puedo traer la lata de caramelos de la abuela Sibble? En ella podríamos ver todos lo que parecería Shora con árboles y cigüeñas.

El maestro asintió con la cabeza.

—Corre a buscarla, Lina.

La abuela Sibble no puso inconveniente alguno para que Lina llevara a la escuela su lata de caramelos.

—Claro que te dejo llevarla, chiquilla. Y tenla allí todo el tiempo que quieras. Guárdala hasta que tengamos en Shora cigüeñas de verdad. —Tomó la lata y cogió un confite—. Aún quedan bastantes dulces para que cada uno de vosotros tome uno.

Una vez en la escuela, la lata fue pasando de mano en mano y todos fueron mirando lo que había pintado en la tapa y en cada una de sus caras. Y antes de pasarla muy de mala gana al que estaba a su lado, cada uno cogió un confite de licor. El maestro fue el último. Tomó el confite que le correspondía y luego colocó la lata sobre el borde superior de la pizarra. La puso de costado para que desde todos los puntos de la clase pudiera verse el pueblo con los árboles y los nidos de cigüeña y las cigüeñas en todos los tejados. Y, debajo de la lata, escribió con grandes letras:

¿PODRÍA SER?

Luego se volvió a la clase.

—Imaginaos una cebra en Shora. Imaginaos los largos cuellos de un par de jirafas asomándose por encima del dique. Imaginaos una jirafa corriendo por nuestro dique.

—¡Imaginaos un león en Shora! —añadió Auka.

—Sí, Auka. También podemos figurarnos un león en Shora —asintió el maestro sorprendentemente—, un león bueno, un león pacífico por nuestra calle. ¿Sabéis de dónde vienen las cigüeñas? ¿Sabéis dónde están cuando no están en Holanda? Allá, en el nacimiento de un gran río, en lo más profundo de África; un río que todavía no es sino una maraña de arroyuelos y tierras pantanosas y marismas; que así son los principios de los grandes ríos. Allí es donde están ahora las cigüeñas. Allí mismo, entre las cebras y los rebaños de gacelas, entre los leones y los búfalos. ¿No veis allí una cigüeña? Detrás de ella hay un gran rinoceronte, que acecha escondido en los matorrales. ¿Veis a la cigüeña, sobre sus largas patas, a la orilla del río, precisamente donde el río empieza? A su espalda, en el agua cenagosa, hay un rebaño de hipopótamos, gruñendo y resoplando, en las aguas profundas. La cigüeña vive en medio de todos ellos. Hasta que llega la hora y el ave grande y majestuosa extiende sus poderosas alas, golpea el aire con ellas y abandona las selvas africanas para venir a vivir entre nosotros. Un ave grande y salvaje y, sin embargo, doméstica y cariñosa, que gusta de vivir con nosotros en un pueblo. ¿No es maravilloso? Y puede ser, puede ser..., pero todavía aquí, en Shora, no es más que un sueño. Aún no tenemos ni siquiera la rueda. Ni sabemos en qué tejado la vamos a poner.

—¡Sí, lo sabemos, lo sabemos! —gritó la clase entera—. Tiene que ser precisamente en el tejado de la escuela.

—Muy bien; de acuerdo —dijo el maestro—. De acuerdo. Pero ¿quién va a buscar la rueda? Es preciso buscar una rueda de carro; y hay que buscarla por todas partes: por donde puede estar y por donde no puede estar. ¿Quién va a buscarla?

Estaban todos tan sin aliento que no podían hablar. Pero Jella, tragándose el confite casi entero, rompió a hablar por los demás.

—Todos iremos. Desde que acabe la clase hasta que encontremos una.

El maestro movía la cabeza afirmando complacido.

—Así es como se empieza cuando se quiere que un sueño se haga realidad. Empezaremos a mediodía. Hoy es sábado, así que tendremos toda una tarde libre por delante. Una tarde entera para encontrar una rueda de carro. Trabajaremos con empeño porque así haremos que el sueño acabe por ser realidad. Y ahora, volvamos a la aritmética.

Capítulo IV

JELLA
Y EL GRANJERO

Fueron pasando por la lección de aritmética a tropezones; se mostraron bastante torpes en la gramática. Pero cuando llegó el turno de la caligrafía..., ¡bueno, es que no había modo de tener el pensamiento centrado en la caligrafía!

Lina fue la primera en renunciar, llena de desesperación. El maestro, que andaba paseando entre los pupitres, se había detenido a su lado para observar el cuaderno. Lina se levantó apresurada.

—Maestro, no puedo estar quieta; y si no está uno quieto, no puede hacer caligrafía. Bailan todas las letras.

La clase entera dejó de escribir.

—Vamos a hacer planes —sugirió Auka esperanzado—. Tenemos que averiguar cómo conseguir una rueda para nuestra pareja de cigüeñas.

—Las cigüeñas empezarán a llegar terriblemente pronto, ¿verdad? —preguntó Eelka al maestro.

—Sí. Ésta es la época en que vienen. Eso no hay

quien lo evite. Has pensado en ello muy oportunamente, Eelka, y no se puede negar que nos queda muy poco tiempo.

—Entonces, ¿por qué lo estamos perdiendo con la caligrafía? —dijo Jella. Y levantó su cuaderno para que todos lo vieran. Había escrito algo así como tres palabras y luego se había puesto a dibujar una gran cigüeña con un pez en el pico—. El pez es un lucio. Lo ha pescado en nuestro foso —explicó.

El maestro se echó a reír.

—No sólo estás pensando por adelantado, Jella, sino dibujando por adelantado, y eso no es caligrafía precisamente. Pero si hoy vais a escribir todos en los cuadernos como viejos temblones... Hasta la abuela Sibble hubiera escrito mejor que tú, Lina..., así que...

El maestro se detuvo. Toda la clase esperaba.

—Escuchad todos: ayer perdimos una hora; si hoy vuelvo a suspender la clase otra hora entera... ¿Qué estáis dispuestos a hacer por ello? ¿Querríais venir la tarde entera de un sábado, cuando acabemos con todo esto, para recuperar el tiempo perdido?

—¡Sí, sí! —dijeron todos a la vez—. ¡Seguro!

—Entonces, de acuerdo. Tenemos una hora antes de mediodía. Podemos dedicarla a buscar en Shora. Por la tarde nos esparciremos por el campo. Iremos a las granjas que hay a lo largo de todos los caminos.

—¡Ahí va! —exclamó Auka—. Si cada uno encuentra una rueda, tendremos para todos los tejados de Shora; o casi, casi...

—Tenemos que encontrar también una para la abuela Sibble —les recordó Lina.

—Para todo el mundo menos para Janus *Sin-piernas* —decidió Jella inmediatamente—. Lo único que yo le daría a ése es con una piedra en la cabeza.

—No tan deprisa, no tan deprisa —les advirtió el maestro—. Por ahora, busquemos una rueda. No empecemos llenando la escuela de ruedas para todos los tejados de Shora. Conformémonos con una. Me temo que va a ser bastante difícil. Y no os olvidéis de que, cuando el reloj de la torre dé las doce, todos tenéis que venir aquí a dar cuenta de lo que hayáis hecho. Si no habéis encontrado nada, os señalaré a cada uno un camino para que sigáis buscando esta tarde.

Salieron de la escuela como locos. Era excitante salir corriendo y bajar a lo largo de la calle del pueblo y marchar cada uno por su lado para registrar todos los patios, corrales, heniles y cobertizos.

Al principio, todos estaban tremendamente esperanzados; pero aquella hora de sábado por la mañana se pasó volando. Y no parecía de ningún modo que hubiera pasado una hora —sino apenas diez minutos— cuando el gran reloj de la torre empezó a dar las doce. Dio doce lentas campanadas y, esparcidos por todo el pueblo, los chicos de la escuela las iban contando, una a una. Casi no podían creer al reloj. Pero eran las doce y no había más. El reloj llevaba bien la cuenta.

Jella contó las campanadas mientras estaba en el desván de su propia casa. Miró fastidiado a través de la estrecha ventana polvorienta del desván la gran esfera blanca del reloj. Eran las doce. Las grandes manecillas de bronce también lo decían. Y allí estaba él, en el desván de su casa, con las manos vacías. Estaba mojado y

45

lleno de barro. Se había metido por todas las tierras y los solares traseros de las casas, y había cruzado cientos de acequias para terminar con las manos vacías en su propio desván. Era un poco tonto pensar que allí iba a haber una rueda de carro; pero, como el maestro había dicho que se mirara en los sitios posibles y en los imposibles... ¡Caramba! Claro que no era posible que una rueda de carro estuviera en un desván. ¡Y no estaba allí!

En cambio, había encontrado un arco. Había encontrado un arco en su desván, donde nunca hubiera pensado que pudiera estar; pero sin flechas. Se colocó frente a la polvorienta ventana y apuntó con el arco vacío a la irritante cara redonda y blanca del reloj. Luego, desde su altura, miró al patio trasero de la casa de la abuela Sibble, que estaba contigua a la suya. De pronto se levantó la trampa de la bodega y allí apareció Auka luchando por salir, cargado con un gran lebrillo de piedra.

Auka dejó el lebrillo en el suelo y se quedó mirando hacia arriba, al reloj de la torre. Se sentía chasqueado y descorazonado. Había registrado todos los cobertizos del pueblo, excepto el de Janus *Sin-piernas*, por supuesto. Allí no podía presentarse uno y decir sin más ni más: «¿Puedo buscar en su cobertizo?». Saldría con la cabeza rota.

—Es inútil, Auka —había dicho la abuela Sibble—. Conozco exactamente lo que hay en mi bodega. Un lebrillo de col. Ya no guardo nada en la bodega. Se me hace muy difícil bajar y subir. Pero no puedo soportar el olor de la col, así que ahí está.

—El maestro nos dijo —explicó Auka con tono dudoso— que buscáramos por todas partes. Donde fuera posible encontrar una rueda y también donde no fuera posible.

—Pues has venido al sitio más indicado —se rió la vieja—, porque es imposible que en mi bodega haya una rueda. Pero tiene razón tu maestro; así es como se encuentran las cosas. Y, ya que estás aquí, ¿quieres hacerme el favor de llevar la col al fondo del patio? Yo creo que está empezando a oler hasta a través del suelo.

Y mientras estaba Auka mirando el reloj de la torre, con el lebrillo a su pies, sorprendió, de pronto, cierto movimiento tras la ventana del desván de la casa de al lado. Era Jella, apuntándole con un arco sin flecha.

—Mira lo que he encontrado —le gritó a través de la ventana.

—Eso no es una rueda de carro —le gritó Auka a su vez.

—No. Pero, chico, ¡cómo nos divertiríamos si tuviéramos flechas! ¿Qué has encontrado tú?

—Un lebrillo de col —dijo, y de repente le dio la risa. Jella le contestó con una mueca.

—¿Para qué les sirve a las cigüeñas la col?

—Para lo mismo que un arco, creo yo. Baja, vamos a la escuela, que son las doce.

En un henil que había al extremo del pueblo estaban Pier y Dirk cuando oyeron dar la hora. Se quedaron helados, mirándose el uno al otro con aire culpable.

—¡Las doce! —dijo Dirk—, y nosotros no hemos hecho más que jugar.

—Ya, ya lo sé —dijo Pier.

En el henil habían encontrado un montón de heno. Y se habían encaramado hasta la cima. Claro que allí no había rueda de carro ni nada que se le pareciera. Ni tampoco esperaban encontrarla. Pero, como Pier había recordado acertadamente, había que mirar también en los sitios donde no era posible que estuviera. Y habiendo trepado hasta lo alto del montón, ¿qué iban a hacer sino dejarse resbalar hasta el suelo del henil? Y aquello les había resultado tan divertido, que volvieron a subir y a deslizarse sin molestarse ya en pensar que estaban buscando ruedas de carro. Era pasmoso lo deprisa que había volado una hora mientras se divertían. Eran las doce. Pier miró a Dirk. Dirk miró a Pier. Se sentaron sobre el heno que había ido cayendo del montón al resbalarse ellos y que ahora cubría el suelo. Dirk se quedó mirando todo aquel heno por allí esparcido y se levantó de un salto.

—No hemos encontrado la rueda —dijo asustado—, pero hemos armado un buen lío.

—No hemos encontrado ni un radio —añadió Pier lúgubremente.

—Puede que sea mejor que recojamos el heno caído y nos lo llevemos —sugirió Dirk.

—¿Heno para una cigüeña? ¡Ni que fuera una cabra!

—Es que no nos da tiempo de volver a ponerlo como estaba en lo alto del montón. Si nos lo llevamos y lo tiramos por ahí, el granjero no se enterará de que hemos estado jugando en su henil.

No parecía mala idea. Y como no se les ocurrió nada mejor dadas las circunstancias, recogieron apresuradamente el heno esparcido, tomó cada uno un manojo y salieron corriendo hacia la escuela.

—¡Chico, qué divertido! —dijo Pier—. ¿Verdad que sí?

—Sí —contestó Dirk arrepentido—. Pero ojalá que alguien haya encontrado una rueda.

—¿No podríamos llevar el heno a la escuela y decir que es para que las cigüeñas tengan con qué empezar el nido? —dijo Pier—. Al menos verían que hemos hecho algo.

—Puede —contestó Dirk, no muy seguro—, pero corre; son más de las doce.

Cuando llegaron a la escuela, a todo correr, ya estaban allí Jella y Auka con el maestro. Bastante detrás de Pier y Dirk llegaba Eelka empujando un cochecito de niño. Y, a cierta distancia, por el cabo de la calle que daba al canal, venía Lina corriendo con las manos vacías.

Cuando estuvieron reunidos en el patio, el maestro los fue mirando a todos, uno detrás de otro.

—Un arco, un coche de niño, dos manojos de heno, pero nada de ruedas... —dijo calmosamente—. Y tú, Auka, ¿qué has encontrado?

—Un lebrillo con col —contestó en tono sombrío—. Sólo que no lo he traído. No pensé que les sirviera de nada a las cigüeñas.

—Yo no he encontrado nada en absoluto —se apresuró a decir Lina.

El maestro miró los manojos de heno.

—¿Para qué los habéis traído? —preguntó a Pier.

—Pensamos que si alguien había encontrado una rueda —dijo Pier de modo vago—, el heno podía servir para que las cigüeñas empezaran a hacer el nido.

Dirk asintió con la cabeza.

—Eso pensamos —dijo apresuradamente.

—Y tú, Eelka, ¿por qué has traído un coche de niño?

—Lo he traído por las ruedas. Ya se me hacía a mí que no eran bastante grandes, pero era lo más parecido a una rueda de carro que pude encontrar. Mi madre me dejó cogerlo —explicó—. Dijo que puesto que yo era definitivamente su último bebé, y voy a cumplir doce años...

—¡Vaya un bebé! —dijo Jella—. ¡Ja, ja!...

—En resumen, que no tenemos nada —dijo Lina en voz baja.

Allí estaban, entristecidos, formando un pequeño círculo en el patio. Se sentían tan desanimados que no se atrevían a mirarse unos a otros. Todos parecían estar concentrados en el cochecillo. Pier y Dirk todavía tenían abrazados aquellos absurdos manojos de heno. Pier echó a andar de pronto y tiró el suyo dentro del coche de Eelka; y Dirk, con evidente alivio, dejó caer el otro encima. Allí estaba, entonces, el pobre cochecillo con el heno rebosándole por todos lados. De pronto, todos dejaron de mirar al coche; todos los ojos se levantaron al cielo.

Allá en lo alto, por encima del dique: grandes, blancas, moviendo acompasadamente sus hermosas alas, llegaban, desde el mar, dos cigüeñas. Al pasar sobre la torre, se pusieron a volar más alto, y más alto, alejándose en línea recta; sin abatir su vuelo para acercarse a Shora, sin detenerse siquiera a dar una vuelta por encima del pueblo. Al cabo de un instante ya no eran sino dos puntos blancos que aleteaban, para desaparecer velozmente en el inmenso cielo azul. Las cigüeñas se habían marchado.

Poco a poco, todas las miradas se bajaron. De nuevo estaban todos mirando al cochecillo. La cara de Eelka se puso colorada como un pimiento. Murmurando algo que nadie entendió, agarró el coche y lo arrastró malhumorado hasta el extremo más lejano del patio.

—Si al menos tuviéramos una cabra... —dijo Auka mirando las briznas de heno que habían caído del coche y le cubrían los zuecos. Pero nadie se rió, y el mismo Auka ni sonreía siquiera. Nadie decía nada. Estaban tan callados que todos oyeron a Lina tragar saliva un par de veces. Eso era lo malo de ser chica. Siempre les daban ganas de llorar cuando ocurrían cosas de ésas. Los chicos se conformaban con poner cara fosca, enfurruñados y furiosos. De pronto, Lina dejó de tragar saliva. Ya no tenía deseos de llorar. Estaba enfadada.

Al fin, fue Jella el que habló por todos:

—¡Mirad! —les dijo con rabia—. No podemos seguir haciendo el tonto con arcos y cochecitos de niño, ni ponernos a jugar en el heno ni andar zanganeando por ahí... —Levantó el arco y lo arrojó con todas sus fuerzas hacia el rincón donde estaba el coche. Se quedó enredado en el heno que sobresalía de éste, pero Jella no hizo el menor caso—. Ya están aquí las cigüeñas. ¡Tenemos que encontrar una rueda sea como sea! —Jella estaba enfadado consigo mismo y con todos los demás.

—Jella tiene razón —intervino el maestro—. Me alegro de que todos os deis cuenta ahora de cómo están las cosas. De cualquier modo, no era lógico esperar que fuéramos a encontrar una rueda dentro del pueblo. Las cigüeñas que hemos visto son las primeras, así que no debemos descorazonarnos tan pronto. No hay que perder de vista, sin embargo, que, de ahora en adelante, irán llegando por parejas y, más tarde, pasarán por encima de Shora en verdaderas bandadas. Hasta ahora, dada la situación, poco podemos hacer para atraerlas y conseguir que una pareja venga a Shora a hacer su nido. Lo único posible es colocar la rueda y, luego, que ellas decidan. Pero eso es preciso hacerlo inmediatamente. El juego hay que dejarlo para después.

—Buscaremos como fieras. ¡Palabra! —prometieron todos solemnemente.

—¡Magnífico! En ese caso, empezaremos de nuevo después del almuerzo. De Shora salen cinco caminos. Vosotros, los chicos, iréis cada uno por uno de ellos y Lina irá por el dique.

—¿Por el dique? —dijo Lina.

—Sí. Ya sé que no es muy probable que haya una

rueda en el dique, pero desde allí pueden verse todos los pequeños caminos laterales y los senderos y las granjas aisladas que hay entre un camino y otro de los que van a recorrer los muchachos. Tú puedes encargarte de todo eso mientras los muchachos se dedican a sus caminos respectivos.

—¿Hasta dónde llegamos? —preguntó Eelka.

—Hasta donde encontremos una rueda —respondió Jella, antes de que el maestro pudiera abrir la boca.

—Yo estaré en la escuela toda la tarde y hasta el anochecer si es necesario. Así que, en cuanto acabéis de buscar, venid en seguida a decírmelo. Si alguno encuentra la rueda, tocaré la campana de la escuela. En cuanto la oigáis sonar, volved aquí. Ahora, todos a casa para almorzar. Pero no lo olvidéis: vuelvo a deciros que es preciso mirar en todas partes; en todos los sitios posibles y en los imposibles. A pesar del desengaño que habéis sufrido en Shora esta mañana, sabed que lo inesperado puede siempre ocurrir y sorprendernos.

Era una nueva esperanza y, además, ya no habían vuelto a ver más cigüeñas, llegando de lejos, por encima del mar. Se separaron en seguida y todos se dirigieron a sus casas corriendo a más no poder.

Eran las cuatro de la tarde del sábado. En Shora no se oía el menor ruido. Excepto tres niños pequeños jugando en la plaza, al pie de la torre, no había un solo chico a la vista. Lina y los cinco colegiales se habían diseminado por el campo en busca de la rueda. Desde el umbral de la escuela, el maestro miraba a lo largo de la desierta carretera que se extendía desde la escuela hacia la campiña. Aquél era el camino en que le había correspondido buscar a Jella. Pero a éste no se le veía por ninguna parte. La carretera estaba desierta.

El maestro sonrió. «Ahora sí que Jella se lo ha tomado a pecho —se dijo a sí mismo—; ha puesto el corazón en ello. Y cuando Jella pone el corazón en una cosa... Es muy capaz de ir a buscar la rueda hasta en la provincia de al lado.» Sobre la escuela, allá en el cielo, aparecieron otras dos cigüeñas, que se alejaron volando en rápida huida. El maestro las siguió con los ojos. Pensó que también los niños las verían desde donde estuvieran, allá por el campo. «Así no perderán el valor», se dijo.

Cuando volvió de nuevo la vista al camino, ya no estaba vacío. Muy a lo lejos se veía algo que venía rodando por la estrecha carretera campesina. Un chico lo venía empujando. Tenía que ser Jella con la rueda. Se le veía luchar para ponerla de pie cada vez que se caía. Tan sólo Jella era lo bastante corpulento y robusto para bregar así, a brazo partido, con una gran rueda de carro y traerla él solo por la carretera. ¡Jella traía una rueda! El maestro casi se volvió para entrar en la escuela y tocar la campana. «Más vale esperar —se dijo, sin embargo—. Cualquiera sabe lo que Jella es capaz de hacer cuando se empeña en una cosa. No. Es mejor esperar.»

De nuevo miró al camino. Ya no había nada que viniera rodando. En su lugar se veía a un granjero arrastrando a Jella en dirección a la escuela. La rueda había desaparecido.

El maestro esperó en el umbral.

Se iban acercando. Jella haciéndose el remolón y el granjero con aire indignado. Traía agarrado a Jella de una oreja. En la otra mano llevaba algo de color rojo. Parecía un pedazo de teja. El maestro esperó.

Al fin, después de una larga y penosa marcha por la carretera, Jella, cogido por la oreja, llegó al patio de la escuela. Jella mostraba un aspecto cazurro y culpable y enfadado, todo al mismo tiempo. Cuando estuvo cerca, se quedó mirando al maestro con aire desafiante, a pesar de que tenía que conservar la cabeza cuidadosamente inclinada para evitar en lo posible los tirones en la oreja. El lóbulo de ésta debía de estar ya dándole unos latidos tremendos.

—No la robé —dijo malhumorado cuando el granjero se detuvo ante el maestro—. Él dice que la robé, pero no es verdad. Estuve llamando y gritando por toda la granja y no había nadie. La rueda no se había usado desde hacía siglos. Se había hundido en el barro porque estaba debajo del desagüe. Me costó mucho sacarla, de

tanto tiempo como debía de llevar allí. Y ahora dice que la robé.

El granjero, ceñudo, dejó que hablara Jella, y luego se encaró con el maestro.

—¿Qué demonios pasa en su escuela? —preguntó—. ¿Qué les enseña usted a los chicos? ¿A robar a la gente? Allí estaba yo, ahondando una acequia, en la parte de atrás de la granja. Asomé un poco la cabeza, mientras enderezaba la espalda para descansar un minuto, y ¿qué veo? Una rueda rodando por la carretera. Miro al cobertizo, y la rueda de mi carro, que siempre había estado apoyada contra la pared, ya no está en su sitio. Es «mi» rueda la que va rodando por la carretera. Echo a correr, saltando acequias, para pillar al chico, y todavía no puedo creerlo. ¡En pleno día! Al pasar por el cobertizo, me detuve un momento: ¡claro que había desaparecido la rueda! Y, en su lugar, me encuentro esto. —Enseñó al maestro un pedazo de teja encarnada.

Jella había escrito arañando la teja con un clavo: «Me llevo la rueda del carro para ponerla sobre el tejado de nuestra escuela y que las cigüeñas puedan construir su nido. Queremos que las cigüeñas vuelvan a Shora otra vez. La devolveré en cuanto las cigüeñas ya no la necesiten. *Jella Sjaarda*».

El maestro se contuvo para no sonreír. El acalorado granjero no dejó de mirarle un solo momento mientras leía.

—Bien —dijo el maestro lentamente, buscando las palabras—, no parece que sea un ladrón muy corriente cuando deja una nota y firma con su nombre después de llevarse algo. Los ladrones no suelen prometer que devolverán lo robado. Así que, si en esta escuela les enseñamos a robar, hay que admitir que les enseñamos a hacerlo de un modo muy especial. —Dedicó al hombre una sonrisa de buen humor—. Ya puede usted ver que Jella pensaba devolverla.

—¡Seguro! Y yo tendré que esperar hasta que las cigüeñas hagan nidos, y pongan huevos, y tengan cigüeñatos, y todo lo que quieran, para disponer de mi rueda —replicó el hombre con sorna—. ¡Necesito la rueda! No uso el carro más que en primavera y en otoño, pero cuando lo necesito, es que lo necesito, y no hay más que hablar. Precisamente había pensado colocar la rueda en el carro esta misma tarde, y allá la veo, rodando por la carretera.

El pensamiento de su rueda rodando así por el camino volvió a ponerle furioso. Apretó iracundo la oreja de Jella.

—Si le suelta usted la oreja —dijo el maestro—, le aseguro que no se escapará. Se lo prometo. Puedo explicarle por qué se llevó Jella la rueda sin su permiso. No es que lo excuse, comprenda usted, es que quiero explicárselo porque me parece usted un hombre comprensivo. Tiene usted todo el aspecto de haber sido en su tiempo un chico como Jella; un chico que cuando pone su corazón en una cosa no se detiene ante nada... o casi nada. ¿No cogió usted algo por su cuenta, siendo muchacho, cuando no podía conseguirlo de otra manera?

El granjero se calmó un tanto. Casi parecía que iba a sonreír, pero acabó frunciendo el ceño.

—Pues —dijo con aspereza— una vez estaba loco por tener un arco con flechas. Todos los chicos, menos yo, tenían arcos. ¡Cómo me desesperaba! Porque yo era el más fuerte de toda la pandilla. Pero mi madre no me lo permitía. Tenía miedo de que me clavara una flecha a mí mismo. No sé cómo hubiera podido ocurrir tal cosa, pero el caso era ése. Ni siquiera tenía un cuchillo (por culpa también de los miedos de mi madre) con el que poder fabricármelo yo mismo. Y ahí estaba yo, el mayor de todos, tan alto y tan fuerte como éste... No, más robusto aún —dijo, después de mirarle con ojo apreciativo—. Bueno; pues, al cabo, me procuré un cuchillo (no me pregunten cómo) y me hice un arco y unas flechas y me sentí feliz. Mi abuelo me pescó cuando devolvía el cuchillo. ¡Bien me calentó el trasero! Pero, aunque me hubiera desollado con aquel mismo cuchillo, yo hubiera seguido siendo feliz. Porque ya tenía un arco con flechas.

—Ya lo ve —dijo el maestro—. Y ahora es usted el que le ha calentado la oreja al chico. Y, además, Jella se ha quedado sin la rueda que tanto deseaba.

El hombre se puso a mirar la oreja, roja e hinchada.

Explicó entonces el maestro su gran proyecto de atraer una pareja de cigüeñas para que volvieran a anidar en Shora, y el hombre le escuchó. Cuando el maestro hubo terminado, el granjero movió la cabeza con aire condescendiente.

—Le diré... —empezó, pero luego volvió a mirar la oreja del chico—. Mejor será que te pongas una compresa fría en esa oreja, muchacho —se interrumpió a sí mismo—. Ya, ya comprendo ahora por qué lo hizo, arrastrado por su entusiasmo. Pero, como empezaba a decir, todavía es posible que pudiera tener la rueda dentro de una semana; en cuanto yo haya terminado con el carro. Puede tenerla hasta el otoño. Pasada esta semana que entra, ya no necesitaré el carro hasta el otoño. Mi granja es pequeña.

—Sería demasiado tarde, ¿verdad? —preguntó Jella al maestro con ansiedad—. He contado por lo menos cinco parejas de cigüeñas que han pasado volando esta tarde. Vienen con tanta prisa que no va a quedar en África, en medio de todos esos rinocerontes, ni una sola. En África, las cigüeñas viven con los leones y los hipopótamos y las cebras —se apresuró a explicar al granjero—. Sin embargo, aquí viven en nuestros mismos pueblos, con nosotros —y añadió entristecido—: Menos en Shora, claro.

—Sí, mucho me temo que dentro de una semana sea demasiado tarde, Jella —dijo el maestro. Luego se volvió al granjero—. ¿Qué tal si Jella le ayudara en su trabajo con el carro? Es lo menos que puede hacer por la molestia que le ha causado. Con su ayuda, no haría falta esperar toda una semana para tener la rueda y colocarla en la escuela.

—¡Trato hecho! —dijo el hombre en seguida—. Pondré la rueda en el carro en cuanto vuelva a casa y Jella puede venir a ayudarme el lunes o, si quiere, ahora mismo. Como prefiera.

Jella permaneció pensativo, tocándose la dolorida oreja.

—¿Sabe usted hacer flechas todavía? —preguntó tímidamente al granjero—. Tengo un arco; pero flechas, no.

—Por supuesto —contestó el hombre—. Precisamente hay muchos alisos al borde de la acequia que estaba ahondando esta tarde, en la parte trasera de la granja. Si quieres flechas, yo te enseñaré a hacerlas. —Se golpeó el bolsillo—. Ahora tengo un buen cuchillo de mi propiedad —añadió sonriendo.

—Allí estaré —dijo Jella alegremente—. Pero creo que esta tarde será mejor que siga buscando a ver si encuentro otra rueda de carro por algún sitio. ¡Vienen las cigüeñas a una velocidad! —Miró al maestro buscando su aprobación.

—Como quieras —dijo el granjero, mientras se despedía.

Jella acarició con todo cuidado el lóbulo de su oreja y miró humildemente al maestro.

—No pensaba robarla —dijo—. Pero no había nadie a quien pedírsela y estaba allí y... —perdió la voz poco a poco—. Creo que lo mejor es que vaya a seguir buscando —acabó con poca convicción. Y se volvió para marcharse.

—Cuidado con coger nada sin pedirlo. Si te dan tentaciones, tócate la oreja.

Los dos se rieron. Luego Jella se marchó y el maestro volvió hacia la escuela. Mientras Jella atravesaba el patio, cuatro cigüeñas pasaron volando alto sobre sus cabezas.

—¡Ahora vienen de cuatro en cuatro! —le gritó Jella al maestro.

Entonces se dio cuenta de que estaba solo. Miró otra vez a las cigüeñas. De pronto, se puso a amenazarlas con el puño cerrado.

—¡A ver si tendré que abatiros para que vengáis a quedaros en Shora!

Sus ojos cayeron sobre el cochecillo de niño que Eelka había traído y que seguía en el rincón del patio. Enredado en el heno estaba el arco. Si las cigüeñas no querían detenerse en Shora, quizá tendría que llegar a obligarlas. Las haría bajar con el arco y las flechas. Sería una manera de conseguirlo. No matarlas, eso no; tan sólo hacer que bajaran. Y encerrarlas en una jaula, o en un corral, hasta que la rueda estuviera en el tejado. ¡Así tendrían cigüeñas en Shora!

Miró un instante la puerta de la escuela, que estaba abierta. Luego atravesó de puntillas el patio, llegó hasta el cochecito y se apoderó del arco. Se coló por debajo de la cerca y, dando un rodeo, para que no le vieran desde la ventana, salió al campo y se dirigió de nuevo hacia la granja donde estaba la rueda y había alisos para hacer las flechas.

Capítulo V

PIER, DIRK
Y EL CEREZO

Al parecer, ni siquiera el ir por dos carreteras distintas podía separar a Pier y Dirk. Los dos echaron a andar, obedientes, por los caminos separados que el maestro les había asignado. Dirk tomó el camino principal, la carretera que se dirigía hacia el sur, hasta el pueblo de Ternaad. A Pier le correspondió un camino secundario que formaba ángulos y curvas, sin darse prisa alguna, en dirección al sudoeste. No había más que cuatro granjas a lo largo de ese camino. Pier las visitó todas sin el menor resultado. Ni siquiera los granjeros, por lo visto, tenían ruedas de sobra.

—Todas las ruedas que tengo están en el carro —le dijo el último de ellos—, que es donde las necesito. No se me ocurre nada peor que un carro sin ruedas, como no sea un hombre impedido.

Aquélla era la última granja. A partir de allí, el camino daba perezosamente la vuelta y terminaba de repente en la carretera de Ternaad, la que Dirk había tomado.

Pier se sentó en la hierba y decidió esperarlo. No era posible que hubiera pasado ya por allí, porque, a lo largo de la carretera de Ternaad, había una barbaridad de casas y de granjas. Pier estuvo sentado mucho tiempo, en medio del silencio del campo. Se preguntó vagamente si el granjero que había dicho aquello del hombre impedido habría estado pensando en Janus.

—¿Conocerá a Janus? —se preguntó Pier en voz alta.

Debía de ser horrible no tener ni siquiera una sola pierna. Fue un tiburón el que se había comido las piernas de Janus de un solo bocado. Eso pasó cuando Janus era pescador, como eran casi todos los hombres en Shora. Se cayó un día por la borda y, sin saber cómo, había aparecido un tiburón y se había comido las piernas de Janus con botas y todo. Pier, abriendo la boca todo lo que pudo, hizo con los dientes un gesto feroz de morder. Los oyó como chocaban, en medio del silencio. Luego pasó los dedos por su filo. ¡Madre! Sólo de un bocado, con botas y todo.

Ahora Janus tenía que estar sentado todo el día en una silla de ruedas, dentro de la casa, o en el patio, y se había convertido en un cascarrabias; el hombre de peor genio que había en Shora. De pronto, Pier se echó hacia delante, y se pasó el canto de la mano por las piernas, como si cortara algo. Intentaba imaginarse lo que sería estar sin piernas. No debía de ser nada divertido. También a él le haría tener mal genio. ¡Diablo! Era un disparate ponerse a pensar en eso, mientras estaba sentado allí, completamente solo. ¡Y todo tan silencioso! Siguió mirándose las piernas, pensando en tonterías hasta que llegó a darle la impresión de que las tenía entumecidas, casi muertas. Aunque puede que fuera por haber estado tanto tiempo en la misma postura.

Se movió apresuradamente y se colocó con las piernas cruzadas, contento de poder doblarlas y sentarse encima. ¡Anda! Y ahora, estando así, casi parecía como si no las tuviera. Aunque un tanto asustado, no dejaba de gustarle sentir las piernas adormecidas, después de haberse figurado que las tenía cortadas. Miró a su alrededor, a todo aquel silencio. ¿Cómo iba a volver a su casa sin piernas? Se veía arrastrándose por la ondulante carretera con los muñones de las piernas colgando por detrás. Lanzó un gemido que, al momento, intentó transformar en una risilla nerviosa, pero que siguió sonando como un quejido en el profundo silencio de la campiña. «¡Eh, basta de tonterías!», se dijo.

Eso era lo que le ocurría siempre cuando estaba solo, separado de Dirk. Siempre acababa pensando cosas tontas, cosas de miedo, sin pies ni cabeza. Sacó las piernas de debajo. Una de ellas le hormigueaba como si le pincharan con agujas desde el pie hasta el muslo. Se la tocó con el dedo, apretando y pellizcando para ver si estaba muerta por todas partes. Se hallaba tan enfrascado en su juego solitario, que no vio cómo su hermano se acercaba furtivamente ocultándose entre la hierba que bordeaba la carretera. De pronto, la sombra de Dirk cayó sobre las piernas de Pier. Éste, sobresaltado, levantó la cabeza y se quedó mirando a su hermano.

—Supongo que es así como se busca una rueda de carro —dijo éste.

—No veo que tú traigas ninguna —le replicó Pier con frialdad.

Dirk le había asustado de veras.

—No; pero, al menos, la estoy buscando y no sentado en la hierba.

Pier dijo sin darse cuenta:

—Tampoco tú irías a buscar muy lejos si no tuvieras piernas.

—¿Quéee? —dijo Dirk.

Pero Pier cambió de asunto apresuradamente.

—Bueno, yo ya he terminado con mi camino. Esta carretera te corresponde a ti. Así que vete y termina con ella. Aquí te espero.

—¡Hombre! ¡Me gusta! —estalló Dirk—. Aquí te espero... ¿Te das cuenta de que esta carretera llega nada menos que a Ternaad?

—A lo mejor en Ternaad tienen algunas preciosas ruedas de sobra.

Pier estaba haciendo pagar a su hermano el susto que le había dado. Pero, en el fondo, se alegraba mucho de tenerlo allí. Cuando estaba con Dirk nunca le daban esas chifladuras ni se le ocurrían tonterías como aquella de no tener piernas. Se levantó de un salto.

—Iré contigo, Dirk.

Pero, en el mismo instante, se cayó al suelo, hecho un rebuño.

—¡Dirk, mis piernas...! —jadeó—. ¡Mis piernas no me sostienen!

—Se te habrán dormido por haber estado ahí sentado toda la santa tarde —replicó Dirk impaciente.

—Claro, eso es —dijo Pier, aliviado; por un momento se había asustado de veras—. ¿Sabes, hermano? Creí que no tenía piernas... Sólo durante un ratito, no te vayas a pensar...

—Tienes piernas de sobra. Lo que no tienes es sentido común.

—No digas... —empezó Pier un tanto acalorado. Pero luego inició una sonrisa—. Dirk, me alegro de que hayas venido. No me gusta andar por los caminos ni hacer las cosas yo solo.

—Ni a mí tampoco. Pero, ¡hala!, vamos andando.

—¿Hacia Ternaad? No podremos volver antes que se haga de noche y, de tanto estar ahí sentado, me ha entrado hambre. He comido poco a mediodía; estaba demasiado nervioso. Vamos corriendo a casa y mamá nos dará algo de comer.

—Como quieras. Yo también tengo hambre. Pero iremos corriendo todo el tiempo, a la ida y a la vuelta. Y luego llegaremos hasta Ternaad si hace falta. Sin entretenernos en nada.

Uno al lado del otro, corrieron todo el camino hasta llegar a Shora. Una vez en la calle del pueblo, aflojaron la carrera y siguieron al paso, jadeando. La calle estaba silenciosa y vacía. No se oía un solo ruido. Nada se movía.

—Todo el mundo está en el campo buscando. ¡Y tú sales ahora con que tenías hambre! —dijo Dirk con reproche.

—También tú has dicho que tenías hambre...

—Sí, pero porque tú me lo has recordado.

De súbito, el silencio que envolvía al pueblo se rompió con estrépito. Se oyó un horroroso golpear, repiquetear, rechinar y entrechocar de metales. Luego cesó. Hubo un instante de silencio y, en seguida, un ruido brutal, contundente. Dirk y Pier se miraron uno al otro sonriendo.

—Le ha fallado la puntería —dijo Dirk con satisfacción—. ¡Chico! ¿Has oído cómo ha dado la piedra en la cerca? Si hubiera pillado al pájaro, no hubiera quedado ni una pluma.

—¡Zumba! —dijo Pier.

Estaban parados, en la calle, sonriendo mientras escuchaban, esperando por si había más. De sobra sabían lo que estaba ocurriendo. Era Janus. Las cerezas de Janus debían de estar empezando a madurar y los pájaros andarían ya detrás de ellas. Y Janus estaría debajo del árbol para custodiarlas. Jana, la mujer de Janus, se veía obligada a subir al árbol, en cuanto se aproximaba la primavera, para colgar una larga cuerda a la que estaban sujetos trozos de hojalata, atándola a la rama más alta a la que le era posible llegar sin que se rompiera con su peso. Janus no podía hacerlo, ya que no tenía piernas. Desde el primer día en que las cerezas empezaban

67

a apuntar, Janus se acomodaba bajo el cerezo, en su silla de ruedas, para tirar de la cuerda y sacudir los trozos de lata cada vez que un pájaro se acercaba. El ruido de las latas asustaba a la mayoría de los pájaros, pero no a las urracas. Las urracas eran lo bastante atrevidas y lo bastante listas para pasar volando junto al árbol y robar una cereza a pesar del tintineo, los chirridos y el estruendo que Janus armaba con su artefacto. Con las urracas y los chicos, Janus usaba otro procedimiento.

Junto a la silla de ruedas se hallaba siempre preparado un montón de piedras destinado a las urracas y a los chicos traviesos. Janus tenía una cerca muy alta rodeando el corral. El borde superior de dicha cerca estaba sembrado de clavos y de cuellos y cascos de botellas rotas, puntiagudos y cortantes. Sin embargo, a pesar de los clavos y de los cristales, el cerezo era una tentación irresistible para los chicos de Shora, tan desnuda de árboles. El cerezo de Janus era el único árbol frutal que había en Shora y en todos los campos de alrededor, próximos al mar. En Shora, ni los chicos ni los pájaros comían fruta casi nunca. Por eso Janus se pasaba la vida debajo del cerezo, durante toda la primavera.

Janus empezaba a montar guardia mucho antes de que las cerezas estuvieran maduras, porque hasta las cerezas verdes eran una terrible tentación tanto para los chicos como para los pájaros. Porque, al fin y al cabo, menos es nada. Pero si la cerca, con sus vidrios rotos, no bastaba para detener a los muchachos, allí estaba la pila de piedras reunidas una a una por la mujer de Janus por encargo de éste. De vuelta a su casa, terminada su tarea de vender pan por los campos, Jana llenaba el fondo del cesto con piedras que iba recogiendo por los caminos. Todas las tardes proveía a Janus con nuevas municiones para el día siguiente. Y Janus no dudaba un momento en arrojar una piedra a cualquier chico que intentara pasar la cerca sin cortarse ni romperse la ropa. Fuera pájaro o chico, Janus disparaba, y a lo largo de los años su puntería se había hecho infalible.

En esto, hasta el gran Jella había fracasado, por muchas veces que lo intentó. Y si Jella no había podido lograrlo, ¿quién lo conseguiría? Jella contaba muy a menudo cómo, en cierta ocasión, había llegado a saltar la cerca sin hacerse más que un buen siete en los pantalones. Se había dejado caer dentro del patio y, por una vez, sin que Janus se diera cuenta; estaba dormido en la silla, bajo el cerezo. Jella se había acercado de puntillas; pero, cuando ya estaba junto al árbol, una asquerosa urraca se había puesto a chillar allí encima de ellos y, en el mismo instante, casi antes de que el chillido saliera del pico del pajarraco, Janus estaba ya completamente despierto. Durante un momento el hombre y el chico estuvieron mirándose el uno al otro. Luego, volviendo rápidamente los talones, Jella echó a correr, como alma que lleva el diablo, hacia la parte más alejada de la cerca. Tan asustado iba que, al llegar, se dio brutalmente de bruces con ella y, mientras tanto, Janus, con su silla de ruedas, sin hacer ruido alguno, le alcanzó. «Nadie lo hubiera creído —decía Jella cada vez que lo contaba—; un hombre sin piernas, clavado en su silla en un patio cerrado y cazándome así, sin decir una sola palabra. Me quedé allí, aplastado contra la cerca, y dejé que me agarrara. Estaba paralizado.»

¿Qué ocurrió luego? Aún ahora, después de pasado un año, a Jella no le hacía mucha gracia hablar de ello. Al parecer, Janus había colocado a Jella de través sobre los muñones de sus perdidas piernas y se había puesto a azotarle. Jella se limitaba a explicar: «Yo estaba paralizado por el miedo y todavía más cuando acabó conmigo. No podía andar. El hombre tiene manos de hierro. Y sin decir una palabra».

Jella no volvió a intentarlo nunca más.

Dentro del cercado, las latas volvieron a entrechocar con su ruidoso repiqueteo.

—Vamos —dijo Dirk—. Tenemos que irnos.

Pero Pier se quedó mirando la alta cerca tras la cual estaba sentado Janus. Mirando y mirando, sin oír lo que Dirk le decía. Estaba como en suspenso, frotándose distraído una pierna con la mano mirando la cerca.

—¿Sabes una cosa, Dirk? —exclamó de pronto—. El maestro nos dijo que buscáramos en todos los sitios, ¿no? Pues a buen seguro que nadie ha buscado en el patio de Janus. Supongamos que Janus tuviera una rueda. Nadie sabe lo que hay ahí dentro. ¡Mira que si hubiera una rueda precisamente allí!

—¿Y cómo ibas a entrar aunque la hubiera? ¿Cómo ibas a entrar aunque sólo fuera para verlo? —dijo Dirk.

Pero en el fondo se sentía interesado y miraba alternativamente, sin un pestañeo, de su hermano a la cerca y de la cerca a su hermano.

—Si Jella no pudo hacerlo, ¿cómo vas a poder tú?

—Jella estaba solo. Nosotros somos dos.

—Sí, pero ¿cómo?

—Tú treparías a la cerca por la parte de atrás.

—¡Claro! Para que me rompieran la cabeza con una piedra. ¡Gracias, hombre!

—No; si en realidad no tendrías que trepar ni asomarte por encima. Mira: tú haces mucho ruido como si treparas, ¿comprendes? En cuanto Janus te oyera, seguro que iría corriendo con su silla y se colocaría allí al lado, esperando que te asomaras para tirarte la pedrada. Y si tú estás haciendo como que quieres trepar y no puedes y armas mucho ruido, Janus no me oirá abrir la puerta del corral. Yo entro sin que nos vea y echo una mirada. Y si puedo, de paso, pillo unas pocas cerezas. ¿Entiendes? Porque él estará lejos del montón de piedras, esperándote a ti junto a la cerca. Y si se vuelve y me ve, echaré a correr hasta la puerta antes de que me pesque.

—Eso será si no te quedas paralizado como Jella.

—No pienso quedarme paralizado. Porque, ¿sabes?, cuando estaba sentado en medio del campo, esperándote, me estuve figurando cómo se encontraría uno si no tuviera piernas y cómo acabaría uno por tener un genio terrible y todo eso...

Pier no acertaba a explicarse mejor. No encontraba las palabras. No podía explicárselo ni siquiera a Dirk.

—¡Chico, es un plan! —admitió Dirk a regañadientes—. Si te atreves, me atrevo. —Y echó a andar hacia la cerca.

Pier se quitó los zuecos y, con ellos en la mano, fue andando de puntillas detrás de Dirk hasta la puerta que se abría en el alto cercado. Se acurrucó allí, esperando que su hermano empezara a hacer ruidos como si trepara. Intentó ver a través de una rendija, pero no advirtió nada que se moviera en el interior del patio.

Entonces oyó a Dirk. Su hermano estaba golpeando la cerca con los zuecos y arañando la madera como si resbalara después de haber llegado a cierta altura. Pier pegó el oído a la puerta, esperando escuchar algún ruido que le indicara si Janus estaba o no rodando con su silla al otro extremo del corral. Al fin oyó el ligero chirrido de las ruedas: el único sonido que venía del interior. Janus se mantenía callado como un muerto. Dirk volvió a hacer los mismos ruidos, como si intentara trepar de nuevo. El chirriar de las ruedas se oía cada vez más lejos, hacia el extremo del patio.

Pier se incorporó, corrió el cerrojo de la puerta y la empujó despacito. Afortunadamente, los goznes no sonaron. Por si acaso, no abrió sino lo imprescindible para pasar por el hueco. En una mano llevaba los zuecos.

Ya estaba dentro. El plan había dado resultado. Allí se veía el montón de piedras, debajo del cerezo; pero Janus se hallaba muy lejos de él. Estaba junto al lado más distante de la cerca, mirando hacia arriba, esperando a que Dirk se pusiera a la vista. Pier dirigió una mirada curiosa a su alrededor. El árbol estaba lleno de trozos de lata colgando y de cerezas verdes. El extremo de la cuerda se balanceaba cerca del suelo. En un rincón del patio había un pequeño cobertizo, pero no se veía rueda alguna, a menos que estuviera dentro de aquél. Andando de puntillas, Pier se acercó al cerezo.

Mientras se deslizaba en completo silencio debajo ya del árbol, no apartaba un momento los ojos de la espalda inmóvil de Janus. De pronto, el corazón se le paró. ¡Ahora sí que Dirk estaba haciendo ruido! Había pasado una mano por encima de la cerca con idea de colgarse y fingir mejor que estaba trepando. Pier veía cómo tanteaba con los dedos entre los clavos y los cuellos de botella para no cortarse y agarrarse mejor. Y Janus estaba mirando esa mano. Dirk no debía hacer eso. ¿En qué estaba pensando?

Janus echó el brazo hacia atrás. En la mano tenía una piedra. ¡La había llevado con él! ¡Apuntaba a la mano de Dirk! ¡Iba a destrozársela!

—¡Dirk! ¡Baja! —gritó Pier.

Todo ocurrió en un instante. Apenas sonó el grito, la mano de Dirk desapareció y Janus hizo girar la silla de ruedas con una velocidad que parecía increíble. Pier se quedó inmóvil debajo del cerezo, apretando contra sí los zuecos con las manos heladas. No. No iba a quedarse paralizado. Apartó los ojos de Janus y huyó, a todo correr, hacia la puerta.

—¡Detente! ¡Quédate donde estás o te tiraré la piedra a ti! —gritó Janus con voz ronca.

Janus tenía todavía la piedra en la mano. Lentamente, Pier se volvió y se encaró con él. Era horrible estar allí, sin poder hacer nada, esperando a que el hombre sin piernas viniera a cogerle. Los ojos de Pier se desviaron hacia la puerta. La puerta se había cerrado.

—Ni lo intentes —dijo Janus fríamente—. La puerta no puede abrirse desde dentro. Yo mismo arreglé esa pequeña trampa para que si un chico entraba no pudiera salir sin entendérselas conmigo.

Pier tragó saliva, pero no dijo nada. No podía. Parecía haber echado raíces; tenía los ojos fijos en Janus. Janus había detenido la silla enfrente de él.

—De modo que habíais preparado un buen truco, ¿eh? Mientras el uno me distraía, el otro iba a robarme las cerezas por la espalda. Chicos listos, ¿no?

—No —dijo Pier, desesperado; tuvo que tragar saliva otra vez para poder tartajear las palabras—. No, Janus, nosotros no...

—No, ¿qué?

—No íbamos a robarle las cerezas. De veras, Janus. Es la pura verdad. Lo único que queríamos es buscar una rueda. Ni siquiera habíamos pensado en las cerezas.

—¡Buenos trapaceros, muy buenos! No os contentáis con inventar un bonito enredo para entrar en mi corral, sino que ahora resulta que andáis detrás de ruedas de carro y no de las cerezas. ¡No, vosotros no venís por las cerezas! —Se echó a reír con una risa sorda, sin chispa de alegría—. ¡Ruedas de carro!

Janus hablaba como si le resultara muy divertido. Pero se veía que no le divertía lo más mínimo. Y aquello no era una risa. Era una amenaza. Daba más miedo que si Janus se hubiera encolerizado y hubiera despotricado y soltado juramentos. Ahora se había inclinado hacia Pier y le miraba fijamente.

—¡Espera! Tú eres uno de los gemelos, ¿no? Y lo hacéis todo siempre juntos, ¿verdad? Muy bien. ¡Estupendo! Ahora vais a recibir también los dos lo que os corresponde. ¡Llama a tu hermano!

—¡No! —dijo Pier desesperadamente.

—A mí no me digas que no. ¡Llámale! —El largo brazo de Janus se disparó hacia adelante. Con un rápido movimiento, y sin usar más que una mano, alcanzó a

Pier, le hizo dar la vuelta, lo retorció y lo tumbó sobre su regazo. Allí quedó atravesado sobre los muñones—. ¡Llama a tu hermano!

—¡No! —volvió a gritar Pier tercamente. Pero fue casi un gemido.

—¡Espere, Janus, allá voy! —se oyó gritar a Dirk desde el otro lado de la puerta. Debía de estar allí, agachado, escuchando. La puerta se abrió. Dirk entró en el patio. La puerta se cerró detrás de él.

Dirk se detuvo cerca de la silla de ruedas, pero sin ponerse al alcance de Janus. Pier torció la cabeza para ver a su gemelo. Se miraron el uno al otro llenos de desesperación.

—Es la verdad, Janus; no lo hicimos por las cerezas —suplicó Dirk—. De veras, de veras. ¡Palabra de honor! Buscábamos una rueda, como ha dicho Pier. Bueno —añadió—, puede que de paso hubiéramos cogido alguna cereza, pero vinimos en busca de una rueda de carro. Es para las cigüeñas —explicó.

—Sigue hablando; parece interesante —dijo Janus—. Eres tan listo como tu hermano.

Dirk siguió hablando con toda seriedad.

—Queremos que las cigüeñas vuelvan a Shora. Queremos colocar la rueda de un carro sobre la escuela y hemos buscado por todas partes. Luego tuvimos que pensar. Nadie se hubiera atrevido a mirar en su corral y, así, si usted tenía una rueda por casualidad... —Dirk hablaba y hablaba, a la desesperada, para retrasar el castigo de Pier. Janus seguía escuchando.

Volvió a empezar. Al fin, dejó explicado el proyecto. Contó a Janus todo aquello de cómo estaban las cigüeñas en África entre los leones, los rinocerontes y los hipopótamos. Disparaba las palabras. Y, al fin, acabó. Ya no se le ocurría nada más que decir.

—Figúrese usted —repetía desalentado—; figúrese; en África viven entre las fieras salvajes y aquí viven con nosotros, en medio de la gente.

—Pues mira —dijo Janus inesperadamente—, si quieres que te lo diga, para vivir entre la gente se necesita más valor. —De súbito, agarró a Pier y lo puso de pie—. ¿Sabes? —le dijo—. Me parece que os voy a creer a los dos. Nadie podría haber inventado una historia tan absurda como eso de venir a buscar una rueda y no a robar cerezas: de modo que tiene que ser verdad. Pero ahora, decidme: ¿no hubierais pillado un puñadito de cerezas, ya que estabais aquí?

Dirk asintió tímidamente moviendo la cabeza.

—No creo que hubiera podido dejarlas ahí, colgando, a pesar de que están un poco verdes.

—¡Ea! Eso está mejor —dijo Janus, dirigiéndose a Pier—. Tienes un hermano sincero. Cualquier chico hubiera hecho lo que él dice, después de llegar tan lejos. Pero tú, no; oh, tú no. ¡Tú ni siquiera habías pensado en las cerezas!

Pier se puso colorado. Se rascó una pierna, confuso.

—¡Seguro! Pero a mí me tenía usted cogido, y a él, no. Y no sé si usted se habrá dado cuenta, pero tenía los zuecos en la mano.

—¡Claro! Para que no te oyera meterte en el corral a mis espaldas.

—No —dijo Pier, retrocediendo cauteloso un par de pasos—. Era para llenarlos de cerezas a toda prisa.

Janus, con gran asombro de los chicos, echó hacia atrás la cabeza y soltó una risotada.

—¡Eso es! —dijo luego—. Eso es mucho más verosímil. Ya me estaba yo preguntando qué es lo que os había ocurrido a los muchachos esta primavera. Ni un chico detrás de mis cerezas. Tan sólo esos estorninos cobardes y todos esos otros pájaros tan ruines como ellos. Y, de cuando en cuando, una urraca. Ahí tenéis un pájaro como es debido, al que no le importa arriesgar el cuello por una cereza o dos. Pero ¡ni un chico! Vosotros sois los primeros. Y ahora lo comprendo. Teníais las ruedas de carro metidas en la cabeza.

—Bueno —dijo Pier—. Casi lo hemos conseguido.

Dirk le avisó con un codazo.

—Pues sí; tengo que reconocerlo —dijo Janus con bastante condescendencia—. Lo hubieras conseguido si no hubieras gritado para salvar a tu hermano.

—Tenía que hacerlo. No iba a dejar que le aplastara usted la mano.

—¿Creías de veras que iba a hacerlo? —dijo Janus sobresaltado—. No, hijo, no. Aprecio demasiado las manos y las piernas para querer aplastar las de nadie. Decidme, ¿es eso lo que habláis de mí entre vosotros, los chicos?

Pier se sintió turbado. Bajó la vista y se quedó mirando fijamente una rueda de la silla.

—Cigüeñas, ¿eh? —dijo Janus, cambiando bruscamente de asunto—. Ahí tenéis un ave muy decente también y no un ruin ladrón de cerezas. Sí, me gustaría ver a las cigüeñas volando de nuevo sobre los tejados de Shora. Pero ¿decís que no hay una rueda de carro por ninguna parte? Tampoco yo tengo ninguna. Tan sólo tengo las de esta silla. ¡Eh! —gritó a Pier súbitamente—. No mires tanto esa rueda. ¿No estarás pensando en quitarle una rueda de la silla a un hombre sin piernas? ¡Hum!

—Son demasiado pequeñas —se apresuró a decir Pier.

Janus rió.

—De modo que ¿sí que pensabas en ello?

Pier se acercó un poquito.

—Janus —preguntó con toda seriedad—. El tiburón ¿le comió las dos piernas de un solo bocado?

Janus pareció sobresaltarse.

—¿Eso creéis los chicos?

Pier se ruborizó. Dirk, por detrás, le dio un golpecito con el codo. Pero su hermano se había metido ya de cabeza en el asunto y no pensaba abandonarlo.

—Sí —corroboró—, y dicen que por eso tiene usted tan mal genio —se dio cuenta al instante de lo que había dicho—. No es que yo... Bueno, estoy seguro de que yo también tendría un genio de los demonios si me viera sin piernas —intentó explicar mientras se ponía rojo hasta las raíces de su también roja pelambrera—. He pensado mucho en ello y me parece que sé lo que usted tiene que sentir y... —Le falló la voz. No encontraba palabras para explicarse; no sabía cómo hablar a Janus de aquellas cosas extrañas y terribles con las que había estado fantaseando al borde de la carretera.

—¿De manera que tú lo sabes? —dijo Janus, mirando a Pier de un modo extraño—. Eres un chico raro... ¿Conque tú también te hubieras vuelto cascarrabias?

Pues mira, puede que, en efecto, yo no me hubiera vuelto tan malhumorado si de verdad me hubiera mordido un tiburón. Eso hubiera sido, al menos, algo digno de recordarse y hasta podría haberme vanagloriado de ello. Pero no fue un tiburón; fue un mosquito el que me mordió las piernas.

Dirk se echó a reír con una risilla incrédula. Y Pier se le quedó mirando con los ojos casi fuera de su sitio.

—De verdad —afirmó Janus, sinceramente—. Un miserable mosquito me picó una noche en las dos piernas, mientras dormía. Debí de rascarme las picaduras, y se me infectó la sangre. No quise ir al médico. Tenía un poco de miedo a los médicos. Y, al fin, tuvieron que cortármelas.

—¡Dios! —dijo Dirk.

Pier se volvió de repente y se acercó corriendo al cerezo. Dio un fuerte tirón a la cuerda y todo el árbol centelleó, tintineó y repiqueteó.

—Siempre he estado deseando hacer eso —dijo con una rara vocecilla ahogada. Volvió a acercarse a la silla de Janus—. ¿De veras le hubiera usted aplastado a Dirk la mano con la piedra?

El hombre se le quedó mirando.

—¿Lo crees? ¿Eso es lo que creéis los chicos? No. No lo hubiera hecho. Sólo quería ver su cara cuando asomara por encima de la cerca y me encontrara allí con la piedra en la mano. No. Las manos y los brazos son demasiado sagrados para mí. Pero es una pequeña y sabrosa diversión el asustar a los pájaros y hacer que a los chicos se les revuelvan las tripas de miedo. En algo he de entretenerme.

Pier se le puso enfrente con aspecto solemne.

—No me gusta nada esa historia del mosquito. No parece tan de verdad como lo del tiburón. Dirk, ¿no ha dicho él mismo que si le hubiera comido las piernas un tiburón no tendría mal genio? Pues a la vista está que Janus no tiene mal genio.

—¡Claro que no! —confirmó Dirk calurosamente—. Seguro que Jella se inventó una buena parte de los detalles para que viéramos lo valiente que era.

El hombre miraba a Pier de un modo extraño.

—¿De manera que, a toda costa, quieres que sea un tiburón? Crees que, si hubiera sido nada más que un ruin mosquito, tendría derecho a ser un cascarrabias y, en cambio, siendo un tiburón, tan grande como un hombre..., no tengo por qué estar tan resentido, ¿no es eso?

Pier miró a Janus de frente, sin dejar de hacer vigorosos gestos afirmativos.

—Creo que sí. Me figuro que así tiene que ser, porque no es usted nada cascarrabias. ¿No te parece, Dirk?

—Claro que sí.

Se quedaron así, un poco azorados, no encontrando nada que añadir. Se volvieron en dirección a la puerta un tanto sofocados e inquietos.

—Tenemos que darnos prisa y seguir buscando la rueda —explicó Pier.

Se aproximaron a la puerta, que se había abierto de par en par ante ellos. Janus se rió.

—También la manejo con cuerdas —explicó un tanto orgulloso.

Los muchachos se detuvieron un momento. Hubieran querido decir a Janus alguna cosa, pero no encontraban palabras para expresar la maravillosa sorpresa que sentían. Janus se había convertido en un personaje real. Había entrado a formar parte del pueblo. Ya no era un ogro tremebundo al que había que aborrecer y engañar a fuerza de astucia. Hasta el patio tenía ahora un aspecto diferente, con su inescalable cerca y todo. Lina hubiera podido descifrar a los gemelos aquello que sentían. Lina les hubiera dicho que todo consistía en que Janus, ahora, era algo importante, lo mismo que había ocurrido con la abuela Sibble. Janus, ahora, era un amigo.

Pero ni Dirk ni Pier tenían palabras con que explicarlo. Estaban todavía remoloneando junto a la puerta. Probablemente a Pier se le hubiera ocurrido algo; pero, en ese preciso momento, se oyó un alboroto en la calle. Allí estaban Eelka y Jella. Éste estaba todo empapado y chorreando, con los brazos llenos de radios y trozos de llanta.

—¡Jella y Eelka tienen una rueda! —gritó Pier a Janus.

CAPÍTULO VI

EELKA
Y LA RUEDA
VIEJA

A Eelka le tocó buscar por el camino del canal. Era un camino importante que corría paralelo al agua hasta el pueblo de Hantum y tenía, con mucho, demasiadas granjas. Eelka las fue inspeccionando, sin embargo, una por una, con su acostumbrada calma y a su manera concienzuda. Poco a poco, se fue alejando de Shora. A su modo, no dejaba de darse prisa.

Al final de un sendero bordeado de matorrales que conducía a una grande y antigua casa de labor, un joven campesino salió bruscamente de entre los arbustos y le cortó el paso a Eelka.

—¿Se puede saber qué andas fisgando por aquí? Ya te he visto también en la granja de al lado. ¿Qué demonios hacías rondando por allí cuando no había nadie en casa?

—¡Oh! —exclamó Eelka dando un respingo. Y miró al granjero, un joven alto y robusto, preguntándose si sería lo más prudente darse la vuelta y tomar las de Villadiego. Pronto decidió, sin embargo, que el intento de escapar no le serviría de gran cosa. En su lugar, intentó una confiada y lenta sonrisa—. No es que estuviera fisgando precisamente —dijo con tanta calma como pudo fingir—. Buscaba una rueda de carro. ¿No tendría usted alguna de sobra, por casualidad?

—¿Cómo? —dijo el granjero, sorprendido.

—Mire usted. En la escuela necesitamos una rueda porque estamos intentando que las cigüeñas vuelvan a Shora. Toda la escuela la está buscando. —Y se puso a explicarle todos sus planes y proyectos.

Sus reposadas y detalladas explicaciones parecieron convencer al hombre.

—¡Caramba!, chico, debe de ser cosa de la Providencia o algo así. Porque, para no perderte de vista cuando andabas huroneando por la granja vecina, me encaramé a la parte más alta del henil, en nuestro segundo granero. Ese henil no lo usamos desde los tiempos de mi bisabuelo; pero ¿quieres creerlo? Allí mismo hay una rueda de carro muy vieja. Si no tiene cien años, no tiene ninguno. Ni sabía que estaba allí. Ni la hubiera encontrado tampoco: pero al acercarme a toda prisa al ventanillo para vigilarte desde allí, tropecé con ella. Estaba enterrada entre los restos de heno que llenaban el suelo. Por cierto que me despellejé los tobillos. Puedes creerme si te digo que no me puso de muy buen humor el caerme de bruces sobre todo aquel polvo y aquel heno seco.

—¡Caramba! —exclamó Eelka—. Ya me figuro que no. —Y lanzó al granjero una mirada cautelosa. Si echara a correr, el hombre le alcanzaría en tres zancadas—.

Pero..., bueno, no es que me alegre de que le ocurriera eso, pero sí que me alegro de que encontrara la rueda..., si usted me la quisiera dar.

El granjero sonrió.

—Ahora has dicho algo como es debido. Creo que puedes llevártela. No veo por qué no. Es tan vieja y tan grande y tan tosca que hoy no serviría para ninguno de nuestros carros.

—¿Quiere usted decir que puedo cogerla así, sin más ni más? —No tuvo más remedio que preguntarlo por segunda vez. La cosa le parecía demasiado fácil y sencilla después de haber buscado tanto y con tanto trabajo.

—Si puedes bajarla, te la llevas. A nadie le sirve para nada.

Eelka echó una mirada al henil, que era muy alto, y se fijó en una doble puerta que se abría en la parte superior de la fachada delantera, debajo mismo de la arista del tejado.

—¿Es allí arriba donde está? ¿Podría sacarla por esa puerta y dejarla caer sujeta con una cuerda?

El granjero estudió el caso.

—Si abres las dos hojas, sí. Por ahí debieron de meterla, porque la trampa que hay en el suelo es demasiado pequeña. Sin embargo, tendrás que buscar quien te ayude. Yo no puedo. Ya ves que estoy vestido. Cuando te vi, estaba a punto de salir para Hantum y, con todo esto, ya se me ha hecho tarde. Yo que tú, no lo intentaría solo. La rueda pesa mucho, y si la bajas con una cuerda, podría arrastrarte y caerías con ella, quieras o no. Y ya ves que es muy alto.

—¿Puedo entrar a ver cómo están las cosas?

El granjero dudó un momento.

—El caso es que no hay nadie por aquí... Todo el mundo está en la granja... Bueno, haz lo que quieras. Pero ¿no decías que toda la escuela estaba metida en el lío? Lo mejor es que te ayuden. No lo intentes tú solo. Yo ya debería estar en Hantum.

Bruscamente el hombre echó a andar por la senda. A mitad de camino, se volvió.

—Voy a arriesgarme confiando en ti. Los chicos gordos y calmosos suelen ser muy buenos chicos. Tienen que serlo por fuerza, ya que les es difícil salir huyendo. Espero que no toques nada de lo que hay en el henil. Pero la rueda es tuya. Así que ¡adelante! —dijo, y se marchó.

Eelka estuvo un rato contemplando el henil, preguntándose si llamar a los otros o intentarlo por su propia cuenta. ¡Mira que si pudiera llegar él solito con la hermosa rueda, haciéndola rodar hasta la escuela! Nadie había creído nunca que pudiera hacer gran cosa estando tan gordo y siendo tan lento y torpe. Los ojos se les saldrían de las órbitas a todos. Hasta a Eelka se le salían sólo de pensarlo. No podía evitar imaginarse el espectáculo. Se fue corriendo hacia el henil. ¡Si pudiera ser él quien llevara la rueda hasta la escuela!

Se encaramó pesadamente por la larga y desvencijada escalera que subía hasta la parte más alta. Bajo sus pies, la escalera gemía y crujía. Cuando metió la cabeza por el hueco de la trampa, Eelka estaba resoplando. La vio. ¡Allí estaba la rueda! Maciza y pesada, hundida desde hacía años en la capa de polvo de heno que llenaba el suelo. Ahora había quedado a la vista. A su alrededor se veían las marcas del lugar donde el granjero se había caído cuan largo era. Jadeando de emoción, tanto como por el esfuerzo de la subida, Eelka la miraba. ¡Tenía una rueda! ¡Era suya! Suya para bajarla, suya para llevarla rodando a la escuela. A lo mejor estaban todos en el patio, con las manos vacías, cuando él llegara.

Pero aquél no era el momento de soñar ni de calentarse la cabeza con vanidosas fantasías. Eelka se acercó anhelante a la ventana, descorrió el cerrojo y, casi con furia, abrió de golpe las dos hojas. Giraron sin obstáculo, golpeando la pared exterior. Volvió corriendo junto a la rueda para verla con mejor luz. Se sentía impresionado, al contemplar una rueda que contaba cien años por lo menos. El granjero había dicho que si no los tenía, no tenía ninguno. La anduvo tocando con la punta del pie. Estaba impresionado y excitado al mismo tiempo, envuelto en el silencio profundo del antiguo henil.

De una viga transversal encima de su cabeza colgaba el extremo de una vieja cuerda. Debía de ser la que usaran para subir el heno hasta allí. Puede que también tuviera cien años. Era cosa de la Providencia, como había dicho el granjero. Porque no sólo tenía una rueda, sino que allí mismo estaba también la cuerda que le hacía falta para bajarla hasta el suelo. Eelka subió trepando por la resbaladiza viga vertical para alcanzar la cuerda. El granjero no había dicho nada de la cuerda, pero ya sabía que se necesitaba una para bajar la rueda.

Una vez llegó a la viga transversal, Eelka se deslizó cautelosamente a lo largo de ella hasta llegar al punto en que la cuerda había quedado enrollada. Desde esa altura veía la rueda, exactamente debajo de donde él estaba. Ya no dudó más. Desató el nudo, desenrolló la cuerda y la dejó caer sobre la rueda. Volvió a bajar, resbalándose por la viga vertical, y a toda prisa ató la cuerda a la llanta. Después arrastró ésta, tumbada, por el suelo áspero y polvoriento, hasta la abertura.

Se puso a gatas, y se asomó hacia afuera. Dio un pequeño resoplido. Visto desde allí, el henil parecía dos veces más alto que desde abajo. Miró la cuerda y decidió que era lo bastante larga y que la rueda llegaría al suelo, por muy lejos que éste pareciera estar.

Pero ¿sería él capaz de hacerlo? ¿Podría sostenerla cuando colgara del extremo de la cuerda con todo su enorme peso? Desde su elevada posición en la ventana, Eelka recorrió con la mirada la llanura, esperando, deseando con toda su alma, que hubiera por allí alguien para ayudarle. Allá, a lo lejos, a través de los campos, se veía el agudo tejado de la escuela de Shora. Acaso fuera lo mejor llamar a los muchachos. De pronto, algo que se movió en la distancia le llamó la atención. ¿No era Jella? ¡Vaya si lo era! ¡Y tenía una rueda! Jella le había ganado, como siempre. Allí estaba, haciendo rodar su rueda en dirección a la escuela. Eelka se quedó mirándola rodar lleno de un desencanto terrible.

En esto, desde su atalaya, divisó al granjero; le vio cómo se acercaba a hurtadillas por el borde de una acequia que corría paralela a la carretera por la que Jella llevaba rodando la rueda. Eelka se puso a gritar; gritó con todas sus fuerzas para avisar a Jella. Pero Jella estaba demasiado lejos y no le oyó. El granjero agarró a Jella y la rueda se salió de la carretera dando tumbos en dirección a la acequia, donde cayó. Ahora el granjero arrastraba a Jella a lo largo del camino, hacia la escuela. «¡Oh, oh! —murmuró Eelka para sí—. ¡Jella había robado la rueda!»

Siguió con la vista a Jella y el granjero. Sacudió la cabeza, pero, en cierto modo, no dejaba de sentir, allá dentro, una especie de satisfacción. Jella era siempre el que llevaba la voz cantante y siempre le estaba atormentando con pullas porque era tan gordo y tan patoso y a cada paso se quedaba atrás. La mayoría de las veces ni siquiera le dejaba tomar parte en sus juegos. Pero ahora, si conseguía bajar la rueda, él sería el amo. Por una vez estaría a la cabeza de todos. Los temores de Eelka se desvanecieron ante su firme propósito de sobrepujar a Jella.

Ya no volvió a mirar a su compañero. Estaba decidido. Empujó la rueda sobre el borde de la ventana tanto como se atrevió, sin correr el peligro de que perdiera el equilibrio y saliera despedida hasta el suelo. Ahora que ya estaba todo preparado para bajarla, Eelka estudió la situación. Lo mejor sería atarse el otro extremo de la cuerda alrededor del pecho. Eso le dejaría las manos libres en caso de que tuviera que agarrarse a algo para que la rueda no tirara de él y le arrastrara fuera.

Una vez estuvo la cuerda atada alrededor del pecho, Eelka tomó la precaución de anudarla a la misma viga que le había servido para subir hasta la cuerda. Con la cuerda rodeando la viga, la gran rueda no tiraría directamente de él. En caso de que le arrastrara, tendría primero que llevarle por el suelo, lejos todavía de la ventana, y, luego, desatarse de la viga. La cuerda resultó lo bastante larga para que Eelka pudiera girarla alrededor de la viga y acercarse después al alféizar de la ventana sobre el cual descansaba la rueda.

Eelka no vaciló. Levantó el pie y dio un fuerte empujón a la rueda, que se tambaleó por un momento, se inclinó después y desapareció de la ventana.

A espaldas de Eelka, la cuerda, floja hasta entonces, culebreó y se puso tensa. Sacudido por un tremendo tirón, Eelka perdió pie. Cayó hacia atrás, sobre la espalda. La cuerda, que parecía volar, le arrastró, a través del polvo y las briznas de heno, hacia la viga. Eelka tuvo la suficiente serenidad para adelantar las manos, evitando que su cabeza chocara contra ella; pero la velocidad con que caía la rueda le hizo girar en torno al poste y le apretó de cara contra el madero, obligándole a soltar las manos sin darle tiempo para asirse a otra cosa más segura. Eelka salió disparado, a través del henil, hacia la ventana abierta. No había nada a que agarrarse. En vano pretendía afirmar sus manos en las briznas resecas del heno. Nada podía detenerle. En un intento desesperado, abrió las piernas para ofrecer más resistencia y deslizarse más despacio. Luego, tanteando con los dedos en la cuerda que le rodeaba el pecho, probó a soltar el nudo. Pero no le dio tiempo. Estaba ya sobre el alféizar de la ventana abierta. Eelka arañaba a ciegas, clavando las uñas y los dedos en la vieja madera carcomida del marco. Consiguió sujetarse un momento, sin saber cómo. Pero el peso de la rueda le hizo girar y se quedó colgado de las manos, con los pies fuera ya de la ventana.

Por espacio de un instante increíble y eterno, Eelka

estuvo así, colgado. Los zuecos se le fueron de los pies y le pareció que tardaban un siglo en llegar al suelo, con un golpe sordo. Siguió arañando para buscar un asidero más resistente en la podrida madera de la ventana. Luego, un tirón horrible le sacudió todo el cuerpo. La cuerda no era lo bastante larga. La rueda no podía llegar al suelo y ahora colgaba de él como una terrible plomada. La cuerda que le rodeaba el pecho se deslizó hacia abajo. Por un instante, a ciegas, abrigó la esperanza de que iba a seguir resbalando hasta sus piernas colgantes e iba así a dejarle libre. Pero la cuerda se detuvo a medio camino, ciñéndole con fuerza la ancha cintura.

Eelka se mantenía ahora pendiente sólo de sus dedos. Allá abajo, colgando de él por medio de la gruesa cuerda, la rueda oscilaba, golpeando la pared del granero.

Fueron unos momentos cegadores y rápidos como relámpagos. Unos momentos que no podían prolongarse. Era imposible que Eelka resistiera todo el peso de la rueda sin otra ayuda que las manos. Cerró los ojos. El aliento salía de su pecho a boqueadas. Todo lo que podía hacer era resistir algunos momentos más, largos como eternidades.

Entonces se rompió la cuerda. La rueda se estrelló contra el suelo. La horrible tirantez desapareció. La fuerza que le arrastraba hacia abajo, oprimiéndole la cintura y casi arrancándole los dedos, cesó. De repente pudo volver a respirar libremente, tan ligero y sin peso como si estuviera volando, como si fuera capaz de volar. Cobrando nuevas fuerzas, consiguió incorporarse y arrastrarse a través de la ventana. Cuando se vio seguro, con las piernas dentro del henil, se tendió cuan largo era sobre las briznas y el polvo, y estalló en sollozos. Allí quedó, de bruces, llorando entrecortadamente. Pero era muy dulce estar así tendido, llorando, sin pensar en moverse nunca.

De pronto, a pesar suyo, recordó el estrepitoso ruido que la rueda había hecho al caer. Tímidamente, muy despacito, aplastado aún contra el suelo, se acercó y asomó la cabeza por la ventana. Se quedó mirando. Allí estaba la rueda, rota en mil pedazos. Tan sólo la llanta de hierro con su cerco de madera seguía intacta. El gran cubo había salido rodando; los radios se habían esparcido por todas direcciones.

Eelka lanzó un gemido. Sus apuros anteriores quedaron olvidados en medio del terrible desencanto. La rueda se había hecho pedazos. Aquella gloriosa visión de llevarla rodando hasta la escuela se había desvanecido. Se incorporó, cerró las dos hojas de la ventana sin olvidarse de correr el cerrojo, y, sin preocuparse de soltar la cuerda que aún tenía enrollada a la cintura, bajó por la larga escalera, mirando abstraído al vacío.

El desastre era completo. Eelka contempló con aire sombrío los restos de la rueda diseminados a su alrededor. Recogió los zuecos, los examinó por si se habían rajado con la caída y se los puso. Se volvió para irse. Luego, casi a pesar suyo, miró otra vez. ¿No sería posible armar de nuevo la rueda? Después de todo, no faltaba ni un pedazo.

Comenzó a reunir los radios sueltos. Formaban un buen montón. Y estaba también el cubo. Y, para llevar rodando la llanta, le harían falta las dos manos. Eelka re-

91

flexionó. La cuerda, que todavía llevaba atada a la cintura, le dio la solución. Se la ciñó bien y fue metiendo los radios, uno por uno, entre ella y su cuerpo, hasta que le rodearon por todas partes. Tenía que andar muy tieso. Apenas pudo agacharse para coger el cubo. Y ¿qué hacer con éste? No podía tampoco llevarlo en las manos. Caminando rígidamente dentro del corsé formado por los radios, Eelka se acercó y cogió otro pedazo de cuerda, el que se había quedado atado a la llanta. La soltó y se puso a deshacer el extremo roto separando las hebras. Tenía así con qué envolver y atar el cubo. Una vez hecho esto, se lo echó a la espalda y, pasando por encima del hombro el otro extremo de la cuerda, se lo ató también a la cintura, a la cuerda que sujetaba los radios. ¡Ya estaba resuelto el problema del cubo! Ahora, la llanta. Le costó gran trabajo levantarla, emparedado como estaba entre los radios, pero al fin consiguió ponerla en pie.

Así, con su armadura de radios y el cubo a la espalda, Eelka echó a andar, con la llanta rodando alegremente. Iba trotando, rígido a su lado, y mientras siguió la senda que conducía a la granja, la rueda avanzaba obediente. Pero cuando entró en el camino del canal, siempre tan frecuentado, la rueda mostró una perversa tendencia a saltar y a caerse en una u otra de las roderas hechas por los carros o a dar en cualquier guijarro y desviarse hacia el canal. A Eelka no le era posible moverse con rapidez. Sólo una cosa estaba a su alcance: cada vez que la rueda se iba corriendo hacia el canal, la obligaba a tumbarse sobre el suelo antes de llegar al agua. Pronto, a fuerza de bregar y de hacer esfuerzos, le empapó el sudor, jadeaba y gruñía. Pero no dejaba de levantar la rueda, una y otra vez, decidido más que nunca a llevarla hasta la escuela.

Poco a poco se fue entrenando y aprendió a manejar la saltarina rueda. Había descubierto que, manteniéndola en uno de los profundos carriles ahondados por el paso de los carros, éste hacía el oficio de vía. Estaba empezando a hacer progresos. La rueda se deslizaba como una seda por el carril, y Eelka, con su pesado cargamento, trotaba a su lado. A ese paso, no tardaría mucho en llegar a Shora.

De súbito, la llanta tropezó con una gran piedra que había dentro de la rodera. Y, en un instante, se desarmó. El aro de madera se separó de la llanta de hierro, y como estaba formado de piezas distintas, en cuanto se desprendió una, se desprendieron todas, desparramándose por el camino. Eelka se detuvo. Con hondo desaliento se quedó contemplando el nuevo descalabro mientras la llanta de hierro seguía rodando libre y por su cuenta.

En esto, a través de un campo cercano, llegó un grito de alarma:

—¡La llanta, la llanta! ¡Mira la llanta!

Eelka, sobresaltado, se volvió a mirar. Era Jella, que venía hacia él corriendo y gritando. Eelka dio media vuelta buscando la llanta. Era demasiado tarde. Ya no se podía hacer nada. La llanta, después de haber dado un brinco que la sacó del carril, había cruzado el camino. Se oyó el ruido de un chapuzón. La llanta se había zambullido en el canal.

A Eelka le dio un vuelco el corazón. Echó a correr hacia el canal lleno de furiosa rabia. ¡Si Jella no hubiera gritado! Irritado, desató la cuerda que sostenía el pesado cubo de la rueda y lo dejó caer. Lo miró un momento como si le dieran ganas de arrojarlo al canal de una patada. Abajo, en el agua, el barro del fondo subió, en sucio remolino, hasta la superficie, marcando el lugar donde se había hundido la llanta. También aparecieron unas cuantas burbujas turbias y fugaces que se deshicieron en seguida.

—¡No apartes los ojos del sitio y no te muevas! —venía gritando Jella por el camino—. ¿Por qué la has dejado que se caiga al canal?

Eelka seguía mirando al agua, lleno de amargura.

—Se desarmó. Se deshizo en pedazos —dijo señalando el rastro que formaban las piezas de madera al separarse.

Jella miró el agua turbia.

—¿Es ahí donde ha caído? —preguntó.

Eelka afirmó con la cabeza. Estaba tan a punto de romper a llorar que no se atrevió a hablar. ¡Tanto como había trabajado y ahora...! De pronto, se volvió a sentir lleno de cólera. Hasta entonces no se había fijado: Jella traía el arco, y hasta tenía flechas. Eso es lo que había estado haciendo: jugando con el arco. Eelka, sin embargo, no dijo nada.

Jella, por su parte, con infinito cuidado, depositó las flechas sobre el suelo. Luego, se tendió boca abajo al borde del canal y empezó a tantear con el arco por el agua enlodada. Se puso de rodillas.

—Con el arco no llego —miró a Eelka—. ¿Sabes nadar?

—No. ¿Y tú?

—Yo tampoco. Pero deja que piense.

Contempló a Eelka, encajonado entre los radios y, después, miró el cubo que estaba en el suelo, a la misma orilla del canal.

—Oye, me podías bajar hasta el agua con la cuerda del cubo.

Por toda respuesta, Eelka tomó la cuerda y tiró de una de las hebras, que se rompió entre sus dedos.

—¡Caray, mejor que no! —exclamó Jella—. Serviría de merienda a los peces.

—Tendremos que pedir ayuda —dijo Eelka.

—Sí, pero podríamos olvidarnos del sitio en que cayó la llanta. ¡No! Ya sé lo que vamos a hacer. Mira todos esos radios que llevas encima. Los clavaremos como si fueran estacas en el ribazo del canal y formaremos una especie de escalera que baje hasta el agua. Así podré llegar hasta el fondo, colgándome de la última estaca, y buscaré con las puntas de los pies a ver si encuentro la llanta. Mira, usaremos el cubo como martillo.

—Te advierto que la llanta pesa horrores... —objetó Eelka un tanto dudoso—. Con los pies no podrás sacarla.

Pero Jella estaba tan entusiasmado con su plan, que no le hizo caso. Desató la cuerda del cubo y clavó con fuerza el primer radio en el declive, casi vertical, del canal. A un pie de distancia aproximadamente, bajando hacia el agua, colocó el segundo.

—Dame otro —jadeó.

Y hundió el tercero en el ribazo. Después, ya no alcanzaba a clavar más.

—Ahora te toca a ti, Eelka. Escucha: te sujetaré por los tobillos y, colgado cabeza abajo, puedes clavar los últimos peldaños.

Pero era casi imposible clavar los radios en la tierra estando en esa postura. Toda la sangre del cuerpo parecía acumulársele a Eelka en la cabeza y el cubo era demasiado pesado para sostenerlo con una sola mano mientras sujetaba el radio para dar los primeros golpes. Sin embargo, Eelka se las arregló para clavar uno más. Pero cuando Jella le soltó un tobillo para darle otro radio, sintió un miedo atroz; y más aún cuando Jella, al agacharse para alcanzárselo, le dejó bajar un poco y acercarse más al agua. Se puso nervioso. Consiguió introducir el radio en la tierra. Pero todo le daba vueltas.

—¡No puedo estar más tiempo cabeza abajo! —gritó.

En esto, el engorroso cubo se escapó de su mano entumecida, cayó al agua y desapareció.

—¡Mecachis en ti, idiota! —chilló Jella, enfurecido, mientras le subía arrastrándole hasta la orilla—. Ahora hemos perdido también el cubo. ¿No puedes hacer nada bien?

Eelka, andando a gatas, se apartó penosamente del borde del canal y se sentó en la hierba. La cabeza le daba vueltas y lo veía todo borroso. Estaba tan mareado que no advirtió, ni tampoco le importaba, que Jella hubiera desaparecido por el borde del canal. Todo quedó en silencio y, de pronto, Eelka tuvo miedo. Se arrastró de nuevo hasta la orilla del agua y se asomó. Varias veces sacudió la cabeza para que se le aclarara la vista. Allí estaba Jella, colgado de uno de los radios clavados en el ribazo. Estaba dentro del agua, hurgando con los pies para encontrar la llanta. Las nubes de barro que removía subían desde el fondo y giraban a su alrededor.

Jella le vio.

—¡No toco nada! Pero puedo meterme más adentro. —Echó una mirada al último radio—. Si me cuelgo de ahí, puedo hundirme del todo y buscar mejor.

—No sé... Yo no lo haría, Jella. Me parece que no martilleé muy fuerte antes de que se me cayera el cubo.

Pero Jella ya había desaparecido. No se veía de él más que la mano con que se agarraba al último radio. Eelka miraba las nubes de barro que subían sin cesar. Y unas sucias burbujas negras que estallaban haciendo un ligero ruido. Sintió verdadero pánico. Miró ansioso el radio que Jella apretaba con la mano.

Entonces, con un tremendo alivio, lo vio asomar. Se alzó, poco a poco, apoyándose en el radio, resoplando y escupiendo.

—No encuentro nada. Voy a ir todavía más abajo. —Y allá se metió otra vez.

—¡No, Jella, no! —gritó Eelka.

Pero Jella se sumergió sin hacerle el menor caso.

—¡Jella, Jella, no!...

Jella, entonces, dijo con una voz extraña:

—Si yo no... Si ahora no quiero... —Se atragantó, se hundió: luchó desesperadamente un instante y sacó la boca fuera del agua—. Eelka, me hundo, me hundo.

La mirada horrorizada de Eelka pasó de Jella al radio que lo sostenía: ¡el radio ya no estaba allí, clavado en el ribazo! ¡Estaba suelto, en la mano de Jella! Dentro de unos momentos, ni la mano ni el radio estarían allí. Jella se estaba hundiendo con radio y todo. Eelka, a toda prisa, empezó a descender por la escalera hasta quedar colgado del que ahora era el último peldaño y se dejó caer al agua. Agarrándose a él con todas sus fuerzas, golpeó con los pies donde asomaba el radio que Jella no había soltado aún. Jella sintió los golpes y, tanteando con la mano, encontró una pierna de Eelka, se aferró a ella, apretándola con fuerza, y quedó colgado. Arrastrándole detrás de sí, Eelka intentó ascender por la escalera improvisada, sin más ayuda que las manos, porque ahora Jella, con el afán del que se ahoga, le había cogido las dos piernas. Uno tras otro, iba Eelka remontando los peldaños, sacando a Jella fuera del agua. Parecía tener una fuerza infinita, capaz de cualquier cosa. Pero de pronto, Jella empezó a gritar desde abajo:

—¡Eelka, sal afuera! ¡Sal deprisa! ¡Se están soltando todos!

Eelka, asustado, miró hacia abajo. Jella le soltó y Eelka se encaramó sobre la orilla. Cogió lo primero que le vino a mano, el arco de Jella que estaba por allí, y se lo alargó a Jella, que, con los ojos desorbitados, se mantenía precariamente agarrado a los radios medio desprendidos. Eelka tiró de él con el arco y le sostuvo pegado al declive.

—¿Podrás subirme hasta arriba con el arco? —preguntó Jella, jadeante.

Eelka sacudió la cabeza. Toda su fuerza le había abandonado de repente. Estaba horriblemente asustado. Allí estaba Jella colgando en el agua. Y allí estaban los radios, menos el primero, medio desprendidos y colgando también sobre el canal. Había subido por ellos con Jella sujeto a él como un peso muerto, y el único radio que se conservaba firme era el primero, el que Jella había hundido sólidamente en la parte más seca del ribazo. De súbito, Eelka anudó la cuerda del arco a la primera estaca y lo dejó allí, sujeto por un extremo. Luego se puso en pie de un salto.

—Jella —dijo con desesperación—, tengo que ir a pedir auxilio. No me atrevo a subirte tirando del arco. ¿Qué pasaría si se rompe?

Miró a su alrededor. No había nadie por allí cerca. Ni un alma. Nada se movía.

—Jella —volvió a decir—, ¿quieres quedarte ahí agarrado, quieto, sin moverte un pelo? No hagas mucha fuerza sobre el arco. Procura no menearte. ¿Quieres, Jella? Yo iré a Shora corriendo y traeré ayuda.

—Corre, pues —dijo Jella, a la desesperada—, y no te quedes ahí charlando. ¡Corre! —sus grandes ojos, aterrorizados, se clavaban en Eelka.

—¡Sí, sí, Jella, correré!

Pero sentía que le era casi imposible alejarse. Era una cosa atroz salir corriendo y dejar allí a Jella, en el canal.

—¡Me voy! —gritó al fin, y echó a correr.

Corrió con toda su alma. Tenía que hacerlo para separarse de Jella. Pero Jella se había quedado solo, en el canal silencioso. Solo y asustado.

Eelka miró otra vez. Pero no vio a nadie por ninguna parte. Nada se movía. La carretera seguía solitaria. Y Jella allí, en el canal.

De pronto, dejó de correr. Se paró en seco, en medio del silencio vacío. No podía separarse de Jella, que tenía tanto miedo. Jella, que no se asustaba de nada, estaba horriblemente asustado.

En ese mismo momento se le ocurrió una cosa: podía sacar a Jella del canal. Él solo. La cuerda podría sostener a Jella. Tenía que sostenerle. Había resistido el peso de la rueda durante mucho tiempo y la rueda pesaba cien veces más que Jella. Tirando de ella, lo sacaría. Porque él también aguantaría el peso. Porque no había sido sólo la cuerda la que había mantenido colgada la enorme rueda. Él mismo la había sostenido cuando estaba agarrado casi nada más que con los dedos.

Mientras retrocedía corriendo hacia Jella, Eelka se sentía sobrecogido de asombro. Porque ahora se daba cuenta de que era fuerte. Mucho más fuerte de lo que nadie sospechaba; mucho más fuerte de lo que él mismo había sospechado nunca. ¿No había sostenido todo el peso de la rueda? ¿No había arrastrado a Jella hacia arriba hasta que los radios habían cedido? Debía de ser mil veces más fuerte de lo que pudiera pensarse.

Ya estaba de vuelta y asomándose para ver a Jella.

—¡Qué pronto has vuelto! —dijo Jella con alivio.

—No me he ido. He vuelto atrás. Pero te voy a sacar de ahí en seguida.

—¿Cómo? —preguntó Jella con angustia.

Pero Eelka no podía perder el tiempo dando explicaciones. Ató uno a otro los dos trozos de cuerda; el de la cintura y el que había servido para colgar el cubo. Probó el nudo. Luego, en uno de los extremos, hizo otro nudo, corredizo, dejando un gran lazo, y lo dejó caer sobre la cabeza de Jella. Comprobó si el único radio que quedaba estaba firme. Quitándose uno de los zuecos para asegurarse mejor, apoyó el pie contra la estaca.

—Ahora —dijo a Jella— mete un brazo por la cuerda, sujetándote con la otra mano, y luego, cambiando de brazo, mete la otra también dentro del nudo. Tranquilo. Muévete despacio. No te pongas nervioso ni te asustes y no empieces a bailar.

Jella obedeció. Se movió con cautela, sin apoyarse en el arco más de lo preciso, mientras cambiaba de postura. En cuanto la cuerda estuvo colocada rodeándole el pecho, Eelka la puso tensa, preparándose a tirar con todas sus fuerzas.

—Ahora —dijo— voy a empezar a subirte. Tú no luches. Déjate colgar como un saco.

—La cuerda está podrida. Los hilos se soltaban como pelos hace un momento —dijo Jella, que estaba francamente asustado.

—Aquel trozo, sí. Pero esta cuerda te sostendrá. Pudo con la rueda cuando la dejé caer desde el henil y la rueda pesa cien veces más que tú. Y yo también puedo. Si pude aguantar esa rueda, también podré contigo.

Se mostraba mucho más seguro de lo que en verdad estaba para animar a Jella, que tenía miedo.

—Pero, Eelka...

—¡Cállate! —dijo Eelka bruscamente—. ¡Arriba contigo!

Apoyó el pie contra la estaca. Primero con una mano y luego con la otra, fue tirando de la cuerda hacia arriba. Mano tras mano, con todo su peso sobre la estaca, trabajando a pulso para que la vieja cuerda no rozara ni se arrastrara contra el borde del declive. Eelka tenía los dientes apretados. Mientras Jella estaba en el agua, la cosa había sido bastante fácil; pero ahora todo el peso de Jella colgaba a plomo de sus brazos. Sin embargo, había que mantener la cuerda separada del ribazo, que no lo rozara. Una mano tras otra, y tirar, tirar, tirar...

De pronto, dejó de sentir el peso. Por espacio de un instante —un horroroso instante— Eelka esperó oír de nuevo el ruido de la zambullida: se debía de haber roto la cuerda. Pero no hubo chapuzón. Jella se había cogido al radio que estaba junto al borde y ahora él solo se estaba empinando para salir. Llegó arriba, echó las piernas por alto y se dejó rodar hacia el camino por la orilla del canal.

Eelka, en seguida, se dejó caer también. Era maravilloso estar así, tendido, sabiendo que lo había hecho. Que había logrado hacer lo que se había propuesto y tal como lo había planeado. Había resistido, había demostrado su fuerza, y la cuerda no se había roto.

Era un sentimiento maravilloso que le llenaba de orgullo.

Jella, para entonces, se había levantado y estaba inclinado sobre Eelka.

—¡Dios mío, Eelka! ¡Nunca hubiera pensado que fueras tan fuerte!

—Ni yo tampoco —confesó Eelka mirando hacia arriba—. En eso mismo estaba pensando ahora. Me figuro que ha ocurrido por ser el más pequeño de la familia. Se creen que toda la vida sigues siendo un niñito. Y me parece que yo también me lo he creído. Mi papá y mis hermanos estaban siempre haciendo cosas por mí, sin dar tiempo siquiera a que yo lo intentara, porque era pequeño. Yo era el bebé de la casa.

—¡Vaya un bebé! —dijo Jella, entre burlón y admirado.

De pronto los dos sonrieron, mirándose. Aquello resultaba difícil. Jella no sabía cómo expresar lo agradecido que estaba. A Eelka le parecía estar viendo cómo su camarada rebuscaba en su cerebro para encontrar las palabras. Otra vez sonrieron.

—¡Caramba! Eelka, puede que seas calmoso, pero... ¡Nunca hubiera creído que tuvieras tanta fuerza! ¡Ya ves! Jugarás siempre con nosotros. A todo. Sea lo que sea.

Eelka comprendió que era así como Jella le daba las gracias. Se levantó de un brinco.

—¿Sabes lo que estoy pensando? Que debemos recoger todos los radios y las piezas de madera de la llanta y llevarlas a la escuela, y contarle al maestro lo que ha pasado. Dejaremos ese radio tal y como está clavado para que nos sirva de señal y podamos reconocer el sitio. Tal vez con un rastrillo largo lleguemos a sacar la llanta, y hasta el cubo.

Jella, obedientemente, se puso a recoger los desperdigados trozos de madera. Eelka reunió los gruesos radios y los sujetó con un brazo. Juntos y contentos, echaron ambos a andar por el camino de Shora, goteando agua a cada paso que daban. Jella, de cuando en cuando, lanzaba una mirada a Eelka, grueso y bajito, marchando a su lado, con aire firme y decidido. Sacudía la cabeza como si aún no acertara a creerlo.

—¡Menudo bebé! —dijo de pronto en voz alta.

Y Eelka se echó a reír.

Capítulo VII

AUKA
Y EL HOMBRE
DE LA HOJALATA

Auka había quedado encargado de buscar por el camino del dique. El camino del dique era el que conducía al pueblo de Nes. Como, mientras Auka iba por el camino, Lina marchaba sobre el propio dique, los dos podían verse y la cosa resultaba agradable. Lina debía fijarse en los pequeños caminos y senderos laterales que conducían a las granjas que se hallaban un tanto retiradas, lejos de las carreteras principales.

—Pienso llegar hasta Nes —gritó Auka a Lina, mirando hacia arriba—. Y puede que más allá.

—Me gustaría ir contigo.

—¿Por qué?

—Es que esas granjas apartadas suelen tener unos perros muy grandes para guardarlas. Me dan miedo los perros.

—No te harán nada. Les miras fijamente a los ojos y sigues andando como si tal cosa, y no te hacen nada; ya verás.

—¿A qué ojo? —preguntó Lina con una risita nerviosa.

—¿Quieres que vaya yo por el dique y vienes tú por aquí, hasta Nes?

—Noooo... Creo que no —contestó Lina vacilando—. En tu camino hay más casas, y cuantas más casas, más perros. Al menos, desde el dique podré ver si hay algún perro en el corral y si está solo o hay gente por allí. Iré cantando mientras me acerco para que los perros me oigan llegar.

—¿Quieres decir para que no les coja de sorpresa y se mueran del susto? —dijo Auka para hacerla rabiar.

Lina le hizo una mueca.

En esto Auka llegó a la primera granja. Estaba en el centro de una curva. Desde allí, el camino se apartaba del mar y del dique y se dirigía, tierra adentro, hacia el pueblo de Nes. En Nes había árboles y cigüeñas. Auka estaba impaciente por llegar allí. Cuando volvió al camino, tras buscar inútilmente en el corral y en los cobertizos, a Lina no se la veía por ninguna parte. Más tarde, al pasar junto a un sendero, oyó Auka, detrás de un recodo, las suaves notas de una canción. Debía de ser Lina. Auka se puso a ladrar furiosamente. Lina debió de oírle, a pesar de ir cantando, porque volvió a sonar su risita nerviosa.

—¡Que encuentres una docena de ruedas y ni un solo perro! —le gritó Auka, sin verla. Y siguió andando a buen paso.

Estaban aproximándose a Nes. Hasta el momento, su viaje había sido infructuoso. Ni una sola granja que tuviera una rueda de más. A través de los campos llanos, los tejados de Nes se entreveían, brillantes y encarnados bajo el calor del sol, entre el verdor de los árboles. Auka se detuvo a descansar un momento, al borde de la carretera, junto a un camino lateral, esperando que Lina apareciera por él. Escuchó por si, en medio del silencio campesino, se oía su canción. Lo que llegó a sus oídos fue un ligero tintineo que parecía venir del fondo de aquel camino bordeado de matorrales. Auka escuchó sonriendo. Podía ser Lina.

Lina se habría cansado de cantar y estaría haciendo sonar alguna cosa para avisar a los perros de su llegada.

El ligero tañido parecía acercarse. Era difícil saberlo. Tan pronto se paraba como empezaba otra vez. Ahora había cesado; pero, tras un largo silencio, comenzó con más intensidad y se fue aproximando de modo continuo. Auka, entonces, creyó saber lo que era. Debía de ser el vendedor de cacharros de hojalata, que los llevaba colgando del carro. Pucheros y cazuelas de reluciente hojalata sujetos por alambres y por ganchos. En efecto, era él. Por el estrecho camino, avanzando lentamente, asomó un viejo caballo esquelético, y detrás de él, el carro, tintineando. Pero no había nadie en el pescante. Un lado del carro estaba completamente fuera del camino, rodando por la hierba de la cuneta. Sin duda, el caballo había decidido marcharse a casa, dejando al hombre abandonado en alguna granja.

El carro se paró, y Auka vio entonces salir al hombre por detrás del mismo. Se puso a manipular la rueda que estaba en la hierba. Auka esperó. Al fin el hombre trepó hasta el pescante y el carro siguió andando.

El viejo carro, rechinando y repiqueteando, salió del

camino. Trazando una curva ancha y cautelosa, se situó en la carretera donde Auka esperaba. Casi le rozó con el cubo al pasar, pero el hombre no le vio. Estaba torcido en el pescante con los ojos fijos en la rueda trasera.

Auka miró, a su vez.

—¡Eh! ¡Que se sale la llanta! —gritó.

El hojalatero hizo un brusco movimiento de sorpresa, vio a Auka y paró el carro.

—La rueda. ¡Se está desarmando! —volvió a gritarle Auka.

—Sí; ya lo sé, ya lo sé... —dijo el hombre, malhumorado—. La vengo sujetando con alambres desde Shora, pero los alambres se desgastan en seguida, y tengo que estar poniendo otros continuamente para que la llanta no se salga de la rueda.

Bajó de nuevo con aire cansado, buscó un alambre por la trasera del carro y lo ató dando vueltas a la llanta, que iba llena de alambres enrollados casi uno junto a otro.

—¿Por qué no me regala usted esa rueda? —dijo de repente—. Ya no le sirve.

—¡Qué cosa más rara has dicho! —replicó el hombre en tono de reproche—. ¿Darte la rueda? ¿Y qué te figuras que iba a hacer yo entonces? ¿Ir a casa rodando sobre el eje?

Auka se dio cuenta de que había obrado muy torpemente al pedirla así, de sopetón. Se apresuró, por tanto, a explicarle los planes que tenían en la escuela para atraer las cigüeñas a Shora y la necesidad que tenían de una rueda.

—Sí —dijo el hombre—; no hay duda de que eso es lo que se precisa para las cigüeñas. Pero yo necesito esta rueda hasta que tenga otra. Tan pronto como llegue a Nes habré de procurarme una nueva. No tengo más remedio.

—Entonces, ¿puedo ir con usted? Yo también voy a Nes. Y si cuando tenga usted la rueda nueva quisiera darme ésta... Sería estupendo para las cigüeñas. Para lo que ellas la quieren no hace falta que ruede, y a ellas no les importarían unos cuantos alambres. Mientras no se enredaran las patas con ellos.

—No tan deprisa, no tan deprisa —le advirtió el hombre de la hojalata—. Necesito una rueda nueva, de eso no hay duda, y tengo que procurarme una; pero cómo voy a hacerlo es otro cantar. Ha sido una semana malísima. Lo único que he hecho ha sido remendar unos cuantos pucheros y cazuelas por el camino. No ha habido un alma que comprara algo nuevo. En ese pueblo de mala muerte, únicamente el hombre sin piernas me ha comprado unos recortes de hojalata. Dijo que los quería para colgarlos de un árbol. Eso es todo lo que he vendido en Shora.

—Ése era Janus —explicó Auka—. Son para asustar a los pájaros, para que no se acerquen al cerezo. —Le brillaron los ojos—. Eso quiere decir que las cerezas empiezan a ponerse coloradas.

Pero el hojalatero no le escuchaba. Chasqueó al caballo para hacerle avanzar unos pasos. Examinó con suma atención la rueda que iba dando vueltas lentamente. Ni siquiera los alambres conseguían que la llanta de hierro permaneciera en su sitio. A pocas vueltas que diera, los alambres se aflojaban, y la llanta se separaba de la rueda casi por completo. Al girar ésta, la llanta se bamboleaba separándose del cerco de madera que debía proteger. El hombre se quedó contemplando la superficie de la carretera cubierta de grava.

—Desde aquí pueden verse los tejados de Nes —dijo descorazonado—, pero con esa grava tendré que enrollar tantos alambres que se hará de noche antes de llegar allí.

—Si fuera yo en la trasera del carro y cada vez que se soltara un alambre colocara otro en seguida —sugirió Auka—, no tendría usted que parar y bajar continuamente para arreglarlo.

—¡Mira! Es una buena idea. Así podríamos los dos llegar a Nes. Pero recuerda que no puedo prometerte la rueda.

Entregó a Auka un puñado de trozos de alambre y le ayudó a encaramarse al carro.

Los cacharros de hojalata colgaban por todas partes. Auka tuvo que andar apartando los pucheros y las cazuelas y las teteras, como si se tratara de una cortina, para poder sacar la cabeza y vigilar la rueda.

—Cuando veas soltarse un alambre, gritas ¡sooo! —le advirtió el hombre mientras se acomodaba en el pescante.

—¿Me oirá el caballo con tanto tintirintín y repiqueteo?

—¿Éste? Éste oiría un ¡so! aunque estuviera a diez pies debajo del agua. Cuando no oye del todo bien es cuando le dicen ¡arre!

—¡Arre! —gritó volviéndose al caballo.

—Si consigue usted una rueda nueva, ¿me dará usted ésta? —volvió a insistir Auka antes de que el carro se pusiera en movimiento y el chinchín de la hojalata le cubriera la voz.

—Tendré que ver si a mi mujer le ha sobrado algo de la semana pasada, porque, lo que es yo, no he ganado ni para un radio. ¡Arre! —volvió a gritar al caballo.

—¿Y qué va a hacer si su mujer no lo tiene? De ningún modo puede usted andar con esta rueda la semana que viene.

—La echaré al canal el domingo para que se moje y se hinche. Eso hará que aguante un par de días, y si le diera por llover, también ayudaría. Esta semana ha sido más seca que un corcho. ¡Arre! —volvió a decir pacientemente—. Pero me temo que esta vez ni el empaparla va a servir de nada. —Extendió las manos vacías con un gesto de impotencia—. Sin dinero, ¿qué va a hacer uno? ¡Arre!

El viejo caballo pareció comprender al fin que la conversación había terminado definitivamente. Aunque muy de mala gana, puso en movimiento sus cansados huesos. El carro avanzó traqueteando. Los cacharros empezaron a entrechocar y repiquetear y tañir.

Nes no estaba lejos, pero aun para tan corta distancia, la ayuda de Auka fue muy útil con su tarea de ir atando alambres alrededor de la vieja rueda abombada. Pronto se hizo tan experto que casi era capaz de decir cuándo un alambre iba a romperse. El viejo caballo caminaba tan despacio que Auka podía dar una vuelta al alambre, esperar a que volviera a subir y entonces retorcerlo a toda prisa para que quedara fijo en su sitio. Raramente se veía obligado a gritar ¡so!, pero cada vez que lo hacía, el caballo, a pesar del estrépito armado por los cacharros, se detenía casi antes de que el grito saliera de los labios de Auka. Parecía adivinar cuándo el chiquillo pensaba decirlo.

Sobre la grava áspera que cubría la carretera, los alambres iban soltándose a derecha e izquierda. Auka andaba más atareado que una abeja, pero casi le resultaba divertido ver si podía enrollar un alambre sin que fuera necesario detener al caballo. Además, le animaba la esperanza de que con eso quizá pudiera conseguir una rueda para el tejado de la escuela. Nunca se puede decir. Parecía más probable que andar buscando por las granjas. Ni un granjero, por lo visto, tenía una rueda que no estuviera puesta en el carro.

Al fin ya estaban rodando sobre los guijarros de la calle principal de Nes. Auka se distrajo un momento de su ocupación con los alambres para mirar la gran cigüeña blanca que se elevaba desde el tejado de una casa. Se marchó aleteando mientras que una segunda volvía hacia el nido en construcción. ¡Ya estaban las cigüeñas haciendo sus nidos en Nes! Pero Auka tuvo que apartar sus ojos de ellas. Aun en tan poco tiempo, cinco alambres se habían desprendido de la llanta. No hubo más remedio que gritar al caballo. Sustituyó tres de los alambres y, entonces, se dio cuenta de que ya no le quedaban más. Había gastado el último.

—¡No hay más alambres! —dijo al hombre de la hojalata—. Se me han terminado.

—Y a mí también —contestó el otro—. Te he dado todos los que tenía en el carro. A ver si podemos llegar. Es al final de esta misma calle. Vivo ahí.

Pero los alambres no duraron. Uno tras otro se iban rompiendo al rozar con los guijarros. Ya no quedaba ni uno. La llanta de hierro amenazaba separarse por completo de la rueda.

—¿Cuánto falta todavía? —preguntó Auka.

El hombre se detuvo y miró la rueda. Sin decir palabra, entregó al chico el martillo que usaba en su oficio.

—¿Quieres ir andando junto al carro y volver la llanta a su sitio cada vez que se salga? Procuraré ir por el sitio más llano de la calle.

Auka saltó al suelo y empuñó el martillo. Golpeó la llanta hasta acomodarla en la rueda.

—¡Adelante! —dijo.

El carro echó a andar. La rueda, calmosa, con Auka trotando a su lado, daba tumbos sobre el empedrado. Auka la vigilaba con los ojos fijos, como un mochuelo, y, cada vez que amenazaba con salirse, la volvía a colocar con el martillo. El estrépito metálico de los pucheros y cazuelas, mientras el carro se tambaleaba a lo largo de la calle, se veía ahora acompañado por el ruido del continuo martilleo de Auka sobre el hierro de la llanta. Era una horrible barahúnda. Los chiquillos que andaban por la calle empezaron a seguir al carro.

Éste se detuvo, al fin, ante una pequeña casa. Habían llegado. En el porche había una mujer, mirando con ansiedad a su marido en el pescante y luego a Auka con el martillo. Había una legión de críos pequeños a su alrededor, que se agarraban a sus faldas y se asomaban tímidamente por detrás para observar a Auka. La mujer tenía en sus brazos un mamoncillo, pero, a Auka, todos los otros le parecían del mismo tamaño. La mujer miró a su marido.

—¿Tan mal está? —dijo con voz aguda.

El hombre asintió.

—Esta vez, lo que pide es una nueva, Afke. No es posible hacer otra cosa.

—¿Has sacado bastante para una nueva?

El hombre vaciló.

—Ha sido una semana muy mala. ¿Has podido guardar tú algo en estos días? —dijo tímidamente. Y enrojeció.

—¿Guardar? ¿Guardar algo esta semana? —Señaló, con un movimiento de la mano, la bandada de niños que la rodeaba—. Y teniendo que llevar a Janie al médico.

Hasta los niños parecían tristes y desgraciados. Como si se dieran cuenta de las cosas. Era evidente que el hombre de la hojalata no podría comprar una rueda nueva. Eso hizo que Auka también se sintiera triste e impotente, lleno de una gran compasión hacia el hombre y la mujer y todos aquellos chiquillos y aun hacia sí mismo. Porque aquello significaba, además, que no habría rueda para la escuela.

—¿No podría arreglársela el tonelero? El tonelero pone aros alrededor de los barriles y cosas de ésas. A lo mejor podría sujetar la llanta...

El hojalatero y su mujer se miraron asombrados. Los niños también miraban con los ojos muy abiertos.

—¡Ésta sí que es buena! —dijo al fin el hombre—. Es algo que no se me había ocurrido. El herrero me la ha arreglado algunas veces, pero no puedo volver a llevársela sin tener dinero. El tonelero —repitió reflexionando— creo que no me cobraría mucho. —Miró a su mujer.

—Espero que no —respondió ella nuevamente—. Si no, no nos queda más que rezar. Eso no cuesta nada, por ahora. —Miró a Auka con aire de desafío.

—Será mejor que me vaya —dijo éste avergonzado. No sabía qué otra cosa podría decir ni qué otra cosa podría hacer. Sin mirarle, tendió al hombre su martillo. Era todo tan desesperado. A Auka le parecía como si estuviera lleno de chichones y de dolores por todas partes. Y no podía hacer nada absolutamente.

—Gracias por ayudarme —dijo el hombre—. Lo único que quisiera es poder darte la rueda.

—¡Oh! No importa... Ha sido divertido. —Estaba seguro de que no era eso lo que debería haber dicho—. Bueno, en cierto modo —añadió torpemente. Y, dándose la vuelta, se marchó corriendo.

Era un alivio tan grande alejarse así, corriendo, de

tanta desgracia y tristeza, que Auka corría cada vez más. Le detuvieron las cigüeñas. Allí estaba la misma pareja que había visto antes volar sobre la casa junto a la cual habían pasado con el carro. Las dos aves venían de vuelta con cañas en el pico. Eran grandes, a tamaño natural; eran cigüeñas de veras que ahora volaban muy bajo y se posaban en la rueda del tejado; blancas, enormes, maravillosas. Auka se quedó mirándolas con la boca abierta.

Sin apartar los ojos de las aves, con la cabeza echada hacia atrás, Auka se introdujo, absorto y distraído, en el pequeño patio de la casa. Ahora veía a las cigüeñas muy de cerca, justo encima de él, sobre el tejado. Le parecía que casi podría tocarlas. Una cañita mal colocada se deslizó por la pendiente y cayó a sus pies. Auka la recogió y, echando el brazo hacia atrás, se preparó a devolvérsela a las cigüeñas. En esto, unos dedos de mujer tamborilearon con fuerza en el cristal de la ventana. Auka bajó la mano. La mujer abrió la ventana.

—¿Qué estás haciendo en mi patio? —preguntó—. ¿Quién te ha dado permiso para entrar?

Auka apartó los ojos de las cigüeñas, los bajó al suelo y se dio cuenta de que aún tenía cogido el trocito de caña. Se puso a explicar confusamente:

—Es que se les había caído esto del tejado y yo se lo iba a tirar para devolvérselo. —Dejó caer el palo.

—Eres forastero, ¿verdad? ¿Y te metes siempre así, de rondón en los patios ajenos?

—¡No, de ninguna manera! Pero las cigüeñas estaban ahí... Me colé por las buenas, ¿no?

—Pues sí. Y has abierto el cerrojo de la puerta para entrar.

Auka se las arregló para reírse un poco, como disculpándose.

—Es fácil que lo hiciera, pero ni me enteré. Ya ve usted: ¡estaban las cigüeñas tan cerca...! Y en Shora no hay cigüeñas ni nada parecido. ¡Y usted las tiene en su mismo tejado!

La mujer sonrió al ver cómo le interesaban a Auka sus cigüeñas.

—Pues sí; todos los años las tengo en mi tejado, y una se acostumbra a verlas. Pero si en tu pueblo no habéis tenido nunca cigüeñas, no me extraña que te llamen tanto la atención.

—¡Todos los años! —repitió Auka. En su voz se notaba que estaba maravillado—. Y en Shora... ¡Oiga! —preguntó de pronto—. ¿No será usted la tía de Lina? Yo voy a la escuela con ella, y Lina escribió una composición donde explicaba lo que usted le había contado de las cigüeñas; y ahora estamos todos buscando una rueda para ponerla sobre la escuela y conseguir que las cigüeñas vayan a Shora. Por eso estoy aquí, en Nes.

—¡Mira qué cosas! ¿Y es Lina la que lo ha armado todo? Pues, chico, mucho me temo que no va a servir de nada que busques una rueda en Nes. Todas las ruedas disponibles las colocamos en los tejados en cuanto se acerca la primavera. Casi forma parte de la limpieza primaveral. Si te has fijado en la mía, es porque la mía ya tiene cigüeñas. Las primeras que llegan vienen siempre a mi tejado. Pero, como puedes ver, casi todas las casas tienen ya su rueda. Es decir, todas la tienen ya colocada, menos la casa de ahí enfrente, al otro lado de la calle. Evert va a colocarla hoy mismo; por lo menos ya tiene la escalera contra la pared. Pero a Evert siempre se le hace tarde de puro remilgado. ¡Hasta se empeña en pintar la rueda!

Sacó la cabeza por la ventana para mirar a la casa de enfrente. Auka siguió su mirada. Un hombre ya viejo venía rodeando la casa haciendo girar una rueda hacia la escalera.

—¡Mira eso! —dijo la tía de Lina en tono burlón—. Este año hasta se ha sentido patriótico: rojo, blanco y azul... Otros años, al menos, la pintó sólo de un color, y aun así, jamás consiguió que anidaran las cigüeñas. A las cigüeñas no les gustan los colores chillones. Se asustan. Pero a Evert es inútil decirle nada. Es un viejo más terco que una mula.

Al otro lado de la calle, el hombre había empezado a subir la rueda por la escalera. Era una rueda grande y maciza, con aspecto de pesar mucho, y a Evert, por lo que se veía, le costaba sudores manejarla. Se le hacía muy difícil poner el pie en el siguiente peldaño.

—No podrá —dijo Auka—. Lo mejor será que le eche una mano.

El viejo Evert, a mitad de camino, se había parado a descansar. Estaba mirando hacia arriba, hacia el tramo de escalera y la aguda pendiente del tejado que aún le quedaban por subir. Miró a su alrededor, con aire desamparado, y sus ojos tropezaron con Auka.

—¡Hola, chico! —le gritó—. ¿Quieres ganarte dos centavos y medio ayudándome a subir esta rueda al tejado? Te daré medio níquel.

—¡Claro que sí! —se apresuró a contestar Auka. Medio níquel no se encontraba todos los días, y él había decidido de todos modos hacerlo gratis—. Adiós, tía de Lina —dijo a toda prisa. Y cruzó la calle en un vuelo, sin olvidarse de cerrar la puerta.

—Dile de mi parte a ese viejo loco —dijo la tía de Lina— que está malgastando su dinero y sus fuerzas. Las cigüeñas no anidarán en una rueda que reluce como un faro.

Pero Auka no tenía la más mínima intención de decir nada que pudiera impedirle ganar aquel medio níquel llovido del cielo.

—¿Qué quiere usted que haga? —preguntó desde el pie de la escalera.

—Trae otra escalera que hay detrás de la casa y ponla junto a la mía. Así podremos empujar la rueda hacia arriba entre los dos. Podrás con ella, ¿verdad?

Por dos centavos y medio, Auka se hubiera atrevido a cargar con dos escaleras y media. La trajo a empellones y la apoyó, como pudo, contra la pared, al lado mismo de la otra. Trepó luego por ella y agarró la rueda.

—¡Uuff! Esto es otra cosa —resopló el viejo, agradecido, aliviado de la mitad del peso—. Primero vamos a ver si la colocamos sobre el borde del tejado.

Auka miró la rueda, maciza y pesada; miró el empinado declive del tejado, miró de nuevo la sólida rueda, y, entonces, se le ocurrió decir:

—¡Cuánto trabajo para nada!

—¿Cómo que para nada? ¿Qué diablos quieres decir con eso? Te he dicho que iba a pagarte, ¿no?

—Es usted el que está trabajando por nada —explicó Auka con toda intención—. La tía de Lina dice que nunca habrá cigüeñas en una rueda pintada de rojo, blanco y azul, como la bandera de un faro. Y ¡si ella lo dice...! Ya están las cigüeñas anidando en su rueda. —Señaló con la cabeza al tejado de enfrente.

Evert miró. Con fuertes aletazos de sus enormes alas, y con una ramita atravesada en el pico, una cigüeña estaba a punto de posarse sobre la llanta de la rueda.

—¿Ve usted eso?

—¡Claro que lo veo! —dijo el hombre con cierta impertinencia—. También se posarán en la mía cuando la tengamos colocada.

—Los colorines que usted le ha puesto las espantarán —dijo Auka como aquel que lo sabe con seguridad—. Lo que necesita —siguió sin detenerse— es una rueda vieja, bien estropeada, lo bastante fuerte para poder con las cigüeñas. La de la tía de Lina es viejísima.

—¿De veras? Pues todo lo que yo tengo es una hermosa rueda, bien sólida y bien pintada. Si quieren, que la tomen, y si no, que la dejen.

—La dejarán. Y en cuanto llegue el otoño, tendrá usted que bajarla otra vez. ¡Menudo trabajo!

—Te he llamado para que me ayudes, no para que discutas conmigo —dijo Evert con tono agrio—. Y si no estuviera aquí, discutiendo y cargado con una rueda que pesa como el plomo, te daría un buen tirón de orejas.

—Eso no, pero... Mire usted, yo sé dónde puede encontrar precisamente la rueda que necesita: vieja y gastada y sin una mota de pintura encima. Aún más estropeada que la de la tía de Lina.

Metió un hombro debajo de la rueda para que aguantara el peso y poder explicar a Evert con más soltura todo lo referente al hombre de la hojalata y a su rueda que no tenía arreglo.

—No puede de ningún modo seguir con ella —acabó seriamente— por mucho que la deje empaparse en el canal.

El viejo le miró extrañado.

—Eres un chico raro, calentándote así la cabeza con las preocupaciones de la gente. El hojalatero siempre anda con apuros y toda la vida seguirá metido en ellos con ese rebaño de críos. Pero los apuros son suyos; no son tuyos ni míos.

—Seguro que no, pero... si tuviera esta rueda, podría usar el carro y, con la de él, usted tendría cigüeñas.

Evert le miró con fijeza.

—¡Vaya! ¿Estás seguro de que la tía de Lina no es también tu tía? Os gusta tanto meteros en los asuntos de los demás, que debéis de ser parientes.

Auka, tercamente, intentó un nuevo ataque.

—Mañana es domingo. Si no deja usted hoy colocada la rueda, ya no podrá hacerlo hasta el lunes, y anda ya usted muy retrasado; las cigüeñas de la tía de Lina ya están haciendo el nido.

—¿Qué quieres decir con eso?

—Me parece que no le voy a ayudar a subirla —dijo Auka, decidido.

—Te quedarás sin los dos centavos y medio.

—Sí, pero usted se quedará sin cigüeñas. No se posarán de ningún modo en una rueda pintada. En cambio, si...

—¡Bueno! ¡Está bien! ¡Eres el chico más tozudo y más extravagante que he visto en mi vida! Me va a costar menos trabajo darte la rueda que estar toda la tarde aquí, aguantándola y discutiendo contigo. Ayúdame a bajarla.

Auka agarró la rueda. Cuando la tuvieron apoyada al pie de la escalera, el chico se quedó mirando a Evert por el rabillo del ojo, por si recibía un cachete en cualquier momento.

El viejo murmuraba para sí mismo:

—¡Una rueda tan hermosa a cambio de una completamente estropeada! Pero ese hombre no tiene un maldito centavo para pagarme la diferencia. —Al fin se decidió—: Bueno —dijo, dirigiéndose a Auka—, llévatela y vuelve pronto con la otra. Haremos la prueba. No quiero que esa de enfrente se esté riendo en mis narices un año tras otro. ¡Largo de aquí en seguida!

Auka, de un brinco, se acercó a la rueda.

—Volveré al momento y le ayudaré a subir la rueda vieja hasta el tejado. Pesará mucho menos. Ya verá como vienen las cigüeñas y le traerán buena suerte —prometió agradecido.

—Al hombre de la hojalata ya se la han traído —dijo Evert—. Corre y vete antes de que me arrepienta.

Auka echó a rodar la rueda. Según iba llegando al final de la calle, vio que el hojalatero, su mujer y toda la pandilla de niños estaban aún alrededor del carro. El hombre andaba atareado con la vieja rueda. Auka no pudo esperar.

—¡Miren lo que traigo! —gritó desde lejos, haciendo que la rueda saltara como loca rodando en dirección al asombrado grupo—. Tenemos que sacar la vieja del eje inmediatamente y llevársela a Evert, el hombre que vive al principio de la calle —explicó—. ¡Tenemos que darnos prisa!

—¿Evert? —El hombre no podía creerlo—. Debe de ser que ya no anda bien de la cabeza —le dijo a su mujer. Todos se quedaron mirando, llenos de admiración y respeto, aquella rueda reluciente, roja, blanca y azul.

—Se lo explicaré mientras las cambiamos —dijo Auka—. Hay que hacerlo rápido porque Evert puede arrepentirse.

Al instante se puso el hombre a trabajar y, mientras Auka parloteaba a su lado, muy excitado, no tardó en empinar el carro.

La rueda había sido sacada del eje tantas veces, que prácticamente salió por sí sola en cuanto quitó la gran tuerca que la mantenía en su sitio. Entre el hombre y Auka deslizaron la nueva en el eje y el hombre retrocedió unos pasos para contemplarla admirado. Auka enroscó la tuerca y le dio la última vuelta, apretando con todas sus fuerzas con la llave inglesa. El hombre, sin embargo, no se quedó satisfecho hasta que la apretó un poco más, y luego volvió a dar un paso atrás para mirarla.

Con la nueva rueda ya en su sitio, empezó a creer de veras en su buena suerte. Cogió en seguida la vieja y la cargó en el carro.

—¡Todo el mundo arriba! —gritó—. ¡Vosotros, los chicos, todos, que no falte ninguno! Vamos a llevar a este muchacho a Shora, para celebrarlo. Y tú sube al carro y vete cogiéndolos según te los vaya dando —le ordenó a Auka.

Auka iba cogiendo niños y los iba depositando a su alrededor, entre los cacharros que llenaban el fondo del carro. También la mujer tuvo que trepar al pescante y sentarse allí con el bebé para participar en la celebración.

—Primero iremos a dar las gracias a Evert y le ayudaremos a colocar la vieja rueda en el tejado. Y luego a Shora. Espero que las cigüeñas aniden pronto en esta rueda. Nunca han construido su nido en el tejado de Evert. Pero esta vez será distinto, aunque tenga que cazarlas y atarlas a mi rueda. —Todo el mundo rió alegremente de su entusiasmo.

El carro avanzó, traqueteando, rechinando y tintineando, hasta la casa de Evert. Con la charla excitada del agradecido hojalatero, Evert no hubiera podido, aunque quisiera, decir que cambiaba de idea, ni siquiera pensarlo. Mientras los miraba, confuso y casi mareado, los otros subieron por las escaleras cargados con la rueda. Ni siquiera la inclinación del tejado resultó un problema para el hombre. Hubiera sido capaz de subir por las paredes y de andar por las nubes. En menos que canta un gallo, la rueda quedó atada a las palomillas sobre el caballete del tejado.

—Y ahora, Evert —gritó el hombre jubilosamente—, si el buen Dios no le envía una pareja de cigüeñas en pago de su buena acción, como lo hará, seguro, yo mismo, en persona, se las traeré.

—¿De hojalata? —dijo Evert con gesto agrio.

—No; vivas, hermosas, de las que traen buena suerte. Como ésas —dijo, señalando al nido que estaba sobre la casa de la tía de Lina—. Ya lo verá, yo... —De pronto, se quedó mirando al cielo. Apuntó con el dedo—. ¡Allí vienen! ¡Allí vienen! ¡Dejad que me baje! Quitad las escaleras. ¡Aquí están las cigüeñas de Evert!

Estaba tan seguro, que todo el mundo le creyó. Casi no le dieron tiempo de llegar abajo. Hasta la mujer ayudó a retirar las escaleras y tenderlas en el suelo. A dos de los chiquillos, que se las habían arreglado para salir del carro, los volvieron a subir a toda prisa. A la mujer no la dejaron que se entretuviera trepando al pescante.

—Apártate por un momento —le dijo el marido—. Tengo que llevarme de aquí toda esta hojalata brillante, lejos de la casa. Puede espantar a las cigüeñas.

Auka y la mujer iban trotando junto al carro, que se detuvo seis casas más allá. Desde su interior, todos los niños miraban al cielo, con aire solemne.

—Hay que llevar el carro más lejos todavía —dijo el hombre—. Esta maldita hojalata que brilla tanto y hace tanto ruido...

Se alejaron dando tumbos calle abajo. Todo el mundo miraba cómo volaban las cigüeñas, que iban trazando círculos, allá en lo alto, precisamente encima de Nes. Cerca de su casa, Evert estaba acurrucado detrás de un arbusto, con la mirada fija, sin mover un cabello. Las cigüeñas giraban cada vez más bajo, más bajo...

—Si he espantado a esas cigüeñas me arrancaré los pelos —murmuraba el hojalatero. Arreaba al caballo frenéticamente, y el viejo animal pareció comprender la urgencia que había en su voz, porque el carro, tambaleándose, se alejó a buen paso de Nes, en dirección a Shora.

Capítulo VIII

LINA Y LA BARCA VOLCADA

El tercer camino lateral por el que Lina se metió fue el peor de todos. A lo largo de los otros dos, la niña había ido cantando para que las gentes que hubiera por allí y, sobre todo, los perros, supieran que alguien se acercaba. Afortunadamente, en todas las casas había encontrado a alguien que mandara callar a los perros, terminando con sus feroces ladridos.

Todos se habían mostrado complacidos por la visita de una linda muchachita; habían lanzado un sinfín de exclamaciones y hasta se habían reído un poco, con simpatía, cuando Lina les había explicado el proyecto de la rueda-de-carro-sobre-la-escuela-para-las-cigüeñas. Todo el mundo pensaba que la idea era preciosa.

—¡Está Shora tan desnuda y desolada, así, pegada al dique! —había dicho una mujer—. No le vendrían mal unas cuantas cigüeñas para animarla.

Nadie tenía, sin embargo, una rueda sobrante.

—Pero, querida, si tuviéramos una rueda de más,

126

puedes estar segura de que ya estaría en nuestro pobre tejado vacío. Cada vez que veo volar las cigüeñas, desearía tener una rueda. ¡Está esto tan solitario y tan callado! Y las cigüeñas acompañan mucho —dijo alguien.

En el tercer camino parecía no haber sino una granja, y ésta se hallaba precisamente al final. No se veía un alma por ninguna parte. Nada se movía en el corral sino unos cuantos polluelos y un ganso, que estaba metido debajo de un carro. Lina pensó que hubiera sido mejor correr hacia el dique que meterse por ese camino. También deseó haber venido cantando, como las otras veces; pero se distrajo pensando en lo que había dicho toda aquella gente tan simpática que había encontrado en las otras granjas. Allí, en medio de aquel silencio terrible, no había sino un ganso y unos polluelos, en un carro, al final de un corto sendero que conducía al corral.

Lina dio un paso hacia adelante. Arriba, en el interior del carro, un perro enorme se puso en pie. Apareció de pronto, gruñendo y ladrando —los gruñidos se oían entre ladrido y ladrido, unos ladridos cortos y secos—, sin callar un solo instante.

Lina se quedó inmóvil, clavada en el sitio. El ronco gruñido parecía llegar hasta ella como si se arrastrara por el suelo. Un sudor frío le corría a Lina por la espalda. No acertaba a ver si el perro estaba o no atado al carro. ¿Y si bajaba de un salto? Entonces, ¿qué? No se movía nada por allí. Ni persona ni cosa.

Lina no sabía qué hacer. Si daba la vuelta y echaba a correr, que era lo que estaba deseando con toda su alma y con todo su cuerpo tembloroso, el perro podía perseguirla. Hasta ahora, por lo menos, se había contentado con vigilarla con sus ojos duros y ordenarle que se marchara con su horrible y ronco gruñido. Imaginó un recurso desesperado. Empezó a cantarle al perro; no se le ocurría otra cosa. La voz le salía algo rara y temblona, pero cantó. Y se esforzó por hacerlo lo más alto posible. Tenía que parecer que se fuera acercando. Cantaba al perro con todas sus fuerzas.

El perro, asombrado, permaneció en el carro, pero las orejas se le pusieron de punta al son agudo de lo que Lina le cantaba. Había dejado de gruñir. Soltó un solo ladrido desconcertado y luego calló, confuso, sin moverse, con las orejas tiesas.

Lina cobró valor. Siguió cantando y cantando, y según cantaba, iba andando hacia atrás. Cantaba cualquier cosa, una vieja canción, las primeras palabras que le venían a los labios. El perro no sabía si estaban bien o no. Ni ella misma lo sabía. Al cabo, el seto vivo que bordeaba el camino ocultó al perro de su vista por un momento. Lina giró los talones y echó a correr.

Aún continuó cantando locamente y mirando hacia atrás por encima del hombro. Pero el perro no la había seguido. Aun así, Lina continuó cantando enérgicamente durante todo el camino de vuelta hasta el dique y mientras subía a él. Una vez en lo alto, se sintió a salvo. Se dejó caer al suelo, hecha un guiñapo, toda jadeante. Desde allí, a través de los campos, todavía podía ver al perro, que seguía en el carro. No se había movido sino para volverse en dirección al dique. Parecía que sus duros ojos todavía la miraban. Lina se estremeció.

Sabía que ya no tendría valor para meterse por otro camino y acercarse a otra granja. ¡Nunca jamás! Tenía la garganta áspera e irritada de cantar tanto y tan alto. ¡En la vida volvería a cantar ninguna canción, fuera la que fuera! Todo lo que ahora sabía es que se sentía segura, dulcemente segura en lo alto del dique. Nada podía allí cogerla por sorpresa; desde allí, uno veía venir cualquier cosa. Apartó la vista del perro y la dirigió al mar en calma que se extendía más allá del dique. Era la bajamar; el agua cabrilleaba a lo lejos; pero, al pie del dique, el lecho del mar se veía duro y seco.

Con agudos graznidos de alarma, una garza real se levantó desde el fondo sin agua. Aleteó torpemente y fue a posarse en una vieja barca volcada que se veía a cierta distancia, separada del dique. La garza se quedó allí, destacando su silueta sobre el alto azul del cielo y el azul lejano del mar, arreglándose las plumas.

Una garza no era una cigüeña, pero Lina se quedó mirando fascinada al ave solitaria posada sobre el solitario bote abandonado. El maestro había dicho que se buscara una rueda hasta en los sitios donde no era posi-

ble que estuviera. Bien; desde luego, no era posible que se hallara en una barca, y, menos aún, en una barca encallada y volcada que llevaba años con la quilla al aire. Estaba allí desde mucho tiempo atrás, desde el principio de la historia. Una barca debía de ser el último lugar del mundo donde pudiera existir una rueda; pero es en tales lugares, como dijo el maestro, donde puede ocurrir lo inesperado, donde pueden surgir las mayores sorpresas. Y en el mar no hay perros.

Lentamente, Lina echó a andar por la enjuta orilla, sorteando los escasos charcos que la marea anterior había dejado. Pero por más cuidado que puso en no hacer ruido, la garza la oyó acercarse. Con un graznido agudo y desagradable, extendió las alas y se alejó volando sobre el dique. Lina estaba sola en aquel lecho seco y silencioso del misterioso mar. Frente a ella se alzaba la vieja barca oscura.

Era difícil discurrir un buen medio para trepar hasta lo alto de la barca de redonda panza. Lina no sabía a ciencia cierta por qué motivo quería subir allí a toda costa. Sólo sabía que, una vez arriba, tenía que hacer algo. No podía conformarse con dar una vuelta a su alrededor, para retroceder y sentarse de nuevo sobre el dique.

La barca estaba escurridiza y viscosa, cubierta de algas y de espuma, con una espesa costra de extrañas excrecencias. Grandes cangrejos corrían a escabullirse debajo de ella. El silencio era tan completo que Lina podía oír los chasquidos de los duros caparazones al escurrirse de un lado a otro en el interior de la barca. Los caracoles y otros animalillos marinos, de movimientos más lentos, se agitaban ligeramente o permanecían inmóviles, pegados a la madera podrida, entre las algas.

Lina dio otra vuelta alrededor de la barca. No había sino un medio de subir: una vieja cadena de ancla colgaba todavía en la popa. Estaba tan recubierta por el musgo marino y tan escurridiza como todo el resto. Pero si se colgaba de ella y conseguía llegar hasta arriba, seguro que podría andar sobre la curva superficie, siempre que se desprendiera de los zuecos.

Lina se preguntó si debía quitarse también los escarpines y los calcetines; pero sólo el pensar que tendría que ir con los pies desnudos sobre el légamo y la espuma y aquellas cosas raras que se movían la llenaba de un horror frío. Se quitaría las almadreñas y nada más. Pero cuando las dejó allí, sobre la orilla seca del mar, parecían tan pequeñas, tan inútiles y fuera de lugar, que a Lina le dio lástima: no podía dejarlas así.

Con un súbito impulso se quitó la cinta que le sujetaba el pelo, la pasó a través de los dos agujeros que se abrían a cada lado de los zuecos, y se los colgó del cuello. Luego, cerrando los ojos con fuerza, se agarró a la cadena, apoyó las plantas de los pies contra la popa de la barca y se encaramó hasta arriba. Era mucho más fácil de lo que había esperado.

Ya estaba en lo alto de la barca. Se sentía sorprendida y contenta. Miró a su alrededor llena de orgullo. Le hubiera gustado que la viera alguien. El grandote de Jella creía que sólo los chicos podían saltar y trepar. Si no hubiera sido por las faldas, casi se atrevería a afirmar que, en cualquier momento, podría ganarlo incluso a él.

¡Dios mío! ¡Qué silencioso estaba todo! ¡Cuánto deseaba que la garza no se hubiera ido! Lina se apresuró a desatar la cinta que sujetaba los zuecos y se los puso. Echó a andar con precaución, tanteando a cada paso sobre el resbaladizo casco de la barca, entre aquellas cosas diminutas que no cesaban de agitarse, como si fueran bichos o insectos.

¡Había un agujero en la barca! Alguien había hecho un boquete en el fondo de la barca volcada. ¿Para qué? Lina se acercó cautelosamente al orificio, se puso de rodillas y se asomó por él llena de escrúpulos. Todo era silencio y oscuridad allá dentro; un silencio y una oscuridad aterradores. Sólo se oían los ligeros ruidillos de los cangrejos al moverse.

Poco a poco los ojos de Lina se acostumbraron a la oscuridad. De pronto se inclinó más hacia el agujero, hasta casi introducir en él la cabeza y los hombros. Sus ojos luchaban por atravesar las tinieblas. Quería estar segura; porque aquello no era, no podía ser verdad. Y, sin embargo, ¡era una rueda!

Lina sacó la cabeza y miró a su alrededor, parpadeando al sol. Abrió la boca como si quisiera gritar a alguien la increíble noticia. Pero no había nadie y, ahora, en medio del espacio luminoso y del silencio, ella misma se sentía incapaz de creerlo. Debía haberlo imaginado: no era más que una caprichosa fantasía nacida de las sombras. De nuevo metió la cabeza en el agujero tanto como se atrevió. ¡No había duda! ¡Era una rueda! Estaba medio enterrada en el fango, pero se veía perfectamente un trozo de radio, algo de llanta, y el gran cubo que sobresalía por encima de todo ello.

Allí, debajo de una vieja barca volcada y olvidada de

todos, había una rueda. No parecía posible pero estaba allí.

Lina se puso en pie de un salto. Olvidándose del légamo escurridizo, se puso a bailar alrededor del agujero, rompiendo el silencio del mar con una alegre cancioncilla. Bailaba y cantaba algo parecido a lo que había cantado para distraer al perro. Tampoco tenía sentido, pero ahora sonaba como un canto feliz.

La canción se interrumpió de repente y Lina quedó inmóvil. Alguien estaba mirándola desde el dique. Era el viejo Douwa. Aquélla era la barca de Douwa. Lina lo sabía. Pero al viejo Douwa no lo conocía apenas. Vivía en Shora, pero no se le veía casi nunca, porque todos los días se dedicaba a dar largos paseos a lo largo del dique y se iba muy lejos, hasta Ternaad algunas veces. El viejo Douwa tenía noventa y tres años.

Ahora le estaba hablando a gritos desde el dique, pero Lina no podía entender lo que decía con su voz ronca y cascada de viejo.

—¿Qué dice? —gritó a su vez, a través de aquel trecho de mar seco y desierto.

Entonces, las palabras fueron llegando lentamente. Douwa las iba gritando una por una.

—¿Por qué estás bailando encima de mi barca, chiquita?

—¡He encontrado una rueda! ¡He encontrado una rueda!

—Bueno, ¿y qué? Lleva ahí unos ochenta años.

Eso dejó a Lina completamente abrumada. Tanto que tuvo que sentarse. Y Douwa lo había dicho como si fuera la cosa más natural del mundo. ¡Una rueda dentro de una barca por espacio de ochenta años! Y el viejo Douwa lo sabía. Y en cualquier momento, desde que la escuela en pleno andaba buscando una rueda, uno hubiera podido acercarse a él y decirle: «Douwa, ¿dónde puedo encontrar una rueda?». Y él hubiera contestado: «Debajo de mi barca».

Pero ¿a quién iba a ocurrírsele preguntar a Douwa? ¡A Douwa, que tenía casi cien años!

Eran miles las preguntas que le bullían a Lina. Porque eran miles las cosas que deseaba saber a toda costa acerca de la rueda y del agujero y de la barca. ¿Por qué y para qué habían hecho aquel boquete? ¡Era todo tan asombroso! Lina se levantó. Pero no era posible entenderse ni empezar a hacer preguntas a tanta distancia. Estaba tan excitada que, sin apartar los ojos de Douwa, y rabiando por saber, echó a correr por la curva superficie de la barca y saltó, sin pensarlo dos veces, sobre la arena mojada. Cayó de pies y manos. Una de las almadreñas hizo un ruido cascado, pero no era cosa de pensar en ello ahora. Se puso en pie y corrió hacia el dique. Sin embargo, cuando llegó frente al viejo Douwa le faltaba aliento, de tal modo que no pudo preguntarle nada.

—¿Puede saberse por qué —preguntó Douwa— estaba bailando una chiquilla encima de una barca debajo de la cual hay una rueda de carro?

Afortunadamente, en ese mismo instante, Douwa se fijó en el zueco rajado, y eso dio a Lina tiempo de recuperar el aliento.

—Será mejor que lleves ese zueco en la mano. Iremos a mi casa y te lo remendaré con un poco de alambre. Quedará como nuevo... si no te dedicas a saltar desde las barcas. Pero dime, ¿por qué estabas bailando esa bonita danza? Por tu culpa me estoy sintiendo tan curioso y preguntón como la abuela Sibble.

Lina, ya recobrado el aliento, explicó para qué querían la rueda. Habló a toda prisa para poder preguntar, a su vez, al viejo Douwa la razón de que hubiera una rueda debajo de la barca y por qué a él le parecía la cosa más natural, siendo como era una maravilla, un verdadero milagro.

—¿De modo que necesitáis esa rueda para las cigüeñas? ¡Vaya, vaya, vaya!

—Pero ese agujero cuadrado no es bastante grande para que pase la rueda y sacarla —dijo Lina.

—Desde luego que no. Lo hice justo para que pudiera pasar un hombre. Ni una pulgada más.

—¿Un hombre?

—Mi padre. Esa rueda que has visto era del carro de mi padre. Y le salvó la vida.

—¡Santo Dios! ¡Douwa!

El viejo Douwa sacudió la cabeza y apuntó hacia el mar. Una bandada de cigüeñas llegaba aleteando desde allá lejos, junto a las islas. Durante cierto tiempo volaron en línea recta en dirección a Shora, en dirección al lugar donde Lina y Douwa se encontraban. Pero cerca ya de la vieja barca se desviaron y se perdieron de vista a gran velocidad, dirigiéndose a Nes.

—Había lo menos veinte —dijo Lina, maravillada.

—No. Eran exactamente doce. Pero eso es lo de menos. Lo que importa es que si las cigüeñas llegan ya en bandadas y hay que sacar esa rueda de la barca, no podemos estarnos aquí, charla que charla. Mañana es domingo. No hay que perder un solo día. Ni siquiera unas horas, porque la marea se aproxima y pronto estará aquí. Eso sin contar con que se está preparando una buena tormenta, allá lejos, por detrás de las islas.

Lina miró a su alrededor, al cielo azul resplandeciente de sol sobre el azul del mar distante y, luego, se volvió con aire incrédulo al viejo pescador.

—Sí, la tormenta se acerca —afirmó éste—. No llegará dentro de un minuto, ni siquiera dentro de una hora, pero va a ser una de las buenas, de las que no dejan ver el dique durante días y días. De modo que ésta es la única ocasión que tendremos en mucho tiempo de acercarnos a la barca. Así que no tenemos tiempo que perder. Lo mejor es que hablemos mientras vamos andando.

—Pero ¿adónde vamos y qué vamos a hacer?

—Vamos a hacer lo mismo que yo hice hace ochenta años. Iremos a mi casa a coger la sierra (la misma que usé para sacar de allí a mi padre) y volveremos aquí corriendo para agrandar el agujero hasta que pueda salir por él la rueda.

Y el viejo Douwa, apoyándose en su grueso bastón, echó a andar a grandes zancadas y tan deprisa que Lina, cojeando sobre un zueco, no podía seguirle. Iba dando tropezones, como si estuviera mareada. Además, aún le quedaban preguntas. Varias veces alzó la cabeza para mirar al viejo y, al fin, no pudo resistir más:

—Douwa, tengo que saber por qué hay una rueda en una barca o... reventaré.

Douwa le dirigió una sonrisa.

—Tómalo con calma —dijo cachazudamente, sin aflojar el paso ni un instante—. Mira, mi padre era pescador, como yo lo he sido y como antes lo fue mi abuelo. Pero toda la vida sufrió de mareo. Durante las interminables semanas que pasaba en el mar, estaba continuamente mareado, y no dejaba de estarlo hasta que se veía en casa. Aborrecía el mar por eso, pero no tenía otro medio de ganarse la vida. Era pescador, lo mismo que su padre, y ¿qué otra cosa iba a hacer? ¿Comer tierra? ¿Sabes lo que hizo? Meter en su barca esa rueda. Porque ¿hay algo que esté más íntimamente unido a la tierra, sólida y quieta, que la rueda de un carro? Nada. Era lo más razonable, ¿no?

—Sí —dijo Lina con voz apagada, mientras contemplaba en su imaginación al hombre mareado, mareado siempre—. Sí, sí... Pero ¿cómo le salvó la rueda?

—Hubo una tormenta horrorosa. La flota pesquera nunca regresó al puerto. Fue una tormenta repentina. Cayó sobre las barcas como un rayo y no fue posible ni adelantarse a ella ni escapar. Ni una sola barca volvió. Yo era entonces un muchachito. Una semana después de que la tormenta hubo terminado, la marea trajo hasta aquí la barca de mi padre. La única de la flotilla que se volvió a ver. Venía volcada y encalló ahí mismo, donde está ahora. Nadie hubiera podido mantenerse vivo en una barca volcada soportando una tormenta que duró una semana entera. Todo el pueblo se sentía triste y afligido; ni un solo pescador se había salvado. Y allí estaba la barca, como una tumba. Nadie se acercó a ella. Yo no era más que un chico; de tu edad, poco más o menos. Iba al dique y me quedaba mirando la barca y lloraba a solas. Iba todos los días; un pobre chico, solo y desvalido.

»Un día empecé a pensar cosas extrañas. A fuerza de mirar la barca que se había convertido en la tumba de mi padre, era todo tan horrible, que empecé a imaginarme cosas, a llenarme de sueños fantásticos, inventando una historia sólo para mí: pensaba que mi padre estaba aún en la barca, en su interior, pero vivo. La barca no era su tumba. Parecía una locura, un disparate tonto, pero me sentía tan abandonado mientras lloraba allí, día tras día... Sin embargo, ¡era imposible!

—Pero era verdad —dijo Lina ansiosamente—. De tan imposiblemente imposible que era, tenía que ser...

El viejo se volvió para mirarla.

—Precisamente —dijo como si se dirigiera a una persona mayor—. Imposiblemente imposible... Eso es, exactamente. ¿Cómo has conseguido encontrar las palabras, pequeña? Así es como a mí me hubiera gustado expresarlo, porque así es como pensaba entonces, ¡pobre muchacho! Pero no encontraba palabras.

—El maestro nos dijo... —empezó a explicar Lina, pero el viejo no la escuchaba.

—Me acerqué a la barca. Era la bajamar y estaba en seco. Allí me quedé, junto a ella, en medio de un gran silencio. Estaba muy asustado, porque aquélla era la barca de mi padre y mi padre había muerto. Allí, en el mar, ya no podía creer en mis sueños. A pesar de todo, me acerqué más y pegué el oído al costado de la barca y me quedé escuchando durante mucho tiempo. De pronto me pareció que oía unos ligeros golpecitos. Apenas más fuertes que los que hacen los cangrejos, con sus duros caparazones, al moverse. Pero yo estaba seguro de lo que era. Y me puse a gritar: «¡Papá, papá! ¿Me oyes? ¡Espérame! ¡En seguida vuelvo!». ¡Como si no llevara esperando allí días y días!

»Creo que seguí gritando y chillando, en medio del llanto, durante todo el camino, hasta llegar a Shora. Grité a lo largo de toda la calle. ¡Nadie quería creerme! Mi pobre madre decía: "No, Douwa, no. Tu padre ha muerto. ¡Cállate, hijito!".

»Pero yo no podía detenerme para explicárselo. Tú no sabes la prisa tan espantosa que yo sentía. Cogí un hacha y una sierra y no dejé de correr durante todo el camino de vuelta. Es cierto que era pequeño, pero también muy fuerte y estaba terriblemente excitado. A hachazos abrí un agujero en el fondo de la barca volcada, lo bastante para poder meter la sierra, y empecé a serrar y serrar. De cuando en cuando tenía que pararme un momento para gritar: "¡Papá, papá!", a través del agujero. Y él me contestaba con una voz que era como un hilo, como un suspiro. Y yo volvía a serrar frenéticamente; estaba enloquecido.

»Al fin el agujero era ya bastante grande para meterme por él. Allí estaba mi padre; debajo de mí precisamente, sobre la rueda. La rueda estaba apoyada en el costado de la barca. Haciendo un último esfuerzo, mi padre había conseguido colocarse encima del cubo para estar lo más cerca posible de mí mientras serraba y quedar a mi alcance. Me incliné hacia adentro y le cogí por debajo de los brazos. Lo levanté. Yo era pequeño, pero fuerte. En aquel momento hubiera alzado en vilo la iglesia con torre y todo. Y mi padre no era más que un esqueleto sin peso alguno.

Lina iba llorando calladamente mientras cojeaba junto al viejo. Andaba éste tan deprisa, con la emoción de revivir todo aquello, que casi corría. Era dulce llorar un poco por un milagro que había ocurrido hacía más de ochenta años.

—¿Sabes cómo sobrevivió todos aquellos días en la barca? —siguió el viejo Douwa casi gritando—. Encaramándose a lo más alto de la rueda cada vez que subía la marea para mantener la cabeza fuera del agua. La barca no estaba entonces tan hundida en el cieno y la pleamar no llegaba a cubrirla como lo hace ahora. ¿Y qué crees que comía? Bujías. Trozos de las bujías que llevaban en las barcas y que llegaban flotando hasta él cuando subía la marea. ¿Y lo que bebía? Peces y cangrejos. Los masticaba para extraerles el jugo y luego escupía la carne cruda y salada. Pero no era más que un montón de huesos.

»Allí estaba yo, encima de la barca, con mi padre. Estaba como loco por la emoción. Y entonces me deslicé por un costado de la barca, como tú has hecho hace un rato, llevando a cuestas a mi padre. Caímos como un fardo, pero pronto me incorporé y levanté a mi padre y corrí cargado con él hasta el dique y luego hasta Shora. Abrí la puerta de casa de una patada y grité: "¡Mamá! ¡Aquí está mi padre!". Mi madre se desmayó. ¡Qué día aquél, chiquilla! ¡Qué gran día!

Juntos avanzaban por el dique, y Lina, de cuando en cuando, levantaba la cabeza para mirar fascinada al viejo pescador.

—Y ahora lo estoy haciendo otra vez. Casi ha pasado un siglo, y de nuevo voy a abrir un agujero. Para sacar la rueda de mi padre y colocarla en el tejado de la escuela.

Sí, pequeña, es maravilloso y nada podría ser más oportuno; esa rueda en lo alto de la escuela como un monumento a mi padre que se salvó gracias a ella.

—¡Oh! —suspiró Lina—. Sí, Douwa; sí…, eso es.

—Pero necesitaremos ayuda para sacar la rueda del fango y subirla a través del agujero. Estará empapada. Pesará muchísimo.

—¿No se habrá podrido? Después de un siglo…

—Estará tan sana como el día en que se quedó allí. Siempre bajo el agua o en el barro húmedo, será casi eterna. La madera no se pudre en el agua salada.

—Entonces voy corriendo a decírselo al maestro; para que toque la campana y vengan los chicos. Ellos nos ayudarán. Pero tardarán un poco. Están esparcidos por el campo.

—Excelente. Mientras tanto, yo iré a buscar la pala y la sierra. Así podremos empezar a agrandar el agujero y a desprender la rueda del fondo en tanto que llegan. Dile al maestro que se den prisa todos. La marea va a subir muy pronto. Venga, dame el zueco para que lo componga. No; es mejor que me des los dos. Así podrás correr más y llegar antes a la escuela.

Lina se apresuró a entregar a Douwa los dos zuecos y partió como una centella. A sus espaldas oía el golpeteo de la cachava sobre el enladrillado, como un tambor que acompañara los pasos impacientes del viejo.

En la escuela no había nadie. El maestro había desaparecido. La puerta estaba abierta de par en par, pero dentro no se veía un alma. Lina entró en la clase y se quedó confusa frente a la sala vacía. El maestro había dicho que no se movería de allí hasta la noche. ¿No sería conveniente tocar la campana para que acudieran todos? Lina corrió al portal donde colgaba la cuerda. No había cuerda. Lina, desconcertada, miró a su alrededor. Luego, encogiéndose de hombros, salió del portal y se dirigió de nuevo, a toda velocidad, en dirección al pueblo para reunirse con Douwa.

El pueblo entero parecía desierto. La calle estaba completamente vacía. Ni siquiera la abuela Sibble se hallaba sentada en el porche. Lina pasó corriendo sin dejar de mirar a todas partes. Hacia la mitad de la calle se paró bruscamente. La puerta que se abría en la altísima cerca del corral de Janus estaba abierta de par en par. Algo pasmoso que nunca había ocurrido hasta entonces. Por espacio de un segundo, Lina sintió tentaciones de entrar. No era más que una tontería. Janus no tenía piernas y no les serviría para nada. Desesperada, Lina pasó de largo frente a la casa de Douwa y se dirigió al dique para ver si, desde allí, en la vasta extensión de los campos, podía descubrir a alguno de los muchachos o al maestro. Pero nada se veía, excepto las figuras inclinadas de los trabajadores de las granjas.

Entonces se volvió hacia el mar. Allí estaba el viejo Douwa, zanqueando por el dique en dirección a la barca, llevando sobre el hombro una sierra, una pala y un rollo de cuerda. En la otra mano llevaba los zuecos. ¡Ni siquiera se había detenido a esperarla! Sin hacer el menor ruido con sus silenciosos escarpines, Lina corrió tras él por el dique.

Jana, la mujer de Janus, de vuelta hacia su casa con los vacíos cestos del pan colgando del balancín, vio desde lejos a Douwa corriendo por lo alto del dique con la

sierra y la pala. Jana iba por la carretera, bastante alejada del dique; volvía de vender pan por las granjas más
apartadas, entre Shora y Nes. En esto, descubrió a Lina,
que también llegaba a todo correr, persiguiendo al viejo.
Jana dejó los cestos en el suelo, en medio de la carretera,
se desprendió del balancín y se quedó parada mirando.

El viejo Douwa descendió del dique por el lado que
daba al mar y Jana lo perdió de vista. A cierta distancia de él, Lina, a su vez, bajó del dique y desapareció.
Jana, sin saber lo que hacía, se agachó para coger algunas piedras de entre la grava del camino y empezó a
echarlas dentro de los cestos. Luego, de repente, los levantó, los suspendió del balancín y, cargando con todo,
tomó de nuevo el camino de Shora con tanta rapidez
como le fue posible. Sus faldas fruncidas revoloteaban
al viento.

Lina alcanzó a Douwa cuando el anciano se hallaba
ya cerca de la barca.

—¡Vaya si corre usted! —exclamó jadeante—. ¡No
podía alcanzarle! No había nadie en Shora. Todo el
mundo se ha ido. Hasta el maestro. ¿Qué vamos a hacer
ahora?

—Haremos lo que podamos tú y yo. Y cuando lo hayamos hecho, pensaremos en lo que haya de venir. No
sirve de mucho pensarlo por anticipado.

—Pero ¿cómo se las va a arreglar usted?

—¿Cómo subiste tú?

—Encaramándome por la popa, agarrada a la cadena del ancla.

—Pues yo también treparé por la popa, agarrado a
la cadena.

—Pero... si tiene usted casi cien... ¡Noventa y tres años!

—Sí, señor, y no hay quien me los quite. Lo único que puedo hacer es probar a ver si subo.

El viejo se rió entre dientes ante el gesto de incredulidad que puso Lina. Era una risilla orgullosa.

—¡Hala! ¡Arriba! Tú primero.

Con Douwa empujándola desde abajo, Lina subió a la barca con toda facilidad. Después de alargarle la pala cogiéndola del mango y de tirarle la sierra y el rollo de cuerda, el viejo Douwa le arrojó también los zuecos, los de ella y los suyos.

—No podemos dejarlos aquí abajo, no sea que la marea nos alcance. ¡Un minuto, toma el bastón! —Y lanzó a Lina su gruesa cachava—. Ahora ¡a trepar! —anunció alegremente—. Deja caer la cuerda, porque mucho me temo que me va a hacer falta un poco de ayuda —se ató la cuerda alrededor del pecho—. ¿Sabes? Algunas veces me creo más de lo que soy. Pero si tiras de mí con todas tus fuerzas y yo trepo con todas las mías, lo conseguiremos.

Se cogió de la cadena y, apoyando los pies de plano contra la popa, empezó a subir. A mitad de camino resoplaba como un fuelle.

—¡Sigue tirando! —resolló—. ¡Más fuerte, más fuerte!

Lina tiraba y tiraba con frenético esfuerzo. El viejo, por su parte, batalló hasta el último aliento, ¡y arriba con todo! ¡Ya estaba sobre la barca! Por espacio de un instante quedó tambaleándose al extremo de la embarcación, pero en seguida recobró el equilibrio, dio un paso hacia adelante y respiró profunda y largamente.

—¿Lo ves? Aquí estoy. Lo hemos hecho los dos so-litos.

—Abuelo Douwa, ¡es usted maravilloso!

—Oye, niña, no me vengas con ésas. ¡Qué abuelo ni qué ocho cuartos! Los abuelos se pasan la vida metidos en un rincón. No trepan a las barcas.

Tuvo que sentarse, a pesar de todo, y descansar un rato.

—¿Has recuperado ya el aliento? —dijo a Lina—. Pues a serrar.

La madera era vieja, pero dura y resistente. El interior de las macizas tablas era de sano y recio roble. Lina serró y serró hasta que no le era posible seguir moviendo el brazo de arriba abajo ni de abajo arriba. Contempló su obra. Apenas había serrado una pulgada —si es que era una pulgada— de la gruesa madera. Miró a Douwa desconsolada. El viejo le respondió con una risita.

—Tienes que aprender a guardar el paso. Seguido, seguido y con movimientos largos. No a sacudidas y con ligeros tirones.

Se puso en pie y se acercó al agujero.

—Mejor será que yo sierre mientras tú excavas para desenterrar la rueda. Así hacemos dos cosas a un tiempo. ¿No tendrás miedo ahí dentro, a oscuras, entre cangrejos y cosas de ésas?

—Con usted ahí arriba y una rueda abajo, no —afirmó Lina intrépidamente—. Pero cuando tengamos agrandado el agujero y la rueda libre, entonces, ¿qué? ¿Podremos sacarla entre usted y yo?

—No. No podremos —dijo el viejo con calma—. Pero ya me he ocupado también de eso. Cuando te he visto volver corriendo para alcanzarme y venías sola, me he figurado que no habías encontrado a nadie que pudiera ayudarnos. Además, no he oído campana alguna. Así que cuando he visto, en cambio, que Jana iba hacia su casa después de vender el pan y que me había descubierto corriendo por el dique con la sierra y la pala, bajé enseguida hacia el mar y desaparecí. A estas horas, Jana ha llegado a Shora, sin perder un minuto, y anda diciendo a todo el mundo que el viejo Douwa ha perdido por completo la cabeza —cloqueó como una gallina—. Espera y verás. No pasará mucho tiempo hasta que tengamos aquí a todas las mujeres; porque todas se empeñan en mimarme como si fuera un bebé. —Ató la cuerda alrededor del pecho de Lina—. Ahora, ¡abajo contigo! A ver si dejas libre esa rueda antes que venga la marea barriéndolo todo. ¿Preparada? Pues ¡allá va!

Jana dejó el balancín y los cestos en mitad de la calle, echó a correr hacia el porche del viejo Douwa y entró como una tromba en la casa.

—¡Janka, Janka! ¿Estás ahí? —gritó.

De la cocina salió un ruido de pasos y Janka llegó corriendo.

—¿Qué pasa? ¿Ocurre algo malo?

—Janka, no tienes más remedio que hacerte a la idea. Al final ha llegado lo que tenía que llegar. Tu abuelo ha perdido el seso y ha vuelto a la infancia. Acabo de verle corriendo por el dique con una sierra y una pala para sacar otra vez a su padre de la barca. ¡A su padre, que lleva muerto más de sesenta años!

—¡No! —exclamó Janka con angustia—. Si esta mañana precisamente estábamos hablando de ello; de lo bien que estaba el abuelo de cuerpo y de espíritu. Cerca de los noventa y cuatro, y yendo a pie hasta Ternaad todos los días...

—Pues, hija mía, no hay duda. Acabo de verle correr hacia la vieja barca con la pala y la sierra.

—Pero si ya había salido para dar su largo paseo... ¿De dónde ha podido sacar una sierra y una pala? ¡Una sierra! ¡Espera un minuto! —Y Janka salió corriendo de la habitación.

Una vez sola, Jana se puso a mirar por la ventana. Entonces vio a Lena, la madre de Lina, que, a todas luces, se dirigía a la tienda. Por lo menos, llevaba al brazo el cesto de la compra. Jana salió a toda prisa para detenerla.

—Lena —la llamó con urgencia—, ¿puedes venir un momento?

La llamada de Jana sonó tan misteriosa y con un acento tan catastrófico que, cuando Lena llegó al por-

che, todas las mujeres de Shora se habían dado ya cuenta de que pasaba algo. Las cortinas, que se habían corrido, volvieron a su sitio detrás de las ventanas, y casi no hubo un porche en el que no apareciera una mujer. Algunas llevaban la escoba en la mano para aparentar que habían salido por casualidad, en aquel preciso momento, a barrer el porche. Otras, en cambio, se echaron hacia adelante y estiraron el cuello sin disimulo. Hasta la abuela Sibble se asomó a ver.

Para satisfacción de todas, Jana les hizo con la mano señal de que se acercaran. Se aproximaron en tropel. Incapaz de seguirlas, la abuela Sibble se acomodó en su porche y empezó a mecerse hacia atrás y hacia delante, con curiosa impaciencia. En la mano, cogido entre el índice y el pulgar, conservaba un olvidado terrón de azúcar.

Las mujeres llegaron al porche de Douwa en el preciso momento en que su nieta Janka salía de la casa.

—¡Tienes razón, Jana! —dijo histéricamente. Estaba pálida de miedo—. ¡Se ha llevado la sierra! La sierra ha desaparecido. Todos estos años ha estado allí, colgada encima de la chimenea; pero ya no está. Habrá entrado mientras yo estaba en la tienda.

—¿Qué pasa? ¿Qué pasa? —preguntó la madre de Lina.

—El viejo Douwa, que está mal de la cabeza. Y Lina, tu chica, iba corriendo detrás de él —le dijo Jana con tono grave—. Pero ¿cómo va a poder una pobre chiquilla con un viejo robusto que se ha vuelto loco?

—¡Y es de lo más tozudo! —se lamentó la nieta.

—¡Dios mío! ¡Y todos los hombres en el mar! —añadió una de las mujeres.

Y luego, como si se hubieran puesto de acuerdo, sin dejar de charlar, llenas de excitación, se fueron todas hacia el dique.

—¡Es verdad! —recordó otra de las mujeres—. En Shora no queda ni un solo hombre. Ni siquiera el maestro. Ni tu marido, Jana.

Jana se volvió hacia ella casi de un brinco.

—¿Mi Janus?

—Sí. Ha abandonado su patio y su cerezo y ha salido del pueblo llevando un rastrillo. Se ha ido con el maestro y los chicos, que iban empujando la silla de ruedas.

Jana, al principio, no podía creerlo.

—No; mi Janus, no —dijo decisivamente—. ¿Los chicos empujándole? No y no. A él, no.

—Bueno, ¡déjame por embustera! —replicó la otra, muy acalorada—. Pero conste que le he visto con mis propios ojos. Hasta le grité: «Janus, ¿qué ocurre?». Y ¿sabes lo que me respondió, por encima del hombro, mientras se marchaba?: «Nada, mujer, no pasa nada malo. Nunca me he divertido tanto desde que el tiburón se me llevó las piernas».

—¿Que un tiburón le arrancó las piernas? —murmuró Jana, por completo desconcertada—. ¿Qué significa todo esto? ¿Se está volviendo loco todo el mundo?

Pasaron junto al porche de la abuela Sibble.

—¿Qué está ocurriendo? —preguntó Jana a la vieja señora—. Usted está siempre enterada de todo lo que pasa en el pueblo. ¿Qué ocurre en Shora, abuela Sibble?

Pero iban con tanta prisa que ninguna esperó la respuesta, y la abuela Sibble, por su parte, no mostró el

149

menor deseo de contestar. Se quedó mirándolas correr en dirección al dique. Rió entre dientes.

—Lo que ocurre, Jana, es que hace falta la rueda de un carro para las cigüeñas —murmuró dulcemente para sí misma.

Y sin dejar de mecerse con delicia, se metió en la boca un azucarillo.

Las mujeres de Shora subieron a toda prisa las escaleras del dique llenas de temor por lo que iban a ver al otro lado.

Una vez arriba, puestas en fila, se quedaron mirando fijamente al sitio donde la vieja barca, panza al aire, descansaba sobre el lecho del mar. Encima de la barca se veía perfectamente la figura inclinada de Douwa. Estaba de rodillas, serrando con todas sus fuerzas.

—Pero ¿dónde está Lina? —preguntó la madre.

Las mujeres registraron con la vista el espacio vacío. A la niña no se la veía por ninguna parte.

—¡Dios me valga! —exclamó una, de pronto—. ¿No está subiendo la marea?

Allá a lo lejos, en dirección a las islas y apenas al alcance de la vista, iba formándose una fina raya plateada que se arrastraba imperceptiblemente.

—¡Allí! —apuntaba la mujer—. ¿No lo veis? ¡Allí, hacia las islas!

—¡Es la marea! —confirmó otra, al fin—. La marea que se acerca. Tenemos que sacar a Douwa de esa barca antes que el agua le corte el paso hasta el dique. En la pleamar, la barca entera queda sumergida.

Bajaron corriendo. Corrían desmañadamente con sus pesadas faldas llenas de vuelo y sus zuecos de madera. Pero la marea corría más. Aquella fina línea plateada de aspecto inocente, tan alejada que apenas se veía, se acercaba ahora serpenteando vacilante y, detrás de ella, se precipitaba el agua más profunda, engrosando por momentos hasta que, allá a lo lejos, en dirección al mar, acabó por formarse un gran muro de agua que, con un sordo rugido, avanzaba furiosamente hacia el dique.

El viejo Douwa, desde la barca, lanzó al mar una breve ojeada.

—¿Has liberado ya la rueda? —gritó a Lina a través del agujero—. La marea va a llegar de un momento a otro.

—Casi, casi —contestó Lina—. Pero ¡es tan grande y hay que cavar tanto!... —Y continuó apartando el cieno con frenético afán.

Lina cavaba y el viejo serraba.

—¡Ya está! ¡Ya está suelta! —gritó la niña un rato después, deteniéndose a cobrar aliento—. He intentado levantarla, pero ni siquiera puedo moverla; pesa horrores.

Según estaba hablando, una pequeña ola de agua siseante se deslizó velozmente por debajo de la barca ciñendo los pies de Lina con un frescor repentino. Lina emitió un sonido entrecortado.

—¡Ya está aquí! —gritó—. ¡Ya está aquí el agua!

El viejo pescador se asomó al agujero.

—¿Puedes trepar por una cuerda?

—No. He probado mil veces, pero me estorban las ropas.

—Pues quítatelas.

Hubo un corto silencio. Lina volvió a hablar.

—No sé... ¿Tengo que hacerlo? ¿No puede usted subirme?

151

—Escucha. La marea no permite a las niñas modosas andarse con remilgos. Hay que atar esta cuerda a la rueda. ¿Cómo demonios vamos a sacarla si no? Átala, pues. Yo la mantendré tirante y tú treparás por ella. Si no lo hacemos así, nos quedamos sin rueda.

Un nuevo silencio. Luego, una voz tímida anunció:

—Ya he atado la cuerda a la rueda y me he arrollado el vestido alrededor del cuello. Estoy preparada.

El viejo se colocó con las piernas abiertas encima del agujero y mantuvo la cuerda tirante mientras Lina subía por ella.

Las mujeres de Shora se habían agrupado en el extremo del dique, frente a la barca. La marea les había impedido acercarse más a ella y las había obligado a volverse. No dejaban de gritar a Douwa frenéticamente a través del espacio, cubierto ya por el agua, que las separaba de la vieja barca. Pero Douwa estaba demasiado ocupado en mantener tensa la cuerda, sin que se moviera, para hacerles caso.

Mientras iba subiendo, Lina oía los agudos chillidos de las mujeres. Asomó la cabeza por el agujero y Douwa alargó una mano para cogerla. Entonces, Lina las vio.

—¡Mi madre! —exclamó sobresaltada—. Y yo con el vestido remangado... ¿Se enfadará?

—No te verá. Estoy yo por medio. En cuanto estés arriba, me volveré de espaldas yo también —dijo el viejo Douwa, sonriéndole mientras la izaba.

Ocultándose tras las anchas espaldas del viejo, Lina se arregló la ropa apresuradamente.

—¡Ya está! —susurró.

Apenas vio a Lina, su madre echo a correr para bajar del dique y siguió corriendo por el agua en dirección a la barca. Pero el arrastre de la marea la hizo mojarse hasta las rodillas. Entonces se detuvo y se puso a gritar:

—¡Lina, Lina, ven ahora mismo o será demasiado tarde!

—¡Ven, ven! —gritaba desesperadamente desde el dique el coro de mujeres. Janka, la nieta de Douwa, se metió también en el agua, acercándose a la madre de Lina.

—¡Bajad de ahí y venid corriendo los dos! ¡Todavía podéis! ¡Hay poca agua!

—Busca a un granjero —le replicó Douwa a voz en cuello—. Que venga con un carro y un caballo. Con eso basta.

Cuando vio cómo todas las mujeres se volvían y desaparecían al otro lado del dique, para dirigirse a una de las granjas que había por allí, el viejo dejó oír su risilla zumbona. Tan sólo Lena y Janka, la madre y la nieta de los aventureros, se quedaron revoloteando al pie del dique. Estaban juntas, cogidas una a la otra para sostenerse; pero, poco a poco, el agua que subía las fue obligando a acercarse al dique.

—Lina, Lina, el agua nos llega a nosotras por encima de las rodillas... ¡Se os acaba el tiempo! —gritaba la madre.

—¿Vamos a quedarnos aquí? —preguntó Lina, atemorizada.

—Sí —afirmó el viejo. Se estaba hurgando los bolsillos con la mayor tranquilidad para buscar la pipa—. Tu madre no se da cuenta de que si el agua les llega a ellas ahora por encima de las rodillas, estando junto al dique, aquí nos cubriría la cabeza. Pero esta vieja barca es muy alta. Falta una hora por lo menos hasta que el agua le pase por encima. Tú y yo podemos quedarnos aquí, sanos y en seco hasta que la ayuda llegue. Por eso las he mandado a buscar un carro y un caballo. No es para sacarnos a nosotros. Es para llevar también a tierra esta rueda empapada de agua —cloqueó divertido mientras llenaba la pipa, mirando al mar.

Lina se puso a dar paseos a lo largo de la barca.

—Más vale que le digas a tu madre que vuelva a subir al dique antes de que llegue el grueso de la marea y la haga perder pie. ¡Mira! ¡Ahí la tenemos! —Douwa señalaba a la gran muralla de agua que se arrastraba hacia ellos desde el mar lejano. Encendió la pipa.

—¡Madre, vuelve! —gritó Lina a través del agua, que empezaba a precipitarse furiosamente—. ¡Vuélvete al dique! ¡Que viene la marea! Nosotros estamos a salvo aquí.

Lena y Janka, chapoteando en el agua cada vez más profunda, se apresuraron a volver a tierra. Casi al pie del dique, sin embargo, giraron de nuevo, y cuando ya la pared de agua se acercaba rugiendo, un nuevo grito llegó hasta la barca.

—¿Qué haremos, Dios mío? ¿Qué podemos hacer?

—Es mejor que te sientes aquí, a mi lado —dijo Douwa a Lina—. Andar paseándose de un sitio a otro en esta quilla resbaladiza es peligroso. Podrías caerte. Sentados, estamos más seguros. Y déjalas que griten. Eso las consuela. Las otras se han ido a buscar al granjero, que es lo más importante. Aunque la marea cubra la barca antes de que vuelvan, lo peor que puede ocurrir es que nos mojemos los pies. Y como tú eres joven y el reúma no te preocupa, todo será que, cuando el agua suba mucho, tenga que sentarme sobre tus hombros.

Lina se atragantó, mirándole pasmada. Pero luego se echó a reír. Las bromas del viejo pescador y su inalterable serenidad acabaron por tranquilizarla. Sentándose a su lado, le tomó la mano.

—No sabía que era usted tan divertido —dijo con placer—. No creí que, siendo tan viejo, pudiera ser uno tan alegre.

Douwa pareció complacido.

—¡Ea! Así está mejor. Andar de un lado para otro, como un polluelo descabezado, no sirve para nada.

Lina, sin embargo, tuvo que levantarse otra vez.

—¡Madre, de veras que estamos muy bien aquí! —gritó tan alto como pudo—. Douwa dice que no hay por qué preocuparse. Y, además, ¡TENEMOS UNA RUEDA...!

Volvió a sentarse junto al viejo.

—¿Verdad que es emocionante? Tenemos una rueda. Y somos nosotros dos los que la hemos conseguido. ¡Madre! —gritó de nuevo—, ¡Douwa sabe muy bien lo que hace! —Pero esta vez no se levantó para que la oyera mejor—. De todos modos, no iban a creerme —le dijo al viejo. Y le apretó la mano, cada vez más fuerte, cuando la enorme masa de agua, que se acercaba velozmente con un ruido ensordecedor, llegó, al fin, con rugido estruendoso, y pasó, arrolladora, rodeando la barca con su furiosa amenaza, hasta ir a chocar con el dique. El mar, entonces, quedó lamiendo los flancos panzudos de la barca con un sonoro y fresco chapoteo.

—¿Verdad que es impresionante? —susurró Lina. Y se apretó contra el viejo pescador.

CAPÍTULO IX

LA LLANTA

Cuando Eelka y Jella llegaron a Shora, empapados y chorreantes, atravesaron la calle a toda marcha para llevar a la escuela su cargamento de radios y la despedazada llanta de madera.

—No sé de nadie en Shora que tenga un rastrillo. ¿Lo sabes tú? —preguntó Eelka en tono de duda—. Sin árboles, y casi sin huertos, no creo que haya mucho que rastrillar.

—Es fácil que el maestro tenga uno —dijo Jella—, porque tiene un pequeño jardín.

En esto, aún con la palabra en la boca, dio a Eelka un súbito codazo. Allí, en la misma puerta del corral de Janus, abierta de par en par, estaban Pier y Dirk, hablando con él.

—¡Mira eso! —dijo Jella, cuchicheando incrédulo.

—Algo pasa —dijo Eelka. Y se dirigió corriendo hacia allí. Ahora, también él estaba en la puerta, con los otros, hablando sin parar, contándoselo todo a Pier, a

156

Dirk y a Janus. Jella permaneció en la calle. Pero Eelka le hizo señas para que se acercara.

—Jella, ¡ven aquí! —le gritó—. Janus quiere ver las piezas de la llanta.

Jella no se movió.

Janus hizo rodar la silla hasta la misma puerta.

—Entra, chico, que no muerdo.

—No —dijo Jella, aún receloso—. Pero pega usted duro.

—¡Canastos! Es verdad. Tú eres el grandullón al que di una buena azotaina el año pasado —exclamó Janus. Luego, entre dientes, dirigiéndose a los gemelos, añadió—: ¡Debí de darle un tanto fuerte para que aún lo recuerde al cabo de un año!

Con todo el mundo mirándole y esperando ver lo que hacía, Jella no tuvo más remedio que acercarse. Echó a andar, con cautela, sin dejar de mirar a Janus por encima de la carga que llevaba en los brazos, dispuesto a huir como una liebre si fuera necesario. Porque Jella sospechaba alguna trampa. Aquello no era natural: Janus, sentado allí, tan apacible, charlando con los muchachos. Algo grave tenía que ocurrir, cuando menos lo pensaran.

—Janus quiere ver si las piezas de la llanta pueden acoplarse y encolarse de nuevo —explicó Eelka queriendo tranquilizarle.

Jella se adelantó, dejó caer su cargamento a los pies de Janus y retrocedió apresuradamente hasta verse fuera de su alcance. Pero Janus no había hecho el menor intento de atraparle. En lugar de ello, se puso a revolver y examinar las piezas de la llanta que Jella había echado al suelo. Las estuvo eligiendo y combinando para tratar de colocarlas tal como estaban antes, mientras los otros chicos le miraban absortos.

—¿Es que Janus nos la va a arreglar? —susurró Jella. Le era imposible creerlo.

Janus le había oído.

—Se puede hacer —le dijo—, pero llevará tiempo. Algo de cola, unos cuantos tornillos y algunos clavos pequeños; eso es todo. Las cigüeñas no son exigentes.

—Pero —objetó Jella— sin la llanta de hierro que la sujete no se sostendrá, ¿verdad? —Ante la posibilidad de que la rueda, al fin y al cabo, pudiera servir para ponerla en el tejado, se le había olvidado el miedo. Acabó por meterse, bien apretado, entre los dos gemelos, y se quedó mirando con enorme interés lo que Janus hacía con las piezas de madera. En esto, Janus dejó caer tan de repente las que tenía en la mano, que Jella dio un salto atrás. Pero Janus se limitó a decir:

—Tienes razón, muchacho. Encima de tus hombros hay algo más que músculos. Estamos perdiendo el tiempo. Vamos a recuperar la llanta de hierro.

—Nos hará falta un rastrillo largo para dragar el canal. El barro es muy profundo —dijo Eelka.

—¿Un rastrillo?... —repitió Janus, pensativo—. ¿Quién diablos va a tener un rastrillo en Shora? Eso se emplea donde hay tierra, ¿no?

Era una broma. Sin embargo, tan sólo Pier parecía tener bastante confianza con Janus como para reírse. Soltó una corta risotada; pero al ver que nadie le seguía, se puso serio y anunció:

—El maestro tiene uno. Lo sé porque una vez tuve

que trabajar con él en su jardín. Fue un castigo; en vez de quedarme encerrado después de clase.

—Pues vamos a buscar al maestro —ordenó Janus—. Vamos. ¡Andando! —Llevó sus manos a las ruedas para empujarse—. ¡A la escuela ahora mismo! —tronó. Parecía estar de un humor excelente.

—Yo le empujaré, Janus —se ofreció Pier.

—Y yo también —dijo Dirk.

Eelka, a su vez, sin perder tiempo, dejó caer los radios sobre los trozos de madera, y se puso de un salto junto a la silla de ruedas.

—Janus, ¿me deja? ¿Puedo empujarle yo?

—Veamos —dijo Janus, estudiando el asunto y examinando a los cuatro chicos como si tuviera que resolver un difícil problema. Luego apuntó a Jella—. Tú, grandullón, tú vas a empujar. Si haces algo por mí, puede que ya no me tengas tanto miedo.

Con Jella empujando la silla, se pusieron en marcha a lo largo de la calle, en dirección a la escuela. Pero los otros chicos no podían separar sus manos de aquella extraña silla que les fascinaba. Empezaron a moverse con bastante calma; pero, pronto, empujando los cuatro, iban casi corriendo. Jella y Pier, detrás; Dirk y Eelka, a los lados. La silla de ruedas saltaba rebotando sobre el pavimento irregular de la calle. Janus tuvo que sujetarse con todas sus fuerzas para no salir despedido; pero aquello parecía gustarle. Y, al ver que no protestaba, los chicos corrían cada vez más, hasta emprender un verdadero galope.

—¡Yuppiii! —gritaba Janus por la calle vacía—. ¡Apártense todos los mortales, que llega Janus!

Y los chicos empujaban cada vez más fuerte.

—¡Qué pasada, muchachos! ¡Esto sí que es correr! ¡Nunca hubiera creído que mi silla pudiera ir a tanta velocidad! —Janus calló un momento—. ¡Eh, Pier! —le gritó por encima del hombro—. Esto resulta casi tan emocionante como cuando el tiburón me arrancó las piernas.

Chillando y riendo, mientras la silla chirriaba como una carraca, llegaron a la escuela. Al oír tan extraños ruidos, el maestro salió corriendo de la clase. Cuando llegó a la puerta, los chicos ya habían metido a Janus, con silla y todo, en el portal. El maestro y Janus se encontraron cuando iban los dos a toda marcha. Casi chocaron.

—¿Qué es esto? ¿Ocurre algo malo? —preguntó el maestro, sobresaltado.

—Lo que sucede, maestro, es que estos chicos han encontrado una rueda; pero, en menos que canta un gallo, han perdido la llanta en el canal. Dicen que tiene usted un rastrillo y hemos venido para que nos lo preste a ver si podemos sacarla.

—Se desarmó —explicó Eelka. Y todos empezaron a hablar a un tiempo. El maestro, aturdido, acabó por levantar la mano pidiendo silencio.

—Lo único que saco en claro es que necesitáis un rastrillo; así que me voy a casa para traerlo. Después iremos todos al canal y, por el camino, me explicaréis las cosas.

Pasó rodeando al grupo, y desapareció por la puerta.

—Me gusta ese hombre —declaró Janus—. No he tenido mucho trato con los encopetados maestros desde

160

que era chico, pero veo que éste sabe por dónde se anda. Creía que los maestros no hacían más que hablar, pero éste no se limita a jugar con las palabras; hace cosas.

Los chicos giraron la silla de Janus para sacarle del portal. Pero, en ese mismo momento, Janus se fijó en la cuerda de la campana, que colgaba del techo.

—¡Caramba! —exclamó—. ¡Una cuerda! Debí haber pensado en ello. Necesitamos una cuerda. El fondo cenagoso del canal es tan profundo en algunos lugares que es probable que tengamos que atar una cuerda al mango del rastrillo. —Y, sin más requisitos, se agarró a ella.

—¡Eh, no haga eso! —le advirtió Pier—. Sonará la campana y vendrá todo el mundo, porque habíamos quedado en que la campana tocaría cuando se hubiera encontrado una rueda.

—¿Es que no se ha encontrado una? —dijo Janus, impaciente—. Por lo menos, nueve décimas partes. Pero no os preocupéis. Con un buen tirón, la cuerda se romperá de un solo golpe y la campana no sonará. —Alzó la mano y dio a la cuerda una tremenda sacudida. La cuerda se partió por algún sitio, allá, más arriba del techo, y se vino abajo sobre la misma cabeza de Janus—. ¡Ea! —dijo—. Ya tenemos cuerda. —Y se la fue enrollando a un brazo con toda tranquilidad.

Janus también hacía cosas. Ni siquiera había pedido permiso al maestro. Los chicos le miraban con temeroso respeto y levantaban la cabeza hacia el agujero, ahora vacío, de donde siempre había colgado la cuerda.

—No me extraña nada que no pudieras andar en una semana —cuchicheó Eelka al oído de Jella, mientras se acariciaba tiernamente el fondo de los pantalones, como si algo le doliera por allí.

El maestro apareció en la puerta con el rastrillo. Enseguida echó de menos la cuerda de la campana. Se quedó mirando al techo, al agujero vacío...

—Pensé que también podíamos necesitar una cuerda —explicó Janus como si tal cosa.

—Ya... —dijo el maestro con voz débil—. Sí, ya comprendo...

—¿Todos preparados? —preguntó Janus—. Entonces, andando. —Una vez fuera de la escuela, tomó el rastrillo que llevaba el maestro y lo atravesó en su regazo—. Puesto que voy en coche... —dijo sonriendo—. Y ahora que lo pienso: mejor será que me paséis esta cuerda alrededor del pecho y la atéis al respaldo de la silla, no sea que salga despedido, y me dé un trastazo, si estos chicos locos me llevan a esa velocidad por la calle.

El maestro, siguiendo sus instrucciones, le ató al respaldo de la silla.

—¿Corre usted mucho? —preguntó Janus al maestro—. Porque le aseguro que nosotros vamos a buena marcha.

Para el asombro de todos, el maestro sonrió.

—Creo que seré capaz de seguir a una silla de ruedas. Pero si no pudiera, lo mejor será que cambie de sitio con usted.

A Janus le hizo gracia la salida. Soltó una gran risotada.

—Tiene usted mucha razón —dijo al maestro.

Pero en ese momento, la silla de ruedas se movía demasiado despacio para su gusto. Miró a su alrededor.

—¿Qué pasa, chicos? Porque nos mire el maestro, ¿creéis que soy un bebé delicado dormido en su cochecillo? ¡A ver si corremos! ¡Que parece que os pesan los pantalones...!

Tras lanzar al maestro una mirada indecisa, los chicos empujaron un poco más fuerte. Luego, como aquél no dijo nada, aumentaron la velocidad. Ahora sí que obligaban al maestro a ir medio trotando, medio corriendo, a un lado de la silla. Pero no parecía que ello le pusiera de mal humor.

—¡Allá vamos! —anunció Jella, gritando con la boca torcida para imitar a Janus—. ¡Cuidado los mortales que habitan en Shora! ¡Allá vamos!...

Janus se echaba impaciente hacia adelante, apoyándose en la cuerda. Los chicos le hicieron avanzar, empujando con todas sus fuerzas, y a toda velocidad atravesaron la calle. Iban a un paso tal, que a Dirk y a Pier, a los que había correspondido ir a los lados, les costaba muchísimo evitar que la silla se volcara a fuerza de tumbos y saltos. Pero Janus, sin preocuparse lo más mínimo, se entretenía en gritar lo primero que se le ocurría cada vez que pasaban junto a una mujer. A la salida del pueblo, Eelka tuvo que renunciar; no le era posible mantener el paso. No se resignaba, sin embargo, a quedarse atrás y siguió, trotando y resoplando, a la cola de la comitiva.

Cuando ya estaban todos sin aliento —excepto Janus, por supuesto—, llegaron, al fin, al sitio donde la llanta se había hundido. Janus estaba dispuesto a empezar la pesca inmediatamente. El maestro protestó.

—Recuerde usted que hemos venido corriendo todo el camino. Ahora tenemos derecho a respirar un poco. Espere que recuperemos el aliento; el mío creo que todavía está en Shora.

—Respirad todo lo que queráis —concedió Janus

generosamente—. Entre tanto, yo iré estudiando la situación.

Dicho esto, se acercó tanto al borde del canal, que el mismo maestro, alarmado, tuvo que levantarse de un salto para sujetar la silla cuando apenas acababa de tumbarse en la hierba. Jella también se había apresurado a coger una de la ruedas, mientras Dirk y Pier se agarraban a la otra. Eelka, que en ese momento llegaba resoplando, se dispuso a ayudar.

En cuanto a Janus, ignorando por completo aquellos cuidados y alarmas, había ya empezado a dragar con el rastrillo. Mientras todos los demás se colgaban de la silla para hacer contrapeso, él se inclinaba hacia adelante tanto como le era posible. Cuando ya había tirado el rastrillo al agua más de diez veces, empezó a dudar.

—Este barro parece no tener fondo. Maestro, no sé qué decir; pero me parece que va usted a tener que poner un telegrama a la China: «¿Han visto ustedes por ahí una rueda de carro?».

Los chicos no se rieron. Miraban todos al canal con aire sombrío. Eelka se apartó de la silla y se asomó al agua.

—Mirad, ahí está el cubo, pegado al ribazo.

—Lo sacaremos también con el rastrillo —dijo Janus, mientras lo arrojaba de nuevo al agua.

Esta vez tropezó con algo duro. Janus maniobró furiosamente, tanteando para conseguir que el rastrillo enganchara la cosa, fuera lo que fuera.

—¡Ya lo tengo! —gritó al fin.

Era un viejo cubo de hierro esmaltado lleno de cieno. Janus levantó el rastrillo y volvió a lanzar el cubo al agua, lleno de rabia, todo lo lejos que pudo.

—Al menos no nos lo volveremos a encontrar por en medio. —Luego se volvió hacia Eelka—. Tú, chico, saca primero el cubo. Hay que intentar algo diferente para pescar la llanta.

—Déjame a mí, Eelka —dijo el maestro, cogiendo el rastrillo—. No quiero estar aquí parado como un inútil. —Y echó a correr a lo largo del canal.

Los muchachos apartaron la silla de Janus del borde del agua mientras aquél preparaba la cuerda.

—La ataremos al rastrillo en cuanto el maestro nos lo devuelva. Vamos a tener que dragar muy hondo. Si la cuerda es lo bastante larga, pescaré esa maldita llanta. Con el rastrillo atado al cabo de la cuerda tengo que encontrarla por fuerza y la encontraré. ¡Por todas las cigüeñas de África! ¡No me había divertido tanto desde que el tiburón me comió las piernas! —Miró con picardía a Dirk y a Pier.

Jella se quedó con la boca abierta. Eelka le miró pasmado.

—¿Las dos piernas de un solo mordisco? —preguntó, medroso.

Janus se encogió de hombros.

—¿Cómo demonios voy a saber si fue de uno o de varios? ¿Crees que me entretuve mirando?

—¿Qué hizo?

—Saltarle los dientes de una patada. Eso es lo que hice.

Pier disfrutaba de lo lindo viendo el respetuoso temor que Jella y Eelka sentían. No pudo callarse.

—Usted dijo que le había arrancado las dos piernas de un bocado —apuntó a Janus.

—¿Dije que las dos a la vez? —miró a Pier con fingida fiereza—. Estaba todavía serrándome una a través de mi vieja bota de agua. Entonces es cuando le di en los dientes con la otra. Fue una equivocación. Se puso tan furioso que me mordió las dos. Ya no me quedaban más y no pude seguir dando patadas.

—Espero que las botas de agua le causaran al tiburón un buen dolor de estómago; peor que si fueran cerezas verdes —dijo Pier, mirando a los otros con aire solemne.

—Y yo también —dijo Jella con todo fervor.

Eelka, por su parte, estaba muy nervioso, rabiando por hacer a Janus una pregunta acerca del tiburón; pero Janus vio al maestro que volvía ya con el cubo. Hubo que llevarle inmediatamente al borde del canal y estuvo enseguida demasiado ocupado para molestarle con preguntas. Ató la cuerda al extremo del mango del rastrillo y lo arrojó al agua lo más lejos que pudo, dejándolo que se hundiera. Lentamente fue tirando de la cuerda hacia sí. De pronto, el rastrillo se enganchó.

—¡Ahora! —exclamó Janus—. ¡Ea, colgaos todos de la silla! Es la llanta. Y voy a traerla hasta aquí o dejo de llamarme Janus.

Sus enormes brazos se estremecían, hinchándose con el esfuerzo. Tiraba de la cuerda y del rastrillo y de lo que venía enganchado a éste, acercándolo poco a poco a la orilla del canal. La fuerza del tirón era tan grande que los músculos del cuello resaltaban como cuerdas.

De súbito, algo se rompió. Estaban todos tirando ha-

167

cia atrás de la silla con tanta fuerza que, al cesar la resistencia y antes de que pudieran recobrar el equilibrio, habían arrastrado a Janus con ellos muy lejos de la orilla. El mango del rastrillo, sujeto aún a la cuerda que Janus conservaba en la mano, flotaba sobre el agua.

—Bien. ¡Allá se ha ido el único rastrillo que había en Shora! —dijo Janus sombríamente.

De los otros, nadie pronunció una palabra. Todos miraban desolados el mango que flotaba en el canal.

—Tenemos que inventar otra cosa. —Janus parecía seguir contento, casi demasiado contento—. Volvamos al pueblo. Armaré un nuevo aparejo sea como sea.

Nadie dijo nada. En aquel pesado silencio, Janus, de pronto, levantó la cabeza.

—¿Habéis oído? —Con la mano les mandó que se callaran.

Entonces volvió a oírse el sonido que tan sólo Janus había llegado a percibir. El viento lo arrastraba a lo largo del canal. Parecían gritos, gritos de mujeres. Era como si el viento los trajera desde el extremo del dique, desde la parte opuesta del pueblo. De nuevo el viento recogió el sonido, que, atravesando el silencio del canal, llegó fugazmente a sus oídos.

Janus, agarrando las ruedas con las manos, hizo girar la silla.

—Son gritos de mujeres. Algo malo está ocurriendo.

Sus ojos se volvieron hacia la veleta que estaba en lo alto de la torre y luego al sol para darse cuenta rápidamente de la hora y de la dirección del viento.

—La marea ha llegado —dijo al fin—. Lo más probable es que se hayan descarriado algunas ovejas, bajando por el dique; las habrá cogido la marea y ahora estarán allí en el agua, dejándose ahogar como tontas. Vamos allá. Más tarde sacaremos la llanta.

Todos se movieron a una para empujar a Janus hasta la carretera; pero mientras lo hacían, aquél volvió a levantar la mano para que guardaran silencio.

—Escuchad.

Durante cierto tiempo, nada se oyó. Luego llegó hasta ellos un débil tintineo. Sonaba en dirección opuesta a los gritos.

—Es el carro del hojalatero —dijo Jella, al fin.

Ya tenían a Janus en la carretera.

—¡Quietos! —dijo éste—. Vamos a esperar al carro. Nos llevará mucho más deprisa a donde están las mujeres que si vamos a pie.

Por la carretera del canal, doblando un recodo, venía el carro con su caballo, pasando sobre el puente a todo galope. Los pucheros y las cazuelas bailaban entrechocándose, repiqueteando con estrépito.

—¡Mirad! —exclamó Pier—. ¿No es Auka el que va en el pescante? Se ha puesto de pie. Parece que nos está gritando algo.

Auka había ido sentado en el alto pescante del carro, entre el hojalatero y su mujer. Los niños se habían acomodado en el fondo de la caja, en medio de los pucheros y cazuelas. El hombre había insistido en llevarles a dar una vuelta alrededor de Shora, ya que la carretera del dique, procedente de Nes, le parecía un camino demasiado corto. Todo el mundo merecía darse un paseo en aquel sábado memorable. Así terminaron en la carretera del canal, del lado opuesto al pueblo.

Al doblar el recodo para entrar en el puente, Auka vio el pequeño grupo reunido al borde del agua.

—¡Algo pasa ahí! —gritó—. Ha debido de ahogarse alguien. Hasta Janus está con su silla de ruedas. —Saltaba de impaciencia sobre el pescante—. ¿Es que este caballo no puede correr?

—Mira si puede correr —contestó el hombre, sacudiendo las riendas con todas sus fuerzas sobre el huesudo espinazo del animal, que se lanzó hacia adelante con toda la velocidad que le era posible.

Con un loco estrépito de latas, el carro se acercó, chirriando y dando bandazos, al grupo que le esperaba.

Capítulo X

EL CARRO
EN EL MAR

—¿Pasa algo? —preguntó Auka a toda voz para que pudieran oírle por encima de aquel ruido y retintín del carro y la cacharrería.

Cuando estuvo junto a los otros, el carro se detuvo. El ruido cesó.

—Sí; algo malo sucede, pero no aquí —aclaró Janus—. Hemos oído gritar a las mujeres allá, por el dique, al otro lado del pueblo. Nos disponíamos a ir hacia allá.

—Pues suban todos —dijo el hombre de la hojalata— y los llevaremos tan deprisa como quiera el caballo. Me figuro que usted, el de la silla de ruedas, no podrá encaramarse fácilmente. Podríamos izarle y...

—No se quede usted ahí, buen hombre, pensando tonterías —le interrumpió Janus—. Eche usted a andar hacia el dique. Yo, con tal de poder agarrarme a la trasera del carro, iré perfectamente y tan deprisa como los demás.

Era una comitiva bastante estrafalaria la que, atravesando Shora a paso de carga, como un regimiento de caballería, siguió por la carretera del dique. El viejo caballo procuró correr con la mejor voluntad, pero la sobrecarga de los nueve pasajeros le restaba fuerzas. El carro, sin embargo, parecía ir a buen paso y el estrépito que armaba aumentaba la impresión de una desenfrenada carrera. El traqueteo del carro y los saltos que daba sobre los cantos rodados producían un horrísono estruendo de hojalata. Los cacharros bailaban como locos, colgados de los alambres. Janus iba rodando detrás en su silla.

Se había agarrado fuertemente con ambas manos a la trasera del carro. La cuerda que le rodeaba el pecho le impedía salir despedido del asiento. Iba casi debajo del carro, del que tan sólo le sobresalían la cabeza y los hombros. Jella y el maestro seguían corriendo junto a la silla de ruedas, jadeando penosamente y esforzándose en mantener la silla en posición vertical.

—Mientras las ruedas no se salgan... —observó el maestro.

Janus se encontró en excelente forma; las ruedas no le preocupaban en absoluto. Desde la trasera del carro empezó a animar al caballo para que fuera más deprisa.

—¡Jop! ¡Jop! ¡Jop! —gritaba con voz de trueno al viejo caballo.

El hombre de los cacharros volvió la cabeza:

—Decidle a ese de atrás que no siga diciendo «¡Jop!» al caballo. Le va a sonar demasiado parecido a «¡Soo!...».

—¡Cualquiera le dice nada a Janus! —replicó Auka.

Sin embargo, a pesar de los «¡Jop!», el caballo parecía

darse cuenta de la urgencia que ardía en la voz de Janus. Su grupa huesuda se levantaba cada vez más alto: sus gruesas patas golpeaban los guijarros con más ímpetu cada vez. A una velocidad para él vertiginosa, siguió adelante y salió del pueblo con todo su cargamento.

Las mujeres que estaban en el dique se quedaron mirando con mucha incredulidad al carro abarrotado de gente y de cacharros que venía hacia ellas como un torbellino, armando tanto estrépito. Detrás, invisible para ellas, Janus vociferaba por encima de aquella barahúnda. Un granjero se aproximaba también, con su carro y sus caballos, para rescatar a Douwa y a Lina. Todas las mujeres estaban allí. Las que habían ido a buscar al granjero ni siquiera habían esperado a que enganchara las caballerías.

La madre de Lina fue la primera en reaccionar. Sin perder más tiempo se adelantó a abrir la puerta que cerraba el camino para subir al dique. Un camino carretero que, formando rampa, permitía a los carros subir hasta lo alto. El carro atravesó la puerta y se introdujo en la rampa. La fuerte pendiente frenó al caballo al instante. En una región completamente llana como aquélla, no estaba acostumbrado a subir cuestas. Tosía y se agitaba, tirando con toda la fuerza de su huesudo cuerpo, pero las ruedas apenas se movían.

Janus seguía gritando: «¡Jop! ¡Jop! ¡Jop!», pero no servía de nada. El animal no daba más de sí y era demasiado viejo y demasiado sabio para pretender lo imposible. Dejó que Janus gritara a su gusto y que las ruedas del carro siguieran prácticamente inmóviles.

Eso era más de lo que Janus podía soportar.

—¡Abajo todo el mundo, menos el carretero y los críos pequeños! —ordenó—. ¡Y a empujar todo el mundo! Este viejo manojo de huesos ha hecho ya todo lo que ha podido y lo ha hecho bien. Ahora hay que ayudarle como sea.

Mientras hablaba, Janus estaba ya intentando empujar con ánimo desde su silla de inválido. Los chicos no tardaron nada en saltar del carro. Hasta el hojalatero bajó desde su altura y la mujer tomó las riendas.

En lo alto del dique, Jana estaba estupefacta, muda de asombro. No podía hacer otra cosa que mirar. Sólo cuando el carro llegó al nivel superior del dique recuperó el habla.

—¿No era mi Janus el que hablaba? Me ha parecido oír su voz...

El carro rodaba ya sobre el dique y vino a pararse frente a las mujeres. Janus surgió entonces de la parte trasera, llevándose a sí mismo, orgullosamente, hasta donde se hallaba su mujer. Su aspecto era triunfante.

—¡Claro que soy yo! ¿Quién te creías que era? ¿Santa Claus?

—No. Pero no te falta mucho —dijo la mujer con dulzura.

Janus apartó la mirada de ella y giró la silla para observar el mar. Se dio cuenta en seguida de la situación en que se hallaban Lina y el viejo Douwa, embarrancados, y con el agua hasta las rodillas, sobre la barca volcada. Miró al agua otra vez. Estaba casi temblando. Olfateó el aire, que olía a mar, y alentó profundamente con la boca bien abierta. Allí estaba él, en lo alto del dique,

174

con el mar tronando a sus pies en lo más fuerte de la marea. Allí estaba él de nuevo, en el centro de las cosas.

Sacudió la cabeza para desprenderse de esos pensamientos, superfluos ahora, y volvió a tomar el mando.

—¡Fuera del carro todos los chicos! ¡Y sacad los cacharros! —dijo—. No podemos dejar que se oxiden con el agua salada y necesitamos el carro para recoger al viejo y a la niña. ¡A trabajar todo el mundo! Pero hay que usar la cabeza. Si lo que antes sabía del mar y las mareas no se me ha olvidado, tenemos una media hora antes de que esos dos que están sobre la barca se vean bajo el agua. Así que id colocando las cosas ordenadamente, con cuidado de no abollar nada y sin dejarlo todo esparcido por ahí.

Todos los chicos y todas las mujeres pusieron enseguida manos a la obra para descargar el carro. Una de ellas se acordó del granjero, y corrió a decirle que ya no lo necesitaban ni a él ni a su carro y que muchas gracias.

—Eh, amigo —gritó Janus al hojalatero—. ¿Entrará su caballo en el mar, o se asustará hasta quedar sin resuello?

—¿Éste? —se apresuró a contestar el hombre—. Está acostumbrado. Si no estamos muy lejos del mar, le hago meterse en el agua salada casi todos los días para endurecer y curar sus viejas patas chatas que se le lastiman por los caminos. Hasta le gusta.

—Muy bien, entonces —dijo Janus, examinando las gruesas patas del caballo—. Sí, ya lo veo. Es un penco viejo, pero valiente. Hace todo lo que puede. Sus cascos son muy anchos y vendrán muy bien porque, al menos, no se hundirán fácilmente en el limo cuando tenga que

tirar del carro dentro del mar. Son como dos pares de esquíes.

Mientras tanto, las mujeres y los chicos habían ya vaciado el carro. Las ordenadas pilas de pucheros y cacerolas se alineaban sobre el suelo. Detrás de ellas, las cafeteras, que se negaron a dejarse colocar en montón, guardaban filas como los soldados. Y más atrás se amontonaban los recortes de lata que el hombre utilizaba para remendar cacharros. A su lado se veía la caja de herramientas.

Janus lo inspeccionó todo con la vista y vio que estaba en orden.

—Perfecto —dijo satisfecho—. Ahora, ¡al agua! Usted solo —añadió dirigiéndose al hojalatero—. Sin carga alguna. Es mejor para el caballo que el carro vaya flotando, y vosotros dos estáis acostumbrados el uno al otro.

Empezaron a moverse lentamente a lo largo de la rampa que bajaba hasta el mar, con el caballo intentando frenar con su propio peso el empuje del carro, al que arrastraba la pendiente. En ese momento se dieron cuenta de que Lina, de pie en lo más alto de la barca, agitaba frenética la mano. Douwa estaba a su lado, sujetándola y dando instrucciones.

—¡Silencio todos! —gritó Janus—. Quieren decirnos algo.

El hojalatero detuvo el carro en mitad de la rampa. Todo el mundo se echó hacia delante para oír mejor las palabras de Lina, que gritaba a través de la rugiente marea. En esto, Lina dejó de gritar y se volvió hacia Douwa, como pidiendo nuevas instrucciones. Luego empezó a gritar cada una de las palabras, aún más lentamente, y con tono cada vez más alto y agudo.

Janus agitó las manos por encima de su cabeza.

—¡Muy bien, chiquilla! —tronó sobre el ruido de las olas—. Ya lo he comprendido. Janus lo arreglará todo.

—Escuche, Janus —siguió Lina con sus penetrantes y casi deletreados gritos—. Escuche. No se trata sólo de Douwa y de mí; hay también una rueda de carro. Tenemos que sacarla a través de un agujero que se abre en el fondo de la barca. Hay que poner el carro encima de la barca y precisamente sobre el agujero. Es preciso quitar las ruedas al carro.

Janus agitó la mano alegremente.

—¡Muy bien, pequeña! —Chilló con tanta fuerza que el cuello se le hinchaba—. No os preocupéis. Janus os sacará la rueda.

Lina y el viejo hicieron señas de que habían comprendido.

—¡Lina tiene una rueda! —se decían unos a otros los asombrados muchachos.

—¡Ha encontrado una rueda, una rueda en una barca!

—¡Ha buscado una rueda dentro de una barca!

—¡Es un disparate! —sentenció Jella, hablando por todos.

Pero Janus se había vuelto hacia ellos.

—¿Qué es lo que sois vosotros? Parecéis urracas. Basta de parloteo. Amigo —gritó al hojalatero—, ¿tiene usted un gato para levantar el carro?

—¡Claro! Con un carro como el mío y con las ruedas que lleva, hace casi tanta falta un gato como un caballo. Pero no creo que tengamos que usarlo. Las ruedas se quitan muy fácilmente. Las estamos sacando y metiendo tan a menudo... Voy a entrar en el agua. Entre ésta y el caballo, el carro quedará lo bastante en alto para que podamos sacar las ruedas. Será más rápido, además.

—Bien. Si resulta más rápido, eso es precisamente lo que más nos conviene. No tenemos tiempo que perder. La marea sigue subiendo, y cuando la corriente les dé en las piernas, cada vez con mayor fuerza, a esos dos les va a ser muy difícil mantenerse en pie. Y hasta podría arrastrarles.

Janus no estuvo satisfecho hasta ver a todos ocupados en quitar las ruedas. El maestro tuvo que meterse en el agua hasta la cintura para ayudar al hojalatero con las ruedas delanteras, porque eran los únicos lo bastante altos para arriesgarse a una distancia tal del dique. Los chicos se dedicaron a las ruedas de atrás. Mientras todo el mundo estaba ocupado en ello, Janus se puso a observar el mar una vez más, así como a las figuras, medio sumergidas, del viejo y la niña, que se erguían en medio del agua arrolladora.

—Fijaos bien en eso —dijo a las mujeres—. Ahí tenéis a esa mocosa, que no es más que un gorgojo, sin asustarse lo más mínimo, con la tripita metida en el agua fría. ¿Quién estuvo gritando hace un rato antes de que llegáramos?

—Ese gorgojo es mi hija —dijo la madre de Lina, con toda calma—. Éramos nosotras las que gritábamos. No tiene miedo porque está con el viejo Douwa y tampoco nosotras tenemos ahora miedo, como puede usted ver. Estábamos desesperadas porque no sabíamos qué hacer. Ahora tenemos un carro, está usted aquí y parece saber perfectamente lo que conviene. Ya no estoy preocupada.

Janus se puso rojo de placer.

—Sus palabras son muy amables, Lena —dijo, un tanto embarazado—, y no sabe lo que significan para mí.

Miró un instante a su mujer y luego vio que ya estaban quitadas del carro todas las ruedas. Los chicos las subían rodando a lo alto del dique. La trasera del carro se apoyaba ahora directamente sobre el suelo de la rampa. El caballo estaba metido en el agua hasta los ijares.

—Bajad la puerta de atrás —dijo Janus al maestro.

Y empujando la silla la hizo rodar por la empinada rampa hasta que se introdujo en el carro.

—Venid todos —dijo entonces—, todo el mundo a bordo, excepto las mujeres y los cachorrillos. Necesitaremos mucho peso para mantener el carro fijo sobre la barca si es que queremos extraer la rueda. ¡De prisa! ¡Vamos!

Su mujer dio un paso hacia el carro.

—Janus, ¿no crees que...? —Se mordió la lengua para tragarse las palabras que iba a decir.

Todo su cuerpo se puso rígido con el esfuerzo que había de hacer para contenerse. Los chicos se apretuja-

179

ron dentro del carro. El maestro levantó la puerta de atrás y la fijó en su lugar. El hojalatero estaba ya en el pescante. Chasqueando la lengua, animó al caballo. Éste empezó a tirar, pero el eje trasero, desprovisto de las ruedas, se atascó al pie mismo del dique. Todas las mujeres acudieron corriendo, y medio empujando, medio levantando la caja, pronto dejaron libre la trasera del carro. La caja de éste iba ahora flotando sobre el agua, inclinándose de un lado a otro con pesado bamboleo, detrás del caballo, mientras el animal acometía de frente la poderosa corriente. En la parte superior de la rampa, al pie del dique, estaba Jana todavía, contemplando, sin decir una palabra, cómo avanzaba el carro, meciéndose en el agua. Sus dedos hurgaban nerviosamente en los bolsillos del delantal, mientras batallaba para no pronunciar las palabras de inquietud que le acudían a los labios. Y allí se quedó, sentada, como una reina, entre los excitados pequeñuelos, que no cesaban de parlotear. Al cabo de unos momentos miró hacia abajo y vio lo que estaba haciendo. Dentro del bolsillo sus dedos jugueteaban con los redondos guijarros que aquel mismo día había recogido mientras vendía el pan. Eran guijarros elegidos especialmente para Janus; destinados a ahuyentar a los pájaros y a los chicos. Los sacó del bolsillo y los contempló. Luego, uno por uno, los dejó caer al suelo, y se puso a mirar al carro flotante.

—¡Tráelos sanos y salvos, Janus; con rueda y todo! —gritó de súbito.

—¡Lo haré, Jana, lo haré! —le respondió él—. Confía en mí.

Jana sonrió, nerviosa, y dio un puntapié al montón

de piedras que había quedado abandonado al borde mismo de su falda. La madre de Lina no quitaba la vista del carro que iba navegando por el mar. Jana la miró.

—Janus te traerá a tu niña —le aseguró con tranquilo orgullo.

De pronto, allá en el mar, el viejo caballo perdió pie. La fuerza de la corriente le había obligado a levantar los cascos del suelo. Se puso a patear, a piafar, toser. Pero en menos de nada, ya estaba nadando. Estornudó una vez más, echó hacia atrás la cabeza para evitar las olas que venían hacia él y nadó hacia adelante. No parecía sentir el menor miedo. Janus miró con admiración al viejo penco.

—¿Sabe usted lo que le digo? Cuando acabemos con esto, Shora tendrá que obsequiar a su caballo con un gran cesto de avena. ¿Verdad, amigos?

—¡Con dos! —gritaron todos a una.

—Muy bien. Y se hará tan pronto como sea posible. —Luego se dirigió al maestro—: Usted se cuidará de ello, ¿conforme?

—Sí, Janus.

Estaban ya muy cerca de la barca, cuya panzuda quilla había ya desaparecido por completo bajo el agua. Douwa y Lina estaban en pie. A Lina el agua le llegaba al pecho y al viejo a la cintura. Cogidos uno a otro, luchaban juntos contra la fuerza de la corriente. Afortunadamente, la popa de la embarcación quebraba el empuje de la marea y hacía que su impulso se dividiera, deslizándose por ambos costados del casco. Pero éste, con su resbaladiza superficie, era un asiento muy poco seguro para los pies. Tanto la niña como el viejo no apartaban los ojos ni un instante del carro que se acercaba.

—Lina, ¿de veras has encontrado una rueda? —le gritó Auka desde el carro.

Lina se sentía tan orgullosa que olvidó sus apuros.

—Sí —contestó—. Y es grandísima y muy buena. El agua del mar la ha conservado perfectamente. Pero ¡está tan empapada! Entre el abuelo Douwa y yo no hemos podido ni moverla.

El carro estaba ya tan cerca, que todos pudieron oír cómo el viejo amonestaba a Lina.

—¿Qué te tengo dicho de esa monserga de llamarme abuelo?

Lina soltó una risita traviesa.

Los chicos no paraban de hacer preguntas; pero Janus, muy serio, los hizo callar.

—Ya habrá tiempo para eso cuando estéis de vuelta en el dique. Ahora, a ver si cerráis esos picos de urraca. Lo mejor será que coloquemos el carro y el caballo detrás de la barca —dijo al hojalatero—, y así podremos lograr que la caja quede flotando sobre ella. Si entre todos pesamos lo bastante, será fácil que podamos mantener los ejes apoyados sobre la quilla el tiempo suficiente para sacar la rueda.

El hombre asintió con un gesto y tiró de las riendas para realizar la difícil maniobra en medio de aquella violenta corriente. Janus se dirigió a Douwa:

—Cuando el vagón recule hacia vosotros, cogeos a él y subid a bordo. Nosotros os ayudaremos. Pero tened cuidado y no metáis los pies en el agujero. Douwa, ¿sabes dónde está exactamente, para que retrocedamos justo hasta el borde y no pongamos el carro encima? Hay que sacar la rueda tirando en sentido vertical.

—Ya he pensado en eso, Janus, y he señalado el sitio con una boya. —Y Douwa, muy satisfecho, apuntó a su bastón, que flotaba delante de él—. Lo he sujetado a la misma cuerda que va atada a la rueda.

Janus se echó a reír.

—¡Bien por el viejo Douwa! —dijo aprobando. Se notaba en todos ahora una fuerte tensión nerviosa. Todo el mundo permanecía callado. El carro había seguido nadando hasta sobrepasar la barca. Pero, una vez sobrepasada, al hojalatero se le estaba haciendo muy difícil convencer al caballo de que abandonara sus duros esfuerzos para nadar de frente y dejara que la corriente arrastrara el carro en sentido contrario, deslizándose sobre la barca, para acercarse a Douwa y a Lina. El instinto del animal le impulsaba a nadar con todas sus fuerzas en contra de la marea. Estornudando y resistiéndose, se negaba a dejarse arrastrar hacia atrás, como un trapo, por la marea. Su dueño le hablaba cariñosamente para calmarle, dirigiéndole todos esos ruidos y chasquidos de la lengua que la bestia comprendía tan bien. ¡Hacía tantos años que se conocían el uno al otro...! Al fin, poco a poco, el caballo empezó a escuchar y a darse cuenta de lo que le pedían. El carro fue derivando hacia atrás, acercándose al viejo y a la niña, que se inclinaron hacia delante y, en el momento preciso, se cogieron como pudieron a los maderos del carro. Todas las manos se tendieron con ansiedad para ayudarlos, tirando de ellos, y en un instante se encontraron a bordo.

En la trasera, al mismo borde de la caja, estaba Janus, con la atención fija en el bastón flotante. Cuando el carro casi lo rozaba, gritó:

—¡Que todo el mundo venga hacia aquí! Tenemos
que cargar el peso entero sobre esta parte, a ver si con-
seguimos que el eje posterior se afirme en la quilla y el
carro quede fijo en el sitio.

Todos se agruparon inmediatamente alrededor de
Janus. El peso resultó suficiente. El carro se detuvo al
momento y quedó asentado sobre el vientre de la barca.
El caballo continuaba a flote, nadando.

—Que siga nadando lo justo para mantener el carro
derecho —dijo Janus—. No vaya a empezar a dar vueltas movido por la corriente.

—Eso es exactamente lo que estamos haciendo para
evitarlo —le gritó el hombre—. Pero tendréis que daros
prisa. El animal se cansa.

—Jella —dijo Janus—, agáchate y coge el bastón.
No, así no; tiéndete sobre la barriga, en el suelo del carro,
y agárralo.

Jella, con medio cuerpo en el agua, alcanzó el bastón. Con él en la mano, se puso de rodillas, soplando y salpicando. Janus se lo quitó.

—Ahora, que todo el mundo se cuelgue de mi silla y ¡arriba con la rueda!

Antes de acabar de hablar, ya estaba tirando de la cuerda. En cuanto ésta se puso tensa con el peso de la rueda, Janus se dispuso a hacer un esfuerzo decisivo. La silla empezó a crujir. Los robustos brazos de Janus se hincharon. Los crujidos de la silla eran lo único que se oía sobre el zumbar de la marea. La rueda iba subiendo. De pronto se quedó trabada en el borde del agujero.

Janus empezó a murmurar; el rostro se le puso encendido y feroz. Luego, con un brusco tirón seguido de un poderoso esfuerzo, la rueda quedó libre. La llanta apareció fuera del agua.

Pero los violentos tirones de Janus habían movido el eje del carro del lugar en que se había encajado, cortando la madera podrida de la quilla, y, cuando menos lo esperaban, se deslizó hacia atrás, tapando casi el agujero. La rueda se iba metiendo debajo del carro.

—¡Douwa! ¡Maestro! Coged la cuerda —gritó Janus—. Sujetad fuerte para que la rueda no vuelva a sumergirse.

—Y usted —dijo al dueño del carro— haga que el caballo tire; que tire todo lo que pueda. Chicos, inclinad la silla hacia el agua. Vamos, ladeadla; cuanto más, mejor. No me caeré. Estoy bien atado. Así, más..., más aún.

Todos obedecieron y la silla de Janus se inclinó hasta tocar el agua. Janus se estiró lo que pudo apoyándose en las cuerdas que le rodeaban el pecho. Buscó en el agua, debajo del carro, tan lejos como podía alcanzar.

—Con que logre poner la mano sobre la rueda... —murmuraba. Y la alcanzó. La cogió con las dos manos. Sus brazos se tensaron—. Ahora, levantadme hacia atrás —ordenó a los chicos, que se pusieron a tirar; el maestro, por su parte, rodeó con sus brazos el pecho de Janus para alzarle mejor. Hasta Douwa y Lina ayudaban lo que podían agarrándose a Janus o al respaldo de la silla, que se enderezó al fin y, fuertemente cogida, en las manos de Janus, salió la rueda. Cuando la silla estuvo de pie, con un supremo esfuerzo, Janus puso la rueda en alto, por encima de su cabeza, triunfalmente, y la miró—. ¡Ea! —dijo entre dientes—. Un hombre sin piernas también puede hacer cosas de vez en cuando.

Entre todos cogieron la rueda y la colocaron en el fondo del carro.

—¡Lo hemos conseguido! ¡Lo hemos conseguido! —cantaba el hombre de los cacharros—. Ahora, vamos a dar rienda suelta a este saco de huesos. Ahora podrá ir a favor de la corriente y el mismo carro le empujará hasta la orilla. ¡Pobre viejo esquiador...!

El caballo empezó a nadar. El carro flotaba tras él. Carro y caballo dieron la vuelta y se acercaron al dique a la misma velocidad con que arremetía la marea. Lo único que el viejo animal tenía que hacer era mover las patas para mantenerse erguido.

Desde el dique llegaban los gritos entusiasmados de las mujeres. Estaban apiñadas al borde del agua, agitando los brazos y lanzando vivas. La marea arrastraba el carro hacia el robusto dique, que se alzaba frente a él, como el muro de una fortaleza, sobre el mar rugiente.

Capítulo XI

LA TEMPESTAD
Y LAS CIGÜEÑAS

La borrasca se desencadenó la noche del sábado. En las profundas tinieblas de esa noche, sacudida por el viento huracanado, la tempestad se abatió rugiendo contra el dique y sobre los tejados de Shora. El vendaval llegaba retumbando desde el mar del Norte y bajaba aullando a lo largo de la calle; silbaba sacudiendo las pesadas tejas y rugía en los cañones de las amplias chimeneas con bramidos de gigante. Los niños del pueblo dormían.

Lina dormía sola en el desván, inmediatamente debajo del tejado. Una racha de viento cayó sobre las tejas con la violencia de un latigazo y las hizo saltar como si fueran de papel, para quebrarse luego sobre el propio tejado, resbalar en pedazos por la empinada vertiente y hacerse añicos sobre la calle empedrada. Las vigas del desván gemían y crujían. La voz lastimera del viento bajaba por la chimenea, atravesando la casa estremecida, como si fuera el aullido de un lobo. Lina se despertó bruscamente. Durante un largo rato permaneció tendida, completamente inmóvil, tratando de interpretar los gigantescos ruidos que rodaban y se arrastraban por el desván. Con la mente borrosa, recién salida de un profundo sueño, no acertaba a comprender. Ni tampoco podía pensar.

De pronto se estremeció. Algo corría por el suelo, tropezando, dando traspiés. Algo vivo estaba allí, con ella; algo ruidoso y escurridizo. Se le puso carne de gallina. Ni siquiera se atrevía a volver la cabeza hacia donde sonaban los ruidos, temiendo que el menor movimiento delatara su presencia. Seguía inmóvil, mirando al techo, con los ojos dilatados por el horror. Poco a poco, sin embargo, a pesar de su helado miedo, se fueron despertando sus sentidos. Entonces comprendió que aquellos extraños ruidos los hacía la lluvia. Las enormes gotas de lluvia que, empujadas brutalmente por el viento, se introducían con violencia por los huecos abiertos en el tejado, donde antes estaban las tejas que habían sido arrancadas y rotas por el vendaval.

También se oían voces allá fuera, en medio de la borrasca. El propio viento las cogía y las hacía girar y pasar por encima de los tejados. Voces sin cuerpo y sin nombre. Lina las oía penetrar en el desván, pero no les encontraba sentido ni significación alguna. Y el viento volvía a mugir en la chimenea, y sacudía las tejas, y ahogaba con su furia aquellas voces aterradoras.

Al cabo Lina comprendió que la tempestad que el viejo Douwa había previsto se desencadenaba ya sobre sus cabezas. Con más claridad ahora, en medio del estruendo, percibió voces humanas, voces que gritaban y parecían venir del dique. Gentes que, a gritos, se llamaban unas a otras, sobre el tronar de las olas y del viento. Del viento que hacía que aquellas voces sonaran impotentes y desesperadas; como las quejas de un animal herido.

A Lina le fue imposible permanecer en la cama. El desván estaba helado, atravesado por el viento y penetrado por la lluvia. Lina sintió ese frío en cuanto se dejó caer por uno de los lados del altísimo lecho y se acercó, con los pies desnudos, a la ventana. Luego miró hacia arriba. Confusas manchas de luz tormentosa se veían a través de los agujeros del tejado, donde las tejas faltaban. Y la lluvia caía a raudales por ellos.

Ya no se oían voces. Ahora, por el dique, se movían luces, luces parpadeantes. Eran linternas. En el dique había gente con linternas. En ese momento, el viento recogió la voz de una mujer, alta y aguda, y la trajo hasta el desván, desde el dique. Las linternas oscilaban y se movían de un lado para otro. En esto, el viento se calmó totalmente, como si lo hubieran cortado con un cuchillo, como si una puerta gigantesca se hubiera cerrado contra él. Entonces se oyeron voces de hombres. ¡Hombres gritando desde el dique! Lina comprendió: la flotilla de pescadores había vuelto. Esta vez había conseguido llegar a puerto antes de que la tempestad alcanzara todo su poder. Estaban descargando las barcas y poniéndolas a salvo. Las mujeres les estaban ayudando. Lina, sin embargo, no podía ver más que la débil luz de las linternas moviéndose.

Allí mismo, debajo de la ventana, en la oscuridad de la calle, una voz habló tan súbita e inesperadamente que Lina dio un salto atrás, separándose de la ventana.

Luego se dio cuenta de que era su padre. Su padre, que estaba gritando a alguien: «Sí, todo el mundo ha llegado sano y salvo; pero hemos escapado por muy poco».

Debía de dirigirse al viejo Douwa, porque ahora se oía la voz de su madre, mucho más aguda, apremiando al viejo para que se metiera en su casa y no fuera al dique.

—El viento le tirará al suelo. Yo he tenido que ir a gatas por el dique, y si no hubiera llevado arrastrando un cesto de pescado que pesaba mucho…, no sé… No ponga usted en peligro sus viejos huesos, Douwa.

Por espacio de un segundo, las palabras de su madre quedaron resonando, claras y precisas, en medio de la oscuridad. Luego el viento se desató de nuevo y el desván volvió a temblar y a crujir con sus sacudidas. Un murmullo de voces le llegaba ahora desde abajo, débil y confuso. Sus padres habían entrado ya en la casa. Lina se volvió y echó a correr hacia la escalera para bajar y saludar a su padre. Pero ¡estaba tan fría y mojada! Hasta el pelo lo tenía empapado. Se volvería a la cama. Primero se calentaría y se secaría, y luego iría para abajo, donde seguían oyéndose los tranquilizadores murmullos.

Esquivando los charcos que se habían formado en el suelo del desván, Lina se volvió al lecho. Estaba tan helada que casi no acertaba a subir. Castañeteándole los dientes, se deslizó entre las sábanas. Después de todo aquel frío y de la terrible humedad, la cama le pareció tan calentita y acogedora que casi disfrutaba con los ligeros escalofríos que todavía le recorrían el cuerpo de cuando en cuando. Se tocó la cabeza mojada. Si quería que se le secara el cabello, lo mejor era meterse debajo de las mantas; cabeza y todo.

Cuando Lina se despertó, aún tenía la ropa de la cama cubriéndole la cabeza. Lo primero que hizo fue tocarse el pelo; ya estaba seco. Luego, al destaparse, vio que había luz. Pero era la luz borrosa y triste de un día tormentoso. Había dormido toda la noche en medio de la tempestad. Se había quedado dormida y no había bajado a ver a su padre. La lluvia seguía cayendo. El viento rugía envolviendo la casa; descendía por la chimenea en aullidos intermitentes. La borrasca no había cedido; pero, en cierto modo, a la luz del día, parecía diferente, menos aterradora que por la noche, cuando a uno se le helaban los huesos de miedo. Puede ser, pensó Lina esperanzada, que estuviera empezando a calmarse. Que se calmara por completo a lo largo del día. Si fuera así, el lunes podrían colocar la rueda en el tejado de la escuela.

Lina, de un salto, se bajó de la cama. Tenía que saludar a su padre. Soltó un pequeño quejido cuando sus pies desnudos tocaron el suelo helado. Quedó un momento a la pata coja, intentando calentarse la planta de un pie frotándolo con la otra pierna. Mientras estaba así, miró a la ventana y vio cómo la espuma, gris y sucia, pasaba por encima del dique. Cómo volaba por el aire en finos copos. Detrás del dique las enormes olas se levantaban rugiendo y un cielo negro ocultaba el lejano lugar donde debían de estar las islas. Las islas no se veían. Se trataba de una verdadera tempestad. Era domingo. Con un escalofrío, Lina cogió la ropa que estaba en una silla y se lanzó corriendo, en camisón, por las escaleras.

Lina no pudo ver a su padre antes de que fuera la

hora de ir a la iglesia. Tan sólo entrevió su cara mientras se hallaba dormido en el alto lecho que estaba empotrado en la pared de la sala de estar. Vio aquella parte de su rostro, entre la barbilla y la nariz, que no estaba cubierto por las mantas o por el gorro de dormir, aquel gorro que llevaba colgada una larga borla. Se lo había bajado hasta los ojos para evitar la luz, y la borla le caía sobre la boca, temblando y agitándose ligeramente al compás de su respiración, mientras dormía con un sueño profundo de hombre cansado. Lina salió de la sala andando de puntillas y se dirigió a la cocina, de donde salía un rico olor a fritura.

El viento que bajaba por la chimenea zumbaba y gruñía en el fogón. La madre de Lina, que preparaba el desayuno, no la oyó venir.

—Me figuro que papá no piensa ir a la iglesia —dijo elevando la voz—. Por lo que se ve, va a pasarse durmiendo toda la semana.

La madre se volvió.

—No te preocupes, que estará allí. Puedes estar segura de que irá, aunque sólo sea para dar gracias por haber llegado a tierra venciendo una borrasca como ésta: han pasado toda una noche luchando con el mar, y voy a dejarle dormir hasta el último minuto.

El viento, que bramaba en la chimenea, ahogaba sus palabras. Extrañamente, por encima del fragoso ruido, se oyó el agudo chillido de una sola gaviota. Debía de volar sobre la casa.

—Hasta las gaviotas se ven arrastradas tierra adentro, señal de que la tempestad es cosa seria —dijo la madre al oírlo.

Se oyeron los gritos de otras gaviotas, igualmente agudos y aterradores, entrecortados por el viento.

—Escúchalas —dijo Lina a su madre—. Parecen asustadas. Pero mamá, si ni siquiera las gaviotas pueden resistir el temporal, ¿qué les va a ocurrir a las pobres cigüeñas? Son tan grandes que el viento las golpeará con más fuerza todavía.

—Supongo que se posarán por aquí y por allá y esperarán a que pase la borrasca. Son muy listas.

—Pero en el mar... Si están volando por encima del mar.

La madre de Lina se encogió de hombros y fijó su atención en el pescado que estaba friendo.

—Desayunemos nosotras dos. A tu padre le dejaré dormir hasta última hora y le mandaré a la iglesia con una taza de té. De todos modos, estará demasiado cansado para comer mucho. Y tu hermanita se quedará en casa. Es muy pequeña para sacarla a la calle con este viento.

«Mi madre no me hace el menor caso —pensó Lina—. No se fija en lo que le digo.»

Cuando le pusieron el desayuno delante, empezó a tragarse la comida sin darse cuenta de lo que era.

—¿A qué viene tanta prisa y en qué estás pensando? —le preguntó su madre con impaciencia, mientras se sentaba a la mesa enfrente de ella.

—Mira, mamá: estoy preocupada por las cigüeñas. Quiero ir temprano a la iglesia. ¿Te importa que no te espere? Puede que ya esté allí alguno de los chicos y tenemos que pensar qué hacemos con la rueda. ¿Qué pasará si la tempestad deja desperdigadas a las cigüeñas por todas partes?

—Lina, hija, te confieso que, en estos momentos, no puedo preocuparme por las cigüeñas, de verdad. Bastante tengo con sentirme agradecida porque tu padre y todos los pescadores hayan vuelto sanos y salvos. Tengo que rezar por ello. Esos animales tienen sus sentidos y un instinto que los guía. No dudes de que sintieron aproximarse la borrasca mucho antes que nosotros. Harán lo que sea necesario para que no les alcance. ¡Mira, no sé...! Corre, si quieres, a la iglesia y habla de ello y de vuestros planes con los chicos.

Lina voló a vestirse con sus ropas de domingo. La madre insistió en que se pusiera un chaquetón de lluvia sobre el traje de fiesta y también el gorro de punto.

—Las turbonadas de lluvia azotan la calle de arriba abajo. En un minuto estarás calada. Y lo único que podrás mantener en la cabeza será el gorro de punto.

Lina gruñó, pero no se detuvo a discutir. Estaba demasiado impaciente por llegar a la iglesia. Nada más abrir la puerta, se sintió aterrada por la fuerza del viento, que se la arrancó de las manos y la cerró de golpe, con tal violencia que el portazo sacudió toda la casa. Tuvo que inclinarse para resistir mejor las ráfagas y, agachada como una vieja, se fue abriendo camino contra el vendaval que barría la calle, dando vuelta a las esquinas con alaridos salvajes y aullando a lo largo de las paredes. Ahora se alegraba de haberse puesto el chaquetón y el gorro de punto. El viento la azotaba con tal furia que le hubiera arrancado a pedazos cualquier otra ropa.

Mientras Lina se acercaba con trabajo a la iglesia, un rostro se asomaba cautelosamente desde la entrada. Era

Eelka. Lina subió como pudo los dos escalones del atrio. Allí estaban todos los chicos, apretados en el pórtico semicerrado, para encontrar un poco de abrigo. Lina jadeó un momento para recuperar el aliento. Los muchachos se agruparon a su alrededor.

—Te estábamos esperando —dijo Eelka muy serio—. ¿Has pensado en lo que les puede pasar a las cigüeñas? Ya habrán salido todas de África y estarán en camino. Si el temporal las atrapa, las arrastrará de un lado a otro por toda Europa.

—Eso, si no caen al mar... —añadió Jella.

—Ya lo sé —dijo Lina, afligida—. Ni siquiera las gaviotas lo pueden aguantar. ¡Es horroroso!

—Sí, pero ¿qué podemos hacer? —dijo Pier—. Si, al menos, mañana no estuviera tan mal la cosa... ¡Chicos! Con toda la flota en tierra, nuestros padres podrían ayudarnos a subir y a colocar la rueda. Si pudiéramos conseguir que nos ayudaran mañana, lo tendríamos todo dispuesto para cualquier cigüeña que pudiera llegar una vez pasada la borrasca.

—¡Atiza, Pier! ¡Qué buena idea! —dijo Auka entusiasmado—. ¡Todos nuestros papás ayudándonos! La rueda pesa una tonelada. Creo que ni los cinco juntos íbamos a poder subirla por la escalera y luego tejado arriba. Yo estuve ayudando a colocar una en Nes, y aquélla era una rueda viejísima, toda gastada y completamente seca...

—¡Sí, sí; haremos eso! —dijo Lina excitada—. Todos nosotros se lo pediremos a nuestros papás. Cuando sepan los planes que tenemos para Shora, nos ayudarán. De todos modos, cuando hay temporal no tienen nada que hacer. Hasta se alegrarán de encontrar algo con que entretenerse.

—¡Con tal de que el tiempo no sea tan malo que nadie pueda subir al tejado! —dijo Jella con tono agorero—. Ya sabéis lo que pasa con nuestros padres. La tempestad puede calmarse esta misma noche. Y, en cuanto hay calma, ya se sabe: al mar otra vez. Tenemos que «pescarles» mañana mismo, haga el tiempo que haga.

—El maestro nos dejará. La otra noche dijo que el lunes no habría escuela si podíamos colocar la rueda. Aunque, por supuesto, no contaba con un temporal como éste.

—Hasta nos permitió meter la rueda en la escuela, para que se secara un poco. Además, Auka estaba muy preocupado por si alguien nos la robaba.

—¿Cuándo fue eso? —preguntó Lina, resentida por no haberse enterado. Después de todo, era ella la que había encontrado la rueda.

—Eso fue después de que tu madre te llevara a casa porque habías estado tanto tiempo en la barca, metida en el agua fría. Nosotros tuvimos todavía que poner las ruedas al carro y volver a cargarlo. Y todo el mundo le llevó algo al hombre de la hojalata, como una especie de regalo, para agradecerle el habernos ayudado tanto —dijo Pier—. Dirk y yo hasta cogimos un poco de avena para el caballo del cobertizo donde guardamos el heno. Para darle las gracias también.

—¿Lo cogisteis? Querrás decir que lo robasteis —dijo Lina un poco rencorosa.

—Bueno. Después de todo, se lo merecía. Y no fueron más que dos gorros llenos.

Pero los pensamientos de Lina habían vuelto a fijarse en la cuestión de la rueda.

—¿Os parece que deberíamos pedir al maestro que nos dejara encender la estufa de la escuela y poner la rueda junto a ella para que se secara? Douwa me dijo que llevaba bajo el agua más de ochenta años; menos cuando estaba la marea baja, claro. Por eso pesa tanto. Douwa me explicó muchas cosas cuando estábamos juntos en la barca.

—Pues a mí Douwa me dijo que no intentáramos secarla demasiado deprisa. Porque se encogería mucho y podría desarmarse como la de Eelka —explicó Jella—. Douwa y yo también hablamos largo y tendido de la rueda la otra noche. —No estaba dispuesto a dejarse sobrepujar por Lina.

Lina tenía en la punta de la lengua varias cosas que había aprendido del viejo Douwa; pero, en ese momento, tuvieron que separarse de la puerta de la iglesia porque llegaba la portera, que era Janka, la nieta de Douwa. Tan ensimismados habían estado con sus discusiones y sus proyectos, que no la habían visto venir. Janka abrió la puerta y, todos a una, entraron tras ella en la iglesia, húmeda y vacía, y se fueron sentando en el banco trasero reservado a los niños.

—No sé, no sé... —dijo Janka, viéndolos sentarse—. Pero mucho me temo que vais a ser los únicos de toda la congregación. Tan sólo los chicos y las gaviotas son capaces de atreverse con una tempestad así.

—Mi padre va a venir... Si mi madre consigue despertarle —dijo Lina.

—Todos nuestros padres vendrán —añadió Jella—.

197

Mi padre dijo que, cuando un hombre sale de un mar como el que ahora tenemos y vuelve a poner los pies en un dique seguro y quieto, tiene que ir derecho a la iglesia. Todos vendrán.

—Eso creo yo también —rectificó Janka—. Y tampoco faltarán sus mujeres, para dar gracias. ¡Buen trabajo me ha costado convencer a mi abuelo para que no viniera! —Se dirigió al fondo de la iglesia; pero, antes de introducirse por una puerta que había allí, se volvió a los muchachos—: A ver cómo os portáis, que estáis en la iglesia.

No dejaba de ser una tentación. Es decir, lo hubiera sido cualquier otro día, eso de quedarse solos y poder corretear por el recinto y jugar al escondite, sin ninguna persona mayor que se lo impidiera. Pero hoy estaban demasiado preocupados por la suerte de las cigüeñas y demasiado concentrados en sus planes con respecto a la rueda. Llegó un momento, sin embargo, en que ya no les fue posible estar quietos y sentados en la iglesia silenciosa y helada, mientras la sangre les hervía a fuerza de inquietudes. Auka, que ocupaba el último lugar en el banco, junto al pasillo, se levantó de repente y volvió al pórtico. Todos le siguieron inmediatamente. Una vez fuera, asomando la cabeza por detrás de los pilares, se pusieron a observar la calle.

Al fin empezaba a llegar la gente. Las mujeres primero. Venían inclinadas contra el viento, casi dobladas en dos. Todas traían braserillos de madera, con pequeños pucheros llenos de ascuas, para calentarse los pies en la iglesia, que no tenía calefacción alguna. El viento soplaba con fuerza sobre los encendidos carbones, que

fulguraban, desprendiendo una lluvia de chispas que volaban a lo largo de la calle. Una de ellas dejó a toda prisa el brasero en el suelo, para desprender, con el *Libro de Himnos*, una chispa que se había enredado en su chal de lana. El viento revolvía furioso las voluminosas faldas de las mujeres.

Un poco más lejos, llegaban los pescadores, que habían tenido que pasar antes por el dique, a pesar del viento y de los chubascos, para comprobar si las barcas estaban seguras y echar una mirada al cielo y al mar antes de meterse en la iglesia.

Jella acabó de abrir la puerta para que pasaran las mujeres con sus braseros chisporroteantes. Una tras otra fueron entrando casi sin aliento a consecuencia de su lucha con el vendaval. Se acomodaron complacidas en el interior del templo, dando gracias a Jella con la mirada.

Ya estaban allí los hombres. Los chicos y Lina estudiaban ansiosamente sus rostros sombríos.

—¿Durará mucho la borrasca? —preguntó Auka.

—Días —contestó uno. Y los otros asintieron con el gesto—. Puede que una semana. —Se apresuraron a entrar. No estaban de humor para charlas.

Ya no quedaba sino esperar. Todos los fieles estaban reunidos. De la calle, barrida por el viento, no llegaba otro sonido que el grito solitario y penetrante de una gaviota. Dirk miró afuera por última vez, antes de sentarse.

—Me parece que el maestro no viene. Y yo quería preguntarle acerca de mañana. ¡Arrea! —exclamó excitado—. ¿Quién creéis que viene...? ¡Janus! ¿Cuánto hará que no ha estado dentro de una iglesia...? Pero Jana está pasándolas moradas para empujar la silla contra este maldito viento. ¡Vamos a ayudarla!

Todos los chicos, incluida Lina, salieron corriendo a la calle.

—¡Vamos a ayudarla! —gritaron a Jana.

Pero Jana no les dejó.

—Esta vez, no —dijo con voz ahogada por el esfuerzo—. No. Esta primera vez tengo que ser yo la que le lleve.

Los chicos se limitaron a ayudarla a subir la silla al pórtico, que tenía dos escalones.

—No me pongas muy lejos del pasillo —le dijo Janus—. No quiero estar cerca del púlpito. No pienso predicar. Déjame en la parte de atrás. No sea que les dé a todos un ataque al corazón si me ven. ¡Janus en la iglesia!

—Ponle cerca de nuestro banco —pidió Lina—. Es el último.

—Eso es; prefiero estar detrás —aprobó Janus.

Jana tuvo que ir a sentarse en el sitio de las mujeres. El banco de los niños era el último, detrás de los hombres. Los chicos tomaron la silla de ruedas de manos de Jana y la llevaron hábilmente junto al extremo de su propio banco. En seguida todos empezaron a maniobrar para ocupar el asiento más próximo a Janus. Fue el grandullón de Jella el que ganó. La pobre Lina tuvo que quedarse en el extremo opuesto, pegada a la pared helada y húmeda.

—Pregúntale a Janus —susurró al chico que estaba a su lado—, pregúntale si cree que la tempestad va a durar mucho y si quedarán cigüeñas que vengan aquí cuando termine.

La pregunta fue pasando, entre siseos, de boca en boca, a lo largo del banco, hasta llegar a Jella, que planteó el problema a Janus.

Éste se volvió a mirar a Jella con disgusto.

—¡Qué disparate! —dijo en voz alta. De pronto, recordó que estaba en la iglesia—. Es un disparate —repitió con voz ronca, pretendiendo que fuera un susurro—.

¿De qué demonios os estáis preocupando? Esas pocas cigüeñas que habéis visto llegar hasta ahora no eran sino la vanguardia; las veteranas, a las que ya les pesan las alas y tienen que salir a primera hora. Las jóvenes vienen más tarde. Todavía falta por llegar la mayoría de ellas. Vendrán a cientos.

—¿Está usted seguro, Janus? —musitó Lina desde la otra punta del banco. Parecía demasiado bueno para ser verdad.

—¡Y tan seguro! —estalló Janus—. ¿Para qué te crees que me he pasado todos estos años sin hacer otra cosa que observar a los pájaros? Sería capaz de conocer a cada una de las cigüeñas por su nombre si esos nombres africanos no fueran tan enrevesados.

El banco entero se agitó con un borboteo de risas que no podían sofocar. Muchas cabezas se volvieron indignadas y se fijaron con tremendo asombro en Janus. Éste se dio cuenta de que todo el mundo le miraba. Su rostro enrojeció. Se quitó la gorra a toda prisa y se la puso delante, como había visto hacer a otros hombres mientras rezaban. Así no veía la sensación que estaba causando. La gente se daba con el codo y torcía la cabeza hacia la parte trasera de la iglesia. «¡Ha venido Janus, allí!» Uno por uno se iban volviendo a mirar por segunda vez, para asegurarse de que no habían visto mal. Los murmullos aumentaban.

Janus, asomándose por detrás de la gorra, veía las cabezas volviéndose hacia el banco de los niños. Sin previo aviso, cogió a Jella por el hombro y le sacudió con fuerza.

—¡Silencio, chicos! —exclamó furibundo—. ¿No po-

déis portaros como es debido cuando estáis en la iglesia? ¡Silencio, digo...! Vendrán más cigüeñas cuando
pase el temporal. Ahora, ¡a callar!

Su mujer, que estaba unos cuantos bancos más allá,
junto a las demás mujeres, se volvió para avisarle con la
mirada. Pero él estaba demasiado ocupado regañando a
los chicos y respondiéndoles.

—Janus, ¡cállate tú también! —le aconsejó Jana con
un siseo silbante—. El pastor está subiendo al púlpito.

Janus soltó el hombro de Jella y se acomodó en el
asiento con aire humilde, mirando al pastor encaramado en el alto púlpito. Jella se frotó el hombro dolorido y
se quedó también inmóvil y callado, como todos los demás chicos, que ahora se sentían tranquilos y conso-
lados por la promesa de Janus de que no faltarían cigüeñas.

CAPÍTULO XII

LA RUEDA SOBRE
LA ESCUELA

Pero el lunes por la mañana el temporal no había cesado. Seguía arrojándose contra el dique con toda su cólera. El mar estaba encrespado; la espuma y las rociadas volaban todavía muy alto y caían en sucios copos grises en las calles y sobre los tejados. Entre los silbidos y los gemidos del viento había extraños y súbitos intervalos de calma; aunque, detrás del dique, el agua seguía tronando. Olas gigantescas se alzaban para romper y deshacerse contra él en capas espumosas y silbantes que casi lo cubrían. De cuando en cuando, una, más poderosa aún que las otras, llegaba a rebosar la misma cresta.

En el interior de las casas, los hombres se sentaban ociosos en un rincón de la cocina, detrás del fogón, si era posible, para no estorbar a las mujeres en sus trajines, ni a los niños que se preparaban para ir a la escuela. Lo malo era que no les dejaban en paz. No había una sola casa en Shora donde los desgraciados padres pescadores no se vieran importunados por sus hijos. La

204

rueda había de colocarse en el tejado de la escuela con borrasca o sin borrasca.

—Supongamos que mañana mismo vengan algunas cigüeñas —decía Lina, discutiendo con su padre en la cocina.

—¡Eso es! Supongamos y supongamos... —vociferó su padre, al fin—. ¿Por qué no suponemos que me dejas en paz y en gracia de Dios en mi rincón? Se está muy a gusto aquí, seco y caliente, y sin hacer nada, para variar.

—Sí; pero supón que termina el temporal. Os volveréis al mar enseguida, y no tendremos rueda en el tejado de la escuela. Aquí no queda nadie más que Janus y el viejo Douwa, que no pueden subir a los tejados.

—¡Suerte que tienen! —dijo el padre con impaciencia—. Ya te he dicho mil veces que será un temporal muy largo. Hay tiempo de sobra. ¿Crees que las borrascas se acaban como se cierra un grifo? ¿Es que no voy a poder disfrutar de un solo día tranquilo?

Desapareció detrás del periódico, que aunque contaba una semana de atraso por lo menos, para él, como había pasado semanas enteras en el mar, era completamente nuevo. Y, además, le servía para ocultarse.

No tuvo, sin embargo, ocasión de leerlo. Linda, la hermanita de Lina, se empeñó entonces mismo en subir a sus rodillas. Lina, al otro lado del periódico, seguía argumentando.

—El maestro nos dijo el sábado que si se colocaba hoy la rueda no habría escuela. Para que todos pudiéramos ayudaros. —En realidad, le hablaba al periódico—. Ayudando todos, no llevaría mucho tiempo.

—¿Qué sabe el maestro del viento y de las tempestades? ¡Que suba él al tejado si quiere, con borrasca y todo! ¡Y tú, a la escuela ahora mismo! Cuando amanezca un día más sereno, antes de que salgamos otra vez al mar, ya veremos. Ahora, vete. A ver si es posible pasar un rato en paz.

Aquello era definitivo. Lina, indignada, se calzó los zuecos. Sabía que era inútil discutir más. Había ido tan lejos como se había atrevido. Se abrochó el chaquetón, apretándoselo alrededor de la garganta, y salió en estampida.

—Escucha, Jella: ¿cuántas veces voy a tener que decírtelo? Hoy no me muevo de esta casa, y no hay más que hablar. Creo que es justo que un hombre disfrute de un par de días de descanso, después de pasar semanas en el mar, sin que le obliguen a subir al tejado de la escuela. Así que, ¡largo de aquí! Vete a clase y aprende algo, en vez de sentarte en la punta del tejado.

—Es que el maestro dijo que hoy no habría escuela si subíamos la rueda.

—De acuerdo. Pero como la rueda no puede subirse hoy, con el tiempo que hace, habrá escuela, y basta que yo lo diga. ¿O es que voy a tener que cogerte del cogote y del fondillo de los pantalones para llevarte?

—Pier y Dirk, hijitos míos, lo malo de que seáis gemelos es que, con vosotros, uno lo tiene todo por partida doble. Como oiga otro gimoteo o un argumento más, os voy a golpear tan fuerte las dos cabezas, una contra otra, que os vais a dar por contentos si entre los dos os queda una sana. Aun así, tendríais bastante, porque nunca usáis las dos... ¡Os he dicho que no, no y no! ¡La rueda, NO; al tejado de la escuela, NO; con esta borrasca, NO!

—Pero si todos os ayudaremos. El maestro dijo que no habría escuela si...

—Y yo digo que hay escuela y que vosotros vais a ir aunque sólo sea para que yo no tenga que oír una palabra más de las cigüeñas. ¡En marcha!

Pier y Dirk se miraron. Enfurruñados, metieron los pies en los zuecos y se acercaron a la puerta murmurándose uno a otro por lo bajo las palabras más horrorosas. El padre, escondido tras el periódico, se reía en silencio de sus amenazas.

—¡A ver si aprendéis bien la lección! Me he enterado de que hoy tratará de las cigüeñas —dijo para hacerles rabiar.

—Mientras no trate de pescadores haraganes y cabezotas... —saltó Pier con arrebato.

Luego, temiendo haber dicho demasiado, huyó hacia la puerta, con Dirk pisándole los talones. El padre hizo crujir el periódico. Dirk empujó a Pier a través de la puerta y casi se le cayó encima en su prisa por verse fuera. La puerta se cerró de golpe.

—Mira, Auka: ¿es que no te vas a cansar nunca de molestarme? Si escucho una sola palabra más acerca de las cigüeñas..., voy a cogerte el cuello y te lo voy a estirar hasta que te parezcas a una... Entonces, tú mismo podrás ir a sentarte sobre una rueda en lo alto de un tejado. Las cigüeñas tienen demasiado sentido común para hacerlo en medio de una tempestad como ésta. ¿Cómo piensas que voy a subir yo una rueda al tejado de la escuela con este tiempecito? Yo no tengo alas. Y si me resbalo, con el viento que sopla, por las escurridizas tejas y me rompo la cabeza, ¿quién va a ganar dinero para que tú vayas a la escuela y andes enredando a cuenta de las cigüeñas? Vete en seguida, ¡y basta ya!

—Pero si vamos a colocar la rueda, no habrá escuela...

—Pero como nadie la va a colocar, sí que la habrá. Hasta luego, Auka.

Al chico no le quedaba ya otro remedio que calzarse los zuecos y salir de casa sin más discusión. Su padre le estaba mirando.

—Si con el berrinche que tienes sacas un poco más el labio inferior, podrás muy bien poner en él la rueda en vez de en el tejado —le dijo con sorna.

Auka murmuró para sí unas cuantas palabrotas y cerró la puerta muy despacito para que entrara la mayor cantidad de viento y de frío que fuera posible en la casa.

El padre de Eelka, cómodamente sentado en la cocina, junto a la estufa, apartó un poco el periódico y se asomó para ver cómo Eelka se ponía los zuecos y, con toda calma, se abrochaba el chaquetón y se subía el cuello hasta las orejas.

—¿Adónde crees que vas, hijo?

—A la escuela. ¿Adónde voy a ir? Es lunes, ¿sabes?, pero el tiempo está demasiado malo para colocar la rueda en el tejado. Así que me figuro que habrá escuela —suspiró—. ¡Nunca he tenido buena suerte! ¡Adiós, papá!

Eelka iba agachado para contrarrestar el viento que se desataba a lo largo de la calle. Poco más adelante iban los otros, también inclinados, taladrando las ráfagas. De malísima gana, derrotados y furiosos, se dirigían a la escuela, cada uno por separado. Ni uno solo intentó alcanzar a los otros. A todos les fastidiaba tener que confesar su completo fracaso. Eelka, por su parte, era muy gordo y lento y había desayunado demasiado para hacer tan gran esfuerzo.

Había sido todo un plan formado y meditado el día anterior al salir de la iglesia. Pier y Dirk lo habían dicho: importunarlos y machacar hasta que accedieran. Si todos los niños se empeñaban en ello, rogando y porfiando..., los padres gruñirían y harían como que se enfadaban y hasta se burlarían un poco con chistes y cosas de ésas, porque los hombres son así. Pero, con ellos, eso es lo que hay que hacer: bromear un poco, insistir y porfiar y dar la lata... Ya lo veréis. A pesar de todo lo que un padre reniegue o diga, más tarde o más temprano, acaba por hacer lo que tú quieres.

No faltó quien tuviera malos presentimientos, Eelka especialmente. Eelka afirmó que su padre diría: «Bueno, Eelka; bueno...». Y, luego, no haría nada. Pero Pier y Dirk, en cambio, habían asegurado a todos que, con los padres, era siempre mucho más fácil conseguir algo que con las madres.

Todos, menos Eelka, se habían dejado convencer fácilmente. Sobre todo teniendo en cuenta que el éxito de su maquinación no sólo suponía la colocación de la rueda en el tejado de la escuela, sino un día entero sin clase ni lecciones. Merecía la pena intentarlo. Eelka objetó que su padre era de tan buena pasta que no había quien le importunara.

El plan había fracasado miserablemente. Mientras se encaminaban a la escuela, ni uno solo estaba dispuesto a admitir, ante los otros, su derrota. Ninguno sabía que también los demás habían fallado. Aquel temporal no iba a terminar en la vida. De eso estaban convencidos. Y no iba a quedar ni una sola cigüeña. Todo era inútil y desesperante. Aun cuando, pasado el temporal, quedara alguna cigüeña que otra, ¿de qué les iba a servir, si la escuela estaría sin rueda, por culpa de sus padres y nada más que de sus padres?

Una vez en el portal de la escuela, ya no les quedó otro remedio que encararse unos con otros. En el portal hacía un frío horrible; pero, al menos, estaban abrigados del maldito viento. Para disimular, todos empezaron a hacer grandes aspavientos, soplándose las manos, pateando el suelo y batiendo los brazos. Resoplaban con fuerza.

—¡Caray! ¡Vaya un vientecito! —dijo uno.

Se miraban unos a otros, cruzando los brazos sobre el pecho para darse golpes en la espalda. Todos fingían estar muertos de frío.

Por fin Jella se volvió hacia Pier y Dirk, que habían sido los autores del plan.

—Bueno —preguntó—, ¿viene vuestro padre o no viene?

Pier y Dirk se miraron.

—Nooo... —confesó Dirk a su pesar—. Creo que no.

Eso aclaró un poco la atmósfera.

—El mío tampoco. ¡Me gustaría que le hubierais oído!

—Tampoco el mío. No viene ni en broma. Dijo que, con un tiempo como éste, antes se echaba al mar en un cesto que sentarse en el puntiagudo tejado de nuestra escuela. Que si teníamos una silla de montar, puede que lo intentara. Pero que ¿de qué iba a servir un pescador si se partía en dos sobre la arista afilada del tejado a causa de este endemoniado viento? No le parecía a él que sus dos mitades pudieran seguir pescando para atrapar doble número de peces...

Todos los chicos, a pesar suyo, se echaron a reír de la ocurrencia. Una vez admitido el fracaso, todos querían eclipsar a los demás repitiendo lo que sus padres habían dicho. Ahora les daba mucha risa. Eelka ni siquiera aprovechó la ocasión para recordarles: «¿Qué os había dicho yo?». Estaba riéndose con demasiadas ganas.

Al final, Jella hizo un resumen del asunto.

—Me figuro que, en efecto, hace demasiado viento para unos hombres tan viejos como nuestros padres.

El maestro apareció en la puerta.

Lina habló por todos.

—Ninguno de nuestros padres, ni siquiera uno, quiere venir. No hay uno solo que se decida a separarse del fogón. Allí están todos, asándose.

—¡Vamos! ¿Por eso estáis enfadados? Yo diría que son hombres razonables. Ya aprenderéis vosotros también, más pronto o más tarde, que no siempre se puede ni se debe desafiar una tempestad. Que no es posible atravesar un muro con la cabeza. De manera que ¡adentro! Vamos a empezar con nuestras lecciones, y así no pensaremos en otras cosas. Vuestros padres harán lo que les pedís. Lo sabéis muy bien. Si no es hoy, será el primer día en que el tiempo lo permita. Veréis como colocan la rueda antes de salir de nuevo a la mar.

—¿Se lo han dicho a usted ellos mismos? —preguntó Lina ansiosamente.

—No. Ellos no me lo han dicho, pero yo lo sé. Los padres hacen siempre lo que sus hijos les piden, si no es algo imposible. Los padres y las madres son así. Es natural que estéis impacientes, pero la rueda puede esperar. Las cigüeñas también estarán esperando a que pase el temporal. Seamos tan pacientes y tan prudentes como ellas.

A pesar de las tranquilizadoras razones del maestro, las lecciones no marchaban nada bien aquel día. El viento que azotaba las cuatro paredes de la indefensa escuela les recordaba, con sus aullidos y alaridos, que la tempestad seguía desencadenada por mar y por tierra. La rueda que estaba allí, apoyada en la pizarra, les hablaba continuamente de las cigüeñas. El estrépito del viento casi les impedía oír lo que el maestro preguntaba y hacía aún más difícil pensar en las respuestas. ¿Quién iba a ponerse a cavilar sobre los problemas de aritmética, cuando cientos de cigüeñas procedentes de África estarían acaso naufragando y muriendo en el mar? ¿Cuántas cigüeñas se ahogarían antes de llegar a Shora? Ése era el atroz problema de aritmética que el viento parecía plantearles con sus rugidos.

El maestro preguntó a Auka cuánto era dieciséis por dieciséis. Auka tuvo que desviar su atención de la ventana, donde un manojo de heno, arrojado allí por el viento implacable, permanecía pegado al cristal.

—No habrá una sola cigüeña que pueda resistir un temporal como éste —contestó.

Nadie sonrió siquiera ante la disparatada respuesta de Auka. Todos los ojos se fijaron ansiosos en la ventana y luego se volvieron a la gran rueda apoyada en la negra pizarra. Hasta el maestro tenía aspecto sombrío.

—Cada vez se pone peor —dijo alguien desde uno de los pupitres traseros.

—Nos lo parece así —explicó el maestro con dulzura—, porque nos sentimos impotentes. Porque hemos de estar aquí, sentados, sin hacer nada con la rueda. La inacción es dura de soportar. Por tanto, Auka, el único

213

problema que ahora estamos en condiciones de resolver es éste: ¿Cuánto es dieciséis por dieciséis?

Hubo una larga pausa. Auka tuvo que apartar el pensamiento de sus propias angustias interiores para encontrar la respuesta. Cuando lo hizo, se equivocó.

«¡Bah! —se dijo a sí mismo, malhumorado—. Creí que había dicho dieciséis por dieciocho.»

Pero a nadie más que a él parecía importarle que la respuesta hubiera sido o no acertada. Ni siquiera al maestro. El maestro permanecía en pie, escuchando los sonidos que venían de fuera. El viento, ahora, parecía hacer nuevos ruidos. Algo como murmullos y gruñidos penetraba vagamente en la clase. En el portal se oyó el golpe de algo que caía. Cosas que tropezaban unas con otras. El viento debía de haber arrojado algo allí, algo que rodaba de un lado para otro.

Todas las cabezas se habían vuelto hacia la puerta de la clase. En esto, se oyó una fuerte llamada. Luego, voces.

—¡Nuestros papás! —gritó Lina.

El maestro se apresuró a abrir la puerta. Allí estaban los hombres de Shora.

—Es un disparate. Una locura —iba diciendo uno de ellos; debía de ser el padre de Eelka—. Primero, los chicos, machaca y machaca, sin perder un minuto, hasta que acabas por mandarlos a la escuela. ¿Y qué pasa entonces? Entonces empiezan las madres. Nadie piensa en otra cosa sino en las condenadas cigüeñas y en la rueda del carro. Nos han echado de casa para no sufrirlo. Así que nos hemos reunido y hemos acordado que era mucho menos molesto subir al tejado la dichosa rueda que aguantar a esa caterva de mujeres y de chicos tercos.

El maestro sonrió.

Los niños estaban felices. Los hombres bromeaban y, a pesar de la tormenta, iban a intentar poner la rueda en el tejado. Y no lo hacían a disgusto tampoco. Cualquiera podía verlo. Mientras se entretuvieran contando chistes... Eso es siempre buena señal.

El fornido padre de Jella se asomó a mirar a la clase por encima de la cabeza del maestro.

—Según alguien me ha dicho —exclamó con voz firme—, el trato era que si colocábamos la rueda sobre la escuela, no habría clase hoy. ¿Estoy correctamente informado o es sólo un producto del infinito amor de Jella por el estudio?

—¡Nooo! —contestó la clase a coro—. Nada de escuela. Él maestro lo prometió.

No dieron tiempo al profesor ni de asentir con la cabeza. Se le veía en la cara que accedía. En un día como aquél, todo podía ocurrir. Como una tromba, salieron

todos de la clase para ponerse los zuecos, los gorros y las chaquetas.

Desde el portal observaron que sus padres habían traído escaleras, maderas y cuerdas. Todo aquel material yacía en un revuelto montón sobre el suelo del patio, donde lo habían dejado caer.

—¡Apartaos todos! ¡Que se quiten de en medio todos los mortales!

Jella era el único que se había acordado. En lugar de echar a correr con los otros, había ido en busca de la rueda, y la sacaba al portal rodando como loco. Todo el mundo tuvo que apartarse. La rueda se tambaleó, no muy segura del camino que había de tomar; encontró, sin saber cómo, la puerta del patio, la atravesó y vino a caer precisamente sobre la pila de maderos, cuerdas y escaleras.

—Bien. Ya lo tenemos aquí todo —gritó uno de los hombres—. Ahora, a ver si nos traéis, también rodando, a las cigüeñas.

Los hombres se rieron; pero los niños, no. Por muy felices e impacientes que se sintieran en esos momentos, cuando sus padres iban sin duda alguna a colocar la rueda, la broma no les hizo ninguna gracia. El cielo bajo, cargado de nubes veloces que se atropellaban unas a otras como las encrespadas olas en el mar, amenazaba con nuevos contratiempos. Nada se veía en él que no fuera la tormenta. Ni un pájaro por ninguna parte. Ni siquiera un gorrión. Un terrible aguacero descargó en ese mismo instante. El viento arrojaba la lluvia al interior del portal.

—¿Quedará alguna cigüeña después de un temporal como éste? —preguntó Dirk al grupo de hombres que rodeaban la pila de cosas amontonadas en el patio.

Los pescadores miraron al cielo encogiéndose de hombros.

—Puede que sí, si no dura demasiado —respondió el padre de Lina—. Puede que a alguna pareja se le ocurra meter la cabeza en la arena hasta que pase el mal tiempo.

—¡Ésos son los avestruces! —dijo indignada Lina, que estaba detrás de él.

Casi sentía vergüenza por la ignorancia de su padre. ¡Y delante del maestro!

—Se cree que los avestruces entierran la cabeza en la arena. Pero no lo hacen.

—Me parece que tú y tus avestruces no habéis salido muy bien parados —dijo el padre de Eelka.

—¡Ya! —replicó el padre de Lina, algo picado—. Lo mejor que puedo hacer es meter yo mismo la cabeza en la arena. Estos chicos de hoy lo saben todo, ¿no? Yo no sé más que pescar. —De pronto, sonrió con un guiño—. A ver, chicos: ¿no os conformaríais con un par de peces encima del tejado? Por ejemplo, ¿qué tal resultarían un par de tiburones metidos en una bañera?

Los chicos armaron un horrible griterío y él les sonrió alegremente. Luego se puso serio. Dio un paso atrás y se quedó examinando el puntiagudo tejado.

—Bueno, subamos al cielo y coloquemos esa dichosa rueda.

Los hombres estudiaron las empinadas vertientes.

—Mojado, escarpado y con viento, ese tejado estará más resbaladizo que una cubierta llena de medusas

217

—dijo uno de ellos—. Pero ¡arriba con una escalera y veamos cómo anda el clima por esas alturas!

Entre dos cogieron una larga escalera. Mientras la llevaban erguida, dando la vuelta a una esquina de la escuela, les acometió una racha de viento. Los dos hombres lucharon en vano por mantenerla en alto. Les era imposible sostenerla. La escalera se bamboleaba y amenazaba estrellarse contra el suelo.

Todo el mundo se quedó mirando cómo oscilaba su parte superior, amenazando a cada instante con caer.

—¡Cuidado! ¡Cuidado! —gritó alguien—. Si no podéis mantener una escalera en alto, ¿cómo pensáis subir una rueda hasta allá arriba? Ayudad todos; no os quedéis ahí mirando como bobos. Dejadla caer; dejadla caer; poco a poco, así... Ahora llevadla de plano, a lo largo. ¿Creíais que era una bandera en un desfile?

Era Janus. Allí estaba, en su silla de ruedas, abriéndose paso contra el viento, mostrando una fuerza extraordinaria, sin dejar por eso de regañar a todo el mundo.

Los hombres dejaron caer la escalera y se quedaron mirando a Janus, un tanto molestos de que les gritara así delante de sus hijos. Pero Janus sonreía francamente, se veía que estaba disfrutando de veras a pesar del viento y de lo que le costaba luchar contra él. Se acercó al grupo.

—Cuando hay que hacer algo en tierra, vosotros, los pescadores, os veis tan perdidos como los peces fuera del agua —les dijo, volviendo la silla para ponerla de cara al tejado—. Ahora vamos a utilizar la cabeza. O, mejor dicho, yo voy a utilizar mi cabeza.

—Por lo visto, tenemos un capataz —dijo uno de los hombres.

—¡Muy bien! —dijo Janus, sin hacer caso, empezando a dar instrucciones—. Poned la escalera en el suelo, con uno de los extremos tocando la pared. Ahora levantad el otro poco a poco. Meteos por debajo e id cogiendo los peldaños uno a uno mientras van subiendo; ya no os queda sino separarla de la pared por la parte de abajo. Así no os estorbará tanto el viento.

Cuando la tuvieron, al fin, colocada, los hombres se volvieron hacia Janus de modo automático pidiendo nuevas instrucciones. Janus miró la pila de maderas y la otra escalera que se hallaba a su lado.

—Hay que poner esa otra escalera sobre la vertiente del tejado. Pero antes ataremos una cuerda en uno de sus extremos para dejarla caer por el otro lado de la casa y sujetarla después a tierra. Luego ataremos las escaleras, una con otra. Si no, el viento se llevaría la del tejado. Entre tanto, muchachos, traedme aquí la rueda.

Mientras esperaba que los niños la trajeran, Janus examinó la pila de maderas y listones que había en el patio.

—¿Para qué es todo eso?

—Para sujetar la rueda en su sitio. Harán falta algunos estribos o tirantes para dejarla fija en el agudo caballete del tejado —explicó el padre de Auka.

—Ya. Pero se trata de cigüeñas, no de elefantes —dijo Janus en tono burlón—. Tal como lo tengo pensado, esa rueda quedará bien sujeta y del modo más sencillo. Si llenáis el tejado de maderas y listones que sobresalgan por aquí y por allá, las cigüeñas que pasen volando creerán que no es un nido, sino una trampa, y se espantarán. Vamos, acabad con las escaleras, que yo arreglaré lo demás del modo más fácil y mejor.

—Señor, sí, señor —dijo el padre de Auka con un poquito de sorna—. Arriba con la segunda escalera, compañeros. Janus lo manda.

Jella, Auka y Lina habían hecho ya rodar la rueda hasta acercársela a Janus.

—¿Dónde está la sierra? Yo mismo la he colgado en algún sitio de este artefacto —dijo, buscando por la silla.

—Aquí está —dijo Pier a su espalda—. Y también se ha traído un martillo. Está usted sentado encima.

—Sí, el martillo también me hace falta. El martillo, primero.

Y sin hacer caso de las miradas alarmadas que le dirigían los muchachos, cogió el martillo y separó la llanta de hierro, con unos cuantos golpes, de la madera. Examinando entonces con atención el caballete del tejado y su pendiente, empezó a cortar con la sierra una profunda muesca en forma de uve en la madera de la llanta. Los niños tuvieron que sujetar la rueda mientras serraba.

—¿Veis? Cortando dos muescas como éstas, la llanta quedará encajada en el caballete. Luego volveremos a poner la llanta de hierro, sin que entre del todo para que no tape las muescas. No hace falta tampoco que la llanta de hierro cubra la otra por completo. La rueda no va a ir rodando a ningún sitio. Incluso estará mejor así. Dejaremos que el hierro sobresalga un poco por arriba y la rueda quedará como una especie de cazuela. Las cigüeñas son muy chapuceras haciendo los nidos, y eso les servirá para contener más fácilmente todo lo que suban y metan dentro.

El maestro se aproximó.

—Janus, ¿por qué no entra usted en la escuela? No hay motivo alguno para que esté sentado aquí fuera con este tiempo. Lo que está haciendo puede también hacerlo allí.

—Si esos hombres pueden estar sentados en el tejado, bien puedo estar yo aquí, que es mucho más cómodo —replicó Janus secamente con toda su atención puesta en lo que estaba haciendo.

El maestro, comprendiendo que Janus no quería recibir trato alguno de favor, no se atrevió a insistir.

—Y yo, ¿no puedo hacer nada? —preguntó—. No me gusta estar de mirón cuando todo el mundo trabaja.

—Necesito un berbiquí y una broca lo bastante larga para que pueda atravesar los maderos del caballete en ambos lados del tejado.

—Mi papá tiene un taladro y brocas de todos los tamaños —dijo Jella inmediatamente—. Ahora mismo iré a buscarlos.

—¡Bueno! Jella se ha ido a llevar a cabo el trabajo que me había asignado usted —dijo el maestro con disgusto.

—Espere. Necesito también dos varillas de hierro que sean fuertes. Y tan largas como el ancho de la rueda para que los bordes de la llanta puedan descansar sobre ellas. ¿Comprende? Taladraremos dos agujeros en el caballete, pasaremos por ellos las varillas y fijaremos la llanta sobre ellas. Así, las dos muescas que he hecho en la llanta de madera se ajustarán exactamente al caballete. Ya no faltará sino atar la llanta a las varillas, por medio de un alambre, y tendremos la rueda en posición horizontal y tan firme como una casa. Pero no se me ocurre quién puede tener, en Shora, dos varillas de esa clase.

—¡Hombre! —dijo el maestro—. Precisamente, y sin saberlo, ha dado usted en el clavo. Me parece que he visto alguna vez un par de varillas como ésas cuando he ido a dar cuerda al reloj de la torre. Estoy casi seguro.

—¿Serán lo bastante largas?

—Ahora mismo voy a verlo, y no habrá quien me quite esta tarea. Soy el campanero oficial del pueblo y el único que tiene una llave de la torre. —Diciendo esto, el maestro sacó de su bolsillo una llave muy grande y muy vieja. Se la mostró a Janus y echó a correr.

—Me alegro de que hayamos encontrado un trabajo para él. Me incordiaba tenerle ahí, mira que mira. Está tan nervioso y emocionado como vosotros, chicos. —Janus había terminado ya de serrar las muescas. Ahora había que encajar parcialmente la rueda en la llanta de hierro. Los muchachos y Lina se esforzaban por mantener la rueda quieta y en pie, mientras Janus luchaba para encajar la llanta, que venía muy ajustada.

Jella había llegado ya con el taladro y un puñado de brocas. Pocos minutos después volvía el maestro con dos largas varillas cubiertas de herrumbre. Janus las examinó.

—Creo que servirán. Son gruesas y resistentes. Y bastante largas.

—Ha sido una suerte que usted se acordara tan oportunamente de haberlas visto. Deben de ser las únicas que hay en todo el pueblo. Era lo que más me preocupaba. Con todo ya pensado y dispuesto, y sin varillas. Todos iban a reírse de mí.

Ordenó a Jella que subiera por la escalera llevando el berbiquí y las brocas para dárselos a su padre. Al maestro le encargó buscar un alambre que sirviera para fijar la rueda a las varillas.

—Hay que tenerle ocupado —dijo Lina, guiñando un ojo.

La rueda estaba ya preparada. Los niños la llevaron al pie de la escalera. Los hombres comenzaron a izarla mientras el padre de Jella hacía los agujeros para pasar las varillas.

Pero había que luchar continua y duramente contra los embates del viento. Dos de los pescadores se encontraban ahora a horcajadas sobre la arista del tejado, dispuestos a levantar la rueda sobre las varillas cuando se la entregaran. De súbito, un horrible aguacero acompañado de granizo cayó sobre ellos como un trallazo. Los que estaban a horcajadas tuvieron que echarse de bruces, con la cara pegada al tejado, colgados de la escalera por una sola mano. Los que subían la rueda a lo largo de la segunda escalera tuvieron que interrumpir su tarea y conformarse con mantener la rueda donde estaba. El chaparrón, sin embargo, terminó de modo tan repentino como había empezado, y de nuevo se reanudaron los trabajos.

Janus vigilaba cada movimiento con mirada de águila. Tan enfrascado estaba en ello que no parecía advertir los latigazos del viento, ni el aguacero, ni la granizada. Sólo de cuando en cuando lanzaba una rápida ojeada hacia el pueblo. De pronto dio un grito estentóreo:

—¡Eh!, amigos, mirad... Mirad lo que viene por ahí. ¡Las mujeres! ¿Qué os parece? Con viento y con granizo, aquí están las mujeres. Lo que significa buenos pucheros de café caliente para todos vosotros. Esto va a convertirse en una merienda campestre. ¡Hurra por las mujeres!

El trabajo quedó interrumpido en el tejado. Todos miraban al camino, llamando a las mujeres por sus nombres. Avanzaban en pelotón cerrado, intentando proteger sus cafeteras humeantes contra el viento frío. Una nueva granizada obligó a los hombres a colgarse del tejado y de las escaleras.

En cuanto pasó el nubarrón y pudieron levantar la

cabeza, lo primero que hicieron fue buscar a las mujeres. No se veía a ninguna.

—Es inútil que miréis —gritó Janus—. No habrá café ni nada parecido hasta que la rueda no esté fija y colocada.

—Janus, eres un déspota —se quejó uno—. No te falta más que el látigo.

—No necesito látigo. Me basta con la lengua.

—¡Ya! —replicó el padre de Pier y Dirk—. ¡Lástima que el tiburón no te llevara la lengua en lugar de las piernas!

Allá abajo, Janus enrojeció, confuso y turbado. Desvió un momento la vista y luego miró hacia arriba, asomándose bajo la visera de la gorra, para averiguar con qué intención había dicho aquello el pescador. El padre de los gemelos comprendió la mirada y dirigió a Janus una franca y afectuosa sonrisa. Inmediatamente Janus se sintió tranquilo y cómodo en su silla. Les alentó gustosamente:

—Una cosa voy a deciros —añadió deliberadamente—: el tiburón le había echado ya el ojo a mi lengua. La miraba y no le gustaba mucho lo que le estaba diciendo. Pero debió de parecerle demasiado dura y decidió que mis botas serían más tiernas. Por eso se las comió. ¿Cómo iba a saber, siendo un pez tan bruto, que mis piernas estaban dentro?

Todos rieron, y Janus, satisfecho, se enderezó en la silla. Parecía saborear aquella risa, casi como si la degustara con sus propios labios. Luego miró a Pier, que estaba junto a él, con aire algo inquieto.

—¡Buen muchacho! —le dijo—. ¿Crees que no sé que todo el mundo admite esa absurda historia porque a mí me hace bien? ¡Y me lo hace! —añadió con fiereza—. ¡Por Dios, que me lo hace!

Estaban ya colocando la rueda sobre el caballete del tejado. Janus, terriblemente atento, no se perdía un detalle de la operación.

—Tiene que resultar; esa idea mía de las varillas tiene que resultar —murmuraba ansioso—. De otro modo, mi nombre quedará por los suelos. Me echarán de Shora a patadas.

Entonces llegó el maestro, a todo correr, con un puñado de alambres. Janus eligió los más gruesos y mandó a Pier con ellos por la escalera.

—Ya no hay más trabajo para usted —dijo al maestro—. Pero ahí tiene a las mujeres, metidas en la clase, con latas de café caliente sobre la estufa. Vaya a tomar una taza. Usted no está acostumbrado a verse a la intemperie con un tiempo como éste.

—¡A sus órdenes! —dijo el maestro. Y saludando gravemente, desapareció.

El padre de Jella, echado todo lo largo que era en la escalera que estaba en el tejado, iba dando vueltas al alambre alrededor de las varillas y de la llanta, para dejarlas bien sujetas una a otra. Era un trabajo difícil y lento, que había de hacerse con las manos en alto, por encima de la cabeza. El frío ambiente y el viento mordedor y salado tenían a los hombres entumecidos y les entorpecían los movimientos. Los dos que estaban a horcajadas sobre el caballete mantenían ahora la rueda en el lugar debido. Uno de ellos tuvo que soltarla por un momento para sacudir el brazo embotado. Se pasó torpemente la mano por la cara para enjugar un tanto el agua helada que la cubría. Volvió, al momento, a sujetar la rueda, pero ésta ya se había torcido.

—¡Jan, a ver si pones derecha esa rueda! —le gritó Janus en seguida—. Las cigüeñas necesitan un nido, no un tobogán.

—¡Mira! —replicó Jan, irritado—. Si crees que puedes hacerlo mejor que yo, ¿por qué no subes y la sostienes tú?

Hubo una pausa penosa y desconcertada. Todos se quedaron mirando a Janus. Lina, que estaba a su lado, le puso la mano sobre el hombro. Pero, con gran asombro de todos, Janus pareció encantado.

—¿Has oído eso? —preguntó a Lina—. Se ha olvidado de que no tengo piernas. ¡Bendito sea su curtido pellejo! Así es como me gusta que sea.

Lina levantó la mano del hombro de Janus. Ella tampoco debía acariciarle como un bebé.

—Lina, ¿te atreves? —preguntó Janus de pronto—. Tenemos que probar la rueda, y tú eres la única que puede pesar, poco más o menos, como un par de cigüeñas. Tenemos que comprobar si podrá aguantar el nido sin moverse ni ladearse. Los hombres te alzarán y te pondrán encima.

Tampoco Janus la trataba con remilgos.

—¡Claro que sí! —respondió Lina intrépidamente.

Jan tenía a Lina cogida de la mano mientras, ya sobre el caballete, se encaramaba a la rueda. Anduvo ella por la llanta tan lejos como Jan se lo permitía estirando el brazo. Janus la vigilaba atentamente.

—Ya puedes bajar —le dijo—. Resiste. Ni siquiera se ha movido cuando andabas por su borde. ¡Ea! ¡Todo el mundo abajo! ¡Recoged las escaleras y las cuerdas y a tomar café!

Lina se aprovechó de un momento de distracción para soltar la mano de Jan. Se encaramó sobre el cubo, en el centro de la rueda, y agitó los brazos.

—¡Soy una cigüeña! ¡Soy una cigüeña! —gritaba. Apenas lo hubo dicho, la cogió una racha de viento. No tuvo otro remedio que dejarse caer y agarrarse fuertemente a los radios de la rueda mientras intentaba desesperadamente alcanzar la mano que Jan le tendía, hasta colgarse de ella como de un salvavidas.

—¡Vaya una cigüeña! —le gritaban los chicos, burlándose—. Vamos, ¡a ver cómo bajas volando!

—Jan —dijo Janus por su parte—, baja en seguida y tráete a esa cigüeña bajo el brazo, antes que se nos vuele. La creo muy capaz.

Era una verdadera fiesta: café humeante, tortas y bollos de manteca. Para los chicos y Lina, chocolate caliente. Aquello constituía un hecho verdaderamente extraordinario. Porque el chocolate con leche sólo se tomaba en el cumpleaños de la reina y los bollos de manteca, el día de Santa Claus. Pero chocolate y bollos al mismo tiempo... Eso no se había visto nunca. Y el resto del día sin escuela. ¡Menudas vacaciones!

La clase zumbaba. Janus estaba en el mismo centro con la silla de ruedas. Su voz dominaba a todas las demás. Pero todo el mundo se hallaba de un humor magnífico. Porque habían logrado colocar la rueda sobre el tejado a pesar de la borrasca, y del frío, y del granizo, y de los aguaceros. Era un día glorioso.

¡Toda la tarde sin escuela y con los padres en casa

para jugar con ellos! Porque iban a jugar al dominó con sus padres. Lina y los chicos lo habían decidido entre ellos, mientras estaban sentados en sus pupitres, sorbiendo el chocolate. Los mayores se habían apiñado alrededor de la estufa para entrar en calor.

¡Ocurría tan raramente eso de tener a sus padres en casa! Siempre estaban en el mar o, si paraban en el pueblo algunos días, no cesaban un momento de remendar las redes y las velas o de hacer algo con las barcas. Pero ahora tendrían casi un día entero para pasarlo con ellos.

La tempestad les había proporcionado unas vacaciones y la oportunidad de jugar y bromear con sus padres.

Todo el mundo hablaba a la vez y Janus se metía en todo. Se fijó en los niños retirados en sus pupitres.

—¿Cómo va eso? ¿Es fiesta o no lo es?

—¡Chocolate caliente y bollos de manteca! —le contestó Pier con picardía—. ¡Janus, lo único que nos falta son unas pocas cerezas!

Janus se echó a reír.

—Para cogerlas tendrías que ir a donde el viento se las llevó. A la otra punta de Holanda, o quizá hasta Alemania. Bueno, puede que hayan quedado algunas bajo el árbol, si te gustan las cerezas con sal.

Lina dijo a los chicos, en ese mismo momento, que iba a pedir a Janus que fuera a su casa a jugar al dominó. Porque Jana y él no tenían hijos. Y ellos debían invitar a Janus. Todos estuvieron inmediatamente de acuerdo y todos querían que Janus fuera a sus propias casas.

—¡Ni hablar! —protestó Lina—. A mí se me ha ocurrido primero.

CAPÍTULO XIII

SOCIEDAD
«RUEDAS
Y CIGÜEÑAS»,
DE SHORA

La borrasca duró tres días más. Detrás del dique, la marea en reflujo luchaba contra el poder del viento, porque es un deber elemental e inevitable para la marea obedecer sus propias leyes. Pero el viento ganaba y no permitía al agua retirarse de la orilla. Hasta en plena bajamar, el agua se debatía enfurecida y profunda. Grandes olas rodaban y rugían, elevándose hasta media altura por el talud del robusto dique. Por encima del pueblo y de las casas, el viento se desgañitaba y silbaba rozando los tejados, levantando las tejas y lanzándolas a estrellarse contra el suelo. Muchas ventanas habían resultado dañadas por los trozos de teja que las golpeaban, y todas las contraventanas se mantenían cerradas para proteger los cristales.

En el interior apretado de las minúsculas casas, los pescadores se sentían cada vez más tristes por el retraso de sus tareas y por el obligado confinamiento. Por espacio de cinco días, cada uno de ellos se había sentido

como castigado y preso en su reducida casa: un zaguán, una sala y la cocina. La sala de estar, con las ropas de las camas empotradas, apiladas por todas las sillas, parecía estar siempre en el largo y difícil proceso de arreglar los lechos. Los pescadores, desazonados e inquietos, se volvían cada vez más irritables por la estrechez de sus casas oscuras, cerradas a cal y canto contra el temporal, por el olor a tabaco rancio de sus propias pipas, y por los niños pequeños, que siempre estaban enredándoseles entre las piernas.

De los mayores podía uno librarse mandándolos a la escuela, pero a los irritados pescadores les parecía que, a pesar de todo, los chicos no aprendían nada, y que no hacían otra cosa que afligirse y atormentarse pensando en la borrasca y en lo que les ocurriría a las cigüeñas. Poco saber debía de entrar en sus preocupados cerebros durante aquellos malaventurados días que a todos les ponían los nervios de punta. Los hombres estaban tan hartos de hablar de las cigüeñas como de jugar al dominó.

Cuando llevaban ya cinco días de temporal, el padre de Lina barrió de un manotazo inesperado las fichas del dominó que estaban sobre la mesa, con tanta fuerza que dos de ellas fueron a parar a la hornilla de la estufa de turba que su mujer estaba limpiando en aquel preciso momento.

—¡Las fichas de dominó no se comen! —estalló—. Y cuando no tengo en brazos a un crío mojado, he de entretener a los mayores jugando al dominó. ¡¡¡Dominó!!! Por todas partes veo ya puntos negros bailándome delante de los ojos. —Cogió el chubasquero y se lanzó a la puerta de la calle—. ¡Voy a aparejar la barca! Para mañana habrá terminado esto. El viento suena de otro modo. —Miró a su mujer, que intentaba extraer las fichas de la ceniza caliente donde habían caído—. Ya sé que el que estorba soy yo. Yo y mis largas piernas. Nosotros necesitamos estar en el mar.

Al parecer, todos los pescadores habían llegado poco más o menos al mismo tiempo al límite de su aguante, y habían terminado por estallar. De las distintas casas iban saliendo uno a uno, y avanzaban por la calle a grandes zancadas. Los otros, al oír sus voces, se apresuraban a seguirlos. Una vez en el dique, a pesar de la lucha y el doble trabajo que suponía hacerlo, sin haberse disipado del todo la tormenta, todos comenzaron a ocuparse con las redes y los aparejos, gritándose unos a otros a través del viento, que llevaba las voces y los ruidos hasta las casas. Resultaba agradable volver a escuchar los sonidos familiares del trajín cotidiano. Las mujeres respiraron con mayor libertad y empezaron a arreglar las habitaciones, que estaban imposibles.

—Tal vez mañana ya se puedan abrir las puertas y ventanas para que entre el aire —dijo, esperanzada, la madre de Lina—. ¿Quién sabe? ¡A lo mejor hasta tenemos sol! ¡Qué alegría si vemos el sol otra vez!

Sin embargo, todavía hubo que esperar. Hasta los pescadores tuvieron que conceder al mar otra nueva noche. Verdad es que el viento sonaba con una nota claramente distinta y que la borrasca se debilitaba visiblemente, pero el mar no parecía enterarse. Como para no perder la costumbre, seguía revolviéndose y bramando al otro lado del dique. Al caer la tarde se produjo en el viento un ligero cambio; ya no soplaba del norte, sino que viró levemente; tan poco, que sólo los pescadores hubieran sido capaces de advertirlo.

Allí estaban todos, en el dique, graves y serios, formando grupo. Observaban el cambio del viento, observaban la velocidad de las amenazadoras nubes; paladeaban casi el sabor diferente de la espuma con que el mar les rociaba. Para ellos, todo aquello tenía un significado: el tiempo estaba cambiando, y pronto saldrían de nuevo a la mar. Decidieron hacer los preparativos necesarios para zarpar al día siguiente, de madrugada, aunque el agua no hubiera obedecido todavía a las condiciones favorables. Sabían que la tempestad iba de capa caída y que el mar, a su tiempo, terminaría por calmarse.

Por suerte era jueves, el día que llegaba el periódico: una hoja semanal, de apretado texto, que traía noticias de todo el país y también de lejanas tierras. A Shora llegaba sólo un ejemplar, que pasaba de mano en mano hasta que todo el pueblo lo había leído sin dejar una letra. Nada de dominó durante esa larga tarde. Cada hombre tenía que leer el periódico de cabo a rabo. Pero había que leerlo deprisa, porque otros lo estaban esperando.

En la tarde de ese jueves, los padres lo leían en voz alta para que las amas de casa y los niños mayorcitos pudieran enterarse al mismo tiempo. Mientras leían, no dejaban de mirar al reloj. Porque a una hora fija, el periódico tenía que pasarse a la casa de al lado.

Para los chicos, la lectura del periódico no podía ser más aburrida. Con el dominó se divertía uno mucho, pero a los mayores les cansan en seguida los juegos.

No quedaba otro recurso que entretenerse uno solo con el dominó. Colocar las fichas formando largas filas, como si fueran soldados, y, luego, derribar la primera, ver cómo se caían todas las demás, una por una. Con eso, por otra parte, se hacía algo útil, porque mantenía a los pequeños interesados y tranquilos y así no se interrumpía la lectura del periódico, que era algo sagrado. El periódico, que no decía sino cosas aburridas de parlamentos y ministros y diplomáticos extranjeros en extraños países con nombres estrafalarios que sonaban a muy lejos...

Auka estaba escuchando leer a su padre, que levantó un momento el papel para señalar a su esposa una palabra impronunciable. Auka dirigió a la hoja una distraída mirada. De pronto, su atención quedó fija en una palabra: ÁFRICA. Le pareció como si saltara hacia él de entre todas las que le rodeaban. Se le olvidó dar un golpecito a las fichas que había colocado una junto a otra, formando un arco, para entretener a su hermanito Jan. Se inclinó disimuladamente y se puso a leer:

234

«Se cree que el temporal que, por espacio de cinco días, se viene desencadenando sobre nuestro país y sobre el oeste de Europa habrá causado incalculable daño a las cigüeñas emigrantes de África. La borrasca se ha desatado en el punto culminante de la emigración, y se teme que todas las cigüeñas que se encontraban en camino, volando sobre el mar, hayan perecido. Parece posible prever que, en Holanda, tanto los heniles como los tejados y otros lugares donde las cigüeñas acostumbran a anidar, permanecerán vacíos este año. Esta situación resulta aún más trágica si tenemos en cuenta que, en estos últimos años, el número de cigüeñas iba creciendo favorablemente. Se estima que sufrirá un sensible retroceso.»

Auka lo había leído y permanecía en silencio, deletreando para sí el terrible significado de aquellas palabras altisonantes. Se hacía duro creerlo; pero allí estaba en letras de molde. Además había una cosa que le daba horribles visos de verdad: su padre, cuando había leído la página correspondiente, se había saltado aquel párrafo.

—¡Tíralas! —le pidió su hermanito, mirando las fichas del dominó que marchaban en apretada fila sobre la mesa—. ¡Tíralas, Auka!

Auka las tiró y se levantó en seguida

—Voy un momento a ver a Pier y a Dirk —dijo.

Su madre le miró.

—¿Ahora? ¿Con lo que está lloviendo? —preguntó distraída, con el pensamiento fijo en lo que leía su marido. Auka se puso la chamarra y, con la cabeza al aire, se lanzó a la calle azotada por la lluvia.

¡Nadie lo sabía! En todas las casas donde el periódico se había ya leído, la noticia acerca de las cigüeñas derrotadas por la tempestad había sido escamoteada. Eso le daba un cariz mucho peor al asunto. Lina se reunió con Auka, con Pier y con Dirk y se fueron a buscar, primero, a Jella, y luego, a Eelka. Era preciso que todos se enteraran.

Pero ¿qué se podía hacer? Venía en el periódico y había que creerlo. Era un hecho, una noticia. No se podía hacer nada. La culpa era de la tempestad. Dios mismo enviaba las tempestades y arrojaba a las pobres cigüeñas al enfurecido océano para que sirvieran de comida a los peces. Allí estaban los chicos, aturdidos por el golpe, en la cocina de Eelka.

—¡Siempre habrá alguna que salga del paso! —dijo Lina desesperadamente. Más que afirmar un hecho, estaba pidiendo una confirmación.

—Puede que sí. Pero ésas habrán ido a sitios que ya conocían de antes. Ya sabes lo que dijo Janus. Sólo las nuevas, las nacidas el año anterior, buscan lugares nuevos, como nuestra escuela, para anidar. Y el domingo, en la iglesia, nos dijo, además, que eran ésas precisamente las que aún quedaban por llegar, y ésas serán las que habrán naufragado.

—¿Lo sabrá Janus? ¿Y el maestro?

—El maestro seguro que lo sabe.

—Puede que debiéramos decírselo a Janus... ¡Vamos a decírselo!

—Pero ¿podremos ir todos? —objetó Jella dudoso—. ¿Todos los chicos? Nunca lo hemos hecho.

Pero debían moverse. Les era imposible seguir así.

Jana salió a abrir la puerta y dejó a los chicos en el umbral, combatidos por el viento y la lluvia.

—¿Hará el favor de decirle a Janus que todas las cigüeñas se han ahogado? —dijo Pier con gesto sombrío.

—¿Son los chicos? —preguntó Janus desde dentro—. Que entren. Ya me figuraba yo que vendrían cuando leyeran el cuento del periódico.

Entraron en fila india. Los muchachos se despojaron de los gorros y empezaron a desabrocharse los chaquetones, mientras Lina tomaba la delantera, siguiendo a Jana, a través del zaguán, hasta llegar a la cocina donde estaba Janus tomándose una taza de chocolate.

—Echa un poco más de agua en el chocolate, Jana, y tomaremos todos una taza.

¡Janus bromeaba! A pesar de las terribles noticias del periódico, allí estaba, bromeando y sorbiendo chocolate. Ninguno de ellos, ni siquiera Pier, sabía qué decir.

—Janus, ¿ha leído lo que dice el periódico? —preguntó Lina, al fin. Le temblaba la voz.

Entonces Janus estalló.

—¿Que si lo he leído? Claro que lo he leído y releído. Me lo sé de memoria. Pero no vais a decirme que habéis tomado esos garabatos al pie de la letra. Allá está (parece que le estoy viendo) ese escritor, rezumando tinta, en un sótano cualquiera de Amsterdam, rodeado de casas tan altas que no puede ver ni un palmo de cielo... Allí, en el sótano, con los dedos manchados de tinta...

Janus resopló indignado.

—¡Apostaría a que ni siquiera sabe distinguir una cigüeña de un gallo! En las ciudades no hay cigüeñas. Pero él ¡lo sabe todo! Hasta que las cigüeñas se han aho-

gado en el mar. ¿Estaba él acaso en un bote, en medio de la borrasca? ¿Las vio caer al agua? ¿Ha visto algún cadáver de cigüeña que haya sido arrastrado hasta el dique?

—No. ¡No lo ha visto! —asintió Jella con fiereza.

—¡Qué iba a ver ése! No sabía qué hacer con un bote de tinta que tenía por allí y se puso a llenar el periódico de tonterías. Y como le quedaba un trozo en blanco, para llenarlo, se puso a hablar de las cigüeñas. Lo primero que se le ocurrió. «Se piensa..., se teme..., se estima...» —repitió, mofándose—. Pero ¿quién lo piensa? ¿Quién lo teme...? Él y nada más. Palabras, palabras inventadas para que los chicos de Shora se preocupen. —Janus los envolvió a todos en una mirada centelleante. Se quedó contemplando sus grandes manos. Si aquel odioso periodista que Janus se había imaginado hubiera estado allí, lo hubiera pasado mal; algo le hubiera ocurrido a su cuello entintado.

—¿Ha visto alguno de vosotros cigüeñas muertas por el dique?

—No —dijo Lina—. Pero la verdad es que no nos hemos fijado mucho.

Fue lo peor que hubiera podido responder. Janus la miró como si fuera el mismísimo autor del artículo.

—¡Escritores! ¡Tinta! ¡Palabras...! —soltó con un bufido—. Mirad, las cigüeñas hacen ese viaje dos veces al año. Si ese tipo saliera del sótano y se metiera en el mar con una barca, naufragaría antes de haberse separado diez pies del dique. Pero vuestros padres no se hunden, ¿verdad? Ellos saben salir adelante manejando una barca. Pues también las cigüeñas saben lo suyo. Claro que algunas pueden haberse hundido, pero no hay ninguna que pliegue las alas y se deje caer, sin más ni más, para que se la coman los peces como si fuera cebo. Son demasiado listas para dejarse coger por la tormenta volando sobre el agua. Antes de que se desate la tempestad, la presienten en sus propios huesos. No les hace falta leer la noticia en un periódico idiota.

Janus había descrito aquel concurso de inteligencia entre el periodista estúpido y las sabias cigüeñas tan a lo vivo, que parecía real. Mientras Jana pasaba de uno a otro las tazas de chocolate humeante, Janus se fue calmando un poco.

—Eso sí; la tormenta las retrasará unos cuantos días. Las habrá desperdigado por ahí. Pero, dentro de nada, ya podréis mirar de nuevo al cielo para ver cómo llegan. Ahora vendrán por parejas, no en bandadas, porque habrán dejado que el vendaval las llevara tierra adentro donde le diera la gana; pero, al mar, de ningún modo. Todas habrán resistido; salvo quizá alguna de esas tontas jovencitas de las que hacen su primer viaje.

—Pero, Janus, usted dijo el domingo que ésas eran precisamente las que nos hacían falta... —objetó Jella lleno de angustia—. Que sólo las jóvenes buscan un sitio desconocido para anidar, porque las viejas vuelven a sus antiguos nidos.

—Pues mejor que mejor, ¡cabeza de chorlito! ¿No lo ves? La tempestad nos ha favorecido al haber esparcido las cigüeñas. Algunas, por ejemplo, que hubieran ido a Alemania, aterrizarán aquí, en Frisia. Y como el temporal las habrá retrasado al menos una semana, ya no podrán entretenerse por ahí, buscando los antiguos lugares conocidos que pueden estar a muchas millas de distancia de donde las haya arrastrado la borrasca. Tendrán que conformarse con lo que encuentren, con la primera rueda que se les ponga debajo.

Por encima de las tazas, los niños miraban fijamente a Janus, con esperanza renacida. ¡Parecía estar tan seguro! Tan seguro por lo menos como el escritor del periódico. Y Janus no vivía en un sótano ni nada parecido. Janus se había pasado años y años en una silla de ruedas sin otra ocupación que observar las aves y los pájaros. Janus sabía lo que se traía entre manos. Y, antes, había sido pescador. Sabía mucho también del mar y de las tempestades.

—Todos estos días —dijo Eelka reflexivo— el viento ha soplado desde el mar. Aun si las cigüeñas iban volando sobre él, se habrán visto arrastradas, de un lado para otro, pero siempre hacia tierra, ¿verdad, Janus?

De repente, el chocolate sabía mucho más rico. Era delicioso. Janus tomó un buen sorbo.

—Muy bien pensado, Eelka. Y eso es precisamente lo que habrá ocurrido. Eso es pensar con la cabeza y no poner cosas a voleo en un papel. «Se piensa..., se teme..., se estima.» —Se enfureció de nuevo; resopló con tal fuerza, dentro de la taza, que se formaron burbujas.

—Echa otro cubo de agua a este chocolate, madre. Necesitamos todos otra taza para calmar los nervios.

La cocina, de pronto, les pareció un lugar encantador y cómodo, rebosante de compañerismo. Jana se permitió una pequeña broma y todo el mundo rió a carcajadas. Los niños se miraban unos a otros mientras tomaban a sorbitos el exquisito chocolate. ¡Qué bien se estaba allí, con Janus, después del susto que se habían llevado!

Janus esperó a que terminaran de beber.

—Ahora —dijo—, ahora quiero que vengáis y echéis una mirada a la sala.

—Pero, Janus —protestó Jana—, ¿qué van a pensar?

—Son chicos y no amas de casa llenas de remilgos. ¡Vamos!

Todos desfilaron hacia la sala de Janus. Allí, sobre la mesa, estaba la rueda de Eelka. Estaba arreglada y completa, excepto la llanta de hierro que se había perdido en el canal. El suelo se hallaba cubierto de recortes de lata oxidados, de virutas de madera y de serrín. La habitación era un completo revoltijo; pero los niños no tenían ojos más que para la vieja y enorme rueda de carro que había encima de la mesa. Janus había empezado a colocar trozos de hojalata herrumbrosa alrededor de la llanta de madera, cuyas piezas habían sido encoladas y sujetadas con clavos. También los radios estaban en su sitio y el gran cubo sobresalía en el centro.

—¿Qué os parece? —preguntó Janus con orgullo—. ¿Creéis que iba a tomarme todo este trabajo si no esperara ninguna cigüeña? He arrancado la cuerda que colgaba del cerezo, y la hojalata me ha servido para mantener unida la planta de madera. Como está sucia, no espantará a las cigüeñas con su brillo. En cuanto le acabe de colocar los trozos de lata alrededor, ¡arriba con ella, al tejado de Janus! ¿Te parece bien, Eelka?

—¡Bárbaro! —dijo éste, de todo corazón.

A Lina le brillaban los ojos.

—Eso es lo que nos dijo el maestro: que no había más que empezar... Fijaos todos: ya tenemos otra rueda para otro tejado. ¿Quién sabe? El día menos pensado habrá una rueda en cada uno de los tejados de Shora.

—Y árboles —dijo Auka—. También plantaremos árboles.

—Pero ¿dónde vamos a encontrar más ruedas? Nos llevará años... —dijo Jella.

—¡Qué años ni qué ocho cuartos! —replicó Janus—. Lo tengo ya todo pensado y resuelto. Yo haré las ruedas; todas las que hagan falta. Lo único que necesito es madera, y el mar nos la traerá en abundancia después de la tempestad.

—¡Eso es! —exclamó Pier, entusiasmado—. Buscaremos a lo largo del dique, hasta Ternaad si es preciso. Además, Douwa puede decirnos dónde ha visto unos buenos despojos durante su paseo, y nosotros iremos a buscarlos.

—Y yo haré con ello algo parecido a una rueda. Con tal de que tenga unas barras cruzadas, como los radios, las cigüeñas podrán construir sus nidos en ellos. Mientras sea lo bastante grande y fuerte para contener a una pareja y a lo que venga después, las cigüeñas no son exigentes. No hacen falta otras cosas sino maderas y latas, y yo tendré algo con que entretenerme.

—Después de la borrasca llegará a la orilla madera de todas clases —dijo Eelka—. Haremos una pila en el patio y se la iremos dando según la necesite.

—No será en mi sala —dijo Jana desde la puerta—. Bastante trabajo me cuesta conservarla decente después de andar todo el día vendiendo pan. No pienses en convertir mi sala en una fábrica de ruedas, para llenarla de maderas y de restos de barcos y de cargamentos, todos empapados y cubiertos de espuma sucia.

—El cobertizo del patio nos servirá de taller —decidió Janus al momento—. Tendremos que poner un letrero: «Fábrica de Ruedas de la Sociedad Ruedas y Cigüeñas, de Shora», o algo así.

—Sociedad Ruedas y Cigüeñas, de Shora —exclamó Lina—. Janus, ¡qué bonito! Ésa será nuestra... ¡Eso es! La primera rueda después de ésta, la pondremos en casa de la abuela Sibble y luego echaremos a suertes para ver a quién le toca la siguiente. Janus será el presidente de la sociedad, y el maestro, el vicepresidente...

—¡Nada de eso! —intervino Jana—. Por ahora, el vicepresidente soy yo, y en este mismo momento se suspende la sesión. Vuestras madres van a pensar que habéis perecido en la tormenta o que os ha tragado la noche. Fuera todos, y dejadme que arregle esta habitación.

—Por lo que veo, no tenemos voto en este asunto —dijo Janus—. ¡Buenas noches, chiquillos!

—¡Buenas noches, Janus!

Y la Sociedad Ruedas y Cigüeñas, de Shora, pensativa y excitada, desfiló y salió de la casa.

CAPÍTULO XIV

LINDA Y JAN
EN LA TORRE

Al día siguiente, por la mañana, la tempestad había terminado; es decir, estaba lo bastante apaciguada como para que los pescadores salieran de madrugada a enfrentarse con el mar, todavía revuelto y turbulento. Todo el pueblo se agitaba activo. Aunque no eran sino las dos de la mañana, en todas las ventanas se veía la luz encendida. Los pescadores no podían arriesgarse esperando más. A las cuatro tendría lugar el reflujo y, si el temporal no era ya lo bastante fuerte como para mantener junto al dique el agua de la marea alta, sus barcas, allí ancladas, quedarían en seco.

El viento seguía soplando. El agua batía aún contra el dique. Pero el ruido de voces y el repiqueteo de los zuecos de madera llenaban la calle. Las puertas se cerraban de golpe. Desde el dique llegaba una algarabía de gritos. Era la agitación de última hora, a punto ya de zarpar. Las mujeres no iban a ver a sus hombres durante semanas enteras, porque estarían muy lejos, en el traicionero mar del Norte, a bordo de sus pequeñas barcas de pesca.

Ninguno quiso esperar a que el mar se aplacara del todo.

—Si tuviéramos que andar siempre aguardando por una borrasca de tres al cuarto, nos pasaríamos la vida sentados en el dique —gritó el padre de Jella, a modo de despedida, cuando el chinchorro se separó de su barca para volver a tierra. Esta vez, el bote de remos iba a quedarse en Shora; el mar, demasiado encrespado, no permitía izarlo a bordo como salvavidas para la flota pesquera.

Mientras duró toda aquella turbamulta de los preparativos y de la marcha, los niños habían seguido durmiendo. Cuando se despertaron a la hora de costumbre para ir a la escuela, se encontraron con que el pueblo había vuelto de nuevo a su estado normal. Nada de padres. Las madres y los niños solamente. Eso les parecía a todos lo más natural. Las cosas no habían hecho más que volver a su cauce. Esa mañana, sin embargo, la partida de los pescadores significaba algo más; algo muy importante: el fin del temporal.

Después de vestirse de cualquier manera y engullir el desayuno a toda prisa, todos los niños de modo instintivo hicieron lo mismo; antes de dirigirse a la escuela, corrieron a encaramarse sobre la alta cresta del dique. Allí se encontraron todos y allí se quedaron mirando, descorazonados. El mar seguía encrespado y las olas no cesaban de azotar.

Sin embargo, pasado el primer momento de desencanto, el pequeño grupo advirtió que existía una gran

245

diferencia. Como hijos de pescadores, no podían dejar de notarlo. Hacía ya mucho tiempo que la flotilla marinera se había perdido de vista. Debía de estar ya al otro lado de las islas, que ahora, en la distancia, aparecían como masas oscuras que emergían de vez en cuando, para ocultarse de nuevo con el movimiento de las aguas. Un viejo buque de vapor avanzaba cabeceando y dando bandazos por delante de las islas. Y las olas, sin duda alguna, ya no acometían con tanta fuerza ni saltaban tan alto al chocar contra el dique. Las finas lameduras que dejaban al romper no silbaban y hervían como antes al remontar el talud de piedra.

Los ojos de los niños se dirigieron luego a las nubes que se atropellaban veloces, a lo lejos, muy altas ya, por encima del mar. Y por debajo de ellas, a mitad de camino entre el vapor y el dique, un águila pescadora subía y bajaba siguiendo las volubles corrientes de aire. ¡Un águila marina! ¡Un ave, al fin! Pero las gaviotas... ¿Dónde estaban las gaviotas? ¡La costa sin gaviotas parecía algo extraño! Puede que un águila pudiera desafiar los recios vientos, pero las gaviotas no habían regresado todavía. La tempestad debía de haberlas llevado muy lejos, tierra adentro.

En esto, los niños oyeron sonar la gran campana de bronce de la torre del pueblo. Las ocho. El maestro tocaba la campana para avisar a los trabajadores de las granjas de que suspendieran su labor y se dirigieran a Shora para desayunar. Había terminado la mitad de su jornada.

Hasta la campana sonaba esta mañana de un modo distinto. En alas del viento, sus tañidos tenían un eco, solemne y dulce a la vez, cuando llegaban al dique. Los niños se quedaron escuchando. «La tempestad ha terminado, casi ha terminado», parecía cantar aquella enorme voz, prometiendo días de sol y de esperanza; grandes cosas que habían de llegar en breve plazo.

Pero los chicos ya no podían estar más tiempo allí. Era la hora de entrar a la escuela. Debían hallarse ya en la puerta esperando al maestro cuando volviera de tocar la campana que llamaba a los obreros del campo. Todos se lanzaron a la carrera, por la escalera del dique, a ver quién llegaba antes. Las nubes seguían también la loca cabalgada por encima de sus cabezas; pero los niños de Shora reían y gritaban a lo largo de la calle.

El maestro, al salir, dejó abierta de par en par la maciza puerta de hierro que guardaba la torre. Ya no había necesidad de cerrarla contra las violentas ráfagas de viento y las salpicaduras que llegaban desde el dique los días anteriores. Dio un tirón a la cuerda de la campana y se asomó por la puerta abierta. El aspecto limpio y fresco de la plaza, lavada por la lluvia, cautivó su atención. Los últimos coletazos del temporal se iban debilitando. El aire era más suave. Volvió a tocar la campana, con más fuerza aún, y, al fin, la soltó. Sus ecos se fueron apagando lentamente a partir del gran recinto de piedra. Y la torre quedó en silencio. Sólo se oía allá, en el sotabanco, muy en lo alto, por encima de su cabeza, el fuerte tictac del reloj.

El maestro permaneció un momento escuchándolo. Para su oído acostumbrado, el reloj no sonaba bien, parecía desacordado, un poco lento. Algo molesto, se mordió el labio inferior; ahora recordaba que no le había dado cuerda en todos aquellos agitados días de la gran borrasca. Si no subía entonces mismo para remediarlo, se pararía dentro de una hora poco más o menos. Miró hacia afuera. Los chicos ya no estaban en el dique. Le esperarían en la puerta de la escuela. Tendrían que esperar un poco más mientras subía y daba cuerda al reloj. El esperar que la escuela se abra es una cosa que los chicos pueden soportar con paciencia. Acaso la única.

Empezó a trepar por la escalera. Mientras lo hacía, oyó voces de niño sonando en la plaza, al pie mismo de la torre. Eran los pequeñuelos, con sus timbres agudos. Las madres habían soltado a la gente menuda casi tan pronto como los mayorcitos habían salido para la escuela.

El maestro había dejado la puerta de hierro de la torre completamente abierta. También lo estaba la del pequeño cementerio que la rodeaba.

Linda, la hermanita de Lina, se había encontrado con Jan, el hermano pequeño de Auka. Jan era su compañero de juegos preferido. Linda tenía un gran proyecto. Jan y ella iban a hacer una cadena de margaritas. Linda se la había visto hacer a su hermana. Era muy fácil. Había también otros pequeñajos jugando en la plaza, delante del cementerio. Querían que Linda y Jan jugaran con ellos, pero Linda y Jan iban a hacer una cadena de margaritas. Jan no tenía la menor idea de lo que era eso, pero Linda le enseñaría.

—Vamos, Jan —le dijo.

Y cruzando la puerta, se introdujo en el cementerio. Nunca había ido allí ella sola, porque la puerta se hallaba siempre cerrada. En cierto modo, estaba haciendo algo prohibido, algo que estaba una chispita mal.

—Vamos, Jan —repitió.

Jan la siguió obediente. Junto a la primera tumba encontraron dos margaritas y se agacharon a cogerlas. Ocultos por las piedras, fueron olvidados inmediatamente por los otros niños que estaban en la plaza, enfrascados en sus propios juegos. Linda encontró tres margaritas más, a medio abrir. De un lado para otro, lentamente, se fueron acercando a la torre.

Jan fue el primero en darse cuenta de que la puerta estaba abierta. Aquello le intrigó. Era mucho más interesante que buscar margaritas, ¡y se necesitaban tantas! Cien, por lo menos, había dicho Linda. Jan no podía calcular cuántas serían cien margaritas, pero debían de ser un cubo lleno o algo así. Andando de puntillas, Jan entró en la torre. El silencio y la sombra helada de la antigua estancia de piedra le asustaron inmediatamente. Salió corriendo como un ratoncillo.

—Linda, ven, mira allá dentro... Mira... ¡Es más grande!

Con las cinco margaritas apretadas entre los dedos, Linda se acercó. Pegados el uno al otro, se metieron en la torre.

Frente a la gran cuerda de la campana, se detuvieron en seco, un tanto atemorizados. Pero la puerta permanecía abierta de par en par y el umbral estaba lleno de luz. Hasta ellos llegaban los tranquilizadores ruidos y las voces de los otros niños que jugaban en la plaza. En uno de los lados de la pared de piedra había una jaula con barrotes. Aquello intrigó a Linda.

Al fondo de la jaula se veía un viejo catre sin ropas. Estaba colgado del muro por dos fuertes cadenas. De pronto, Linda se acordó: aquello era la cárcel donde metían a los hombres malos. Se lo dijo a Jan. Los dos se pusieron a respirar con fuerza. Pero allá fuera los niños seguían gritando a voz en cuello, y a través de la puerta abierta podía verse el dique.

—Algunas veces, cuando soy muy malo, mi madre me dice que me va a meter aquí —susurró Jan—. No lo dice en serio, ¿verdad?

—¡Claro que no! —le dijo Linda para tranquilizarle.

Pero los labios le temblaban. Había oído esa misma amenaza demasiadas veces.

Se apartaron un poco de los barrotes. Por encima de sus cabezas se oía un ruido extraño. Linda levantó la vista. Allá en lo alto, en aquel pozo de luz mortecina lleno de escaleras que subían a la torre, aparecieron las piernas de un hombre. Linda las vio bajar los peldaños, uno a uno.

—¡Jan, mira!

Los pasos sonaban ahora encima mismo de sus cabezas. Sobre las caritas levantadas cayó un poco de polvo. Las piernas salían ahora por la trampilla que se abría en el mismo techo del gran recinto de piedra. Casi sin aliento, Linda empujó a Jan; ambos se escondieron detrás de la puerta. ¡Jan era tan lento! Era el maestro el que bajaba. El maestro de Lina y de los otros chicos. Un hombre temible, alto y poderoso, que le daba mucho miedo a una pequeñuela como Linda, que no iba todavía a la escuela. Linda tapó a Jan la boca con la mano. Era tan bobo que podía gritar, decir cualquier cosa.

La puerta de hierro tras la que se hallaban escondidos se fue alejando de ellos y se cerró con estruendo. En la cerradura se oyó girar la llave. Luego, silencio. Todo eran tinieblas, excepto un rayo cuadrado de luz que bajaba de los altos camaranchones de la torre, cayendo sobre los barrotes de la jaula. ¡Estaban encerrados en la gran cámara de piedra, en la horrible y oscura habitación con la jaula para los hombres malos! Y el maestro se había ido. Jan empezó a llorar. Linda, aunque le faltaba muy poco para hacer lo mismo, intentó consolarle.

Jan la rechazó.

—¡Quiero ir con mi mamá! —gimoteó.

Linda se puso nerviosa. Precisamente no había en el mundo otra cosa que deseara más en aquellos momentos que estar con su madre. La luz de arriba seguía iluminando los barrotes de la jaula. Linda los miraba con los ojos muy abiertos. Se tragó el principio de un sollozo.

—Vamos a subir allá arriba —dijo esperanzada—. Desde allí lo veremos todo: las casas del pueblo y hasta las islas que están en el mar.

Se puso a prometer a Jan todas las cosas buenas que se le ocurrían, aunque, en realidad, se las estaba prometiendo a sí misma. Tenía miedo de la jaula y de los barrotes. Pero a Jan no podía decírselo. Y en lo alto de la torre, por lo menos, había luz. Y no había barrotes.

Jan no quería subir. Quería ir con su madre. Pero Linda le empujó hacia la escalera.

—Yo iré subiendo detrás de ti y no podrás caerte —le dijo.

Apartaba la vista para no ver la cárcel y, casi en vilo, puso a Jan sobre la escalera. Jan tenía que usar los cinco sentidos para salvar el espacio entre escalón y escalón con sus piernas tan cortas y regordetas. Como no podía

pensar y llorar y desear a su madre, todo al mismo tiempo, lo mejor era subir. Pequeños sollozos se le escapaban, sin embargo, de vez en cuando, entrecortados por el esfuerzo; pero Linda seguía empujándole por detrás con el deseo anhelante de alejarse de la jaula y de los barrotes que se quedarían abajo, en la habitación oscura.

Así iban, los dos mocosos, trepando hacia la luz. Cuando, al cabo, pasaron a través de la trampa que se abría en el techo, se encontraron en otra habitación con otra escalera. Pero en ella había más luz. Una luz que entraba por una pequeña abertura parecida a una ventana, pero demasiado alta para que ellos pudieran asomarse. Lo que no había era jaula alguna, ni con barrotes ni sin barrotes. Linda suspiró.

Se cogieron de las manos, aterrados por el silencio y lo extraño del lugar. Por la estrecha abertura no llegaba ya sonido alguno ni se oía a los niños jugando en la plaza. El pueblo y el mundo entero parecían estar tan lejos como si hubieran desaparecido. Los dos miraron a la otra escalera que los llevaría un piso más arriba.

—A lo mejor, desde allí, vemos las casas. Y... ¡a lo mejor, lo vemos todo! —susurró Linda.

Jan sacudió la cabeza. No quería subir más escaleras. Se soltó de pronto, y se acercó a la trampa que se abría en el suelo. Abajo sólo había oscuridad; un negro agujero sin fondo. Jan quedó petrificado al borde de la abertura, mudo de horror ante las tinieblas que se cerraban a sus pies. Se volvió hacia atrás y echó a correr hasta llegar a la otra escalera.

Trabajosamente, poco a poco, se pusieron a trepar por ella como lo habían hecho antes; Linda detrás de Jan, casi tocando con la cara los zuecos de su compañero. De pronto, uno de éstos se desprendió, rebotó en el hombro de Linda y cayó hacia abajo, chocando contra el suelo. Jan empezó a llorar otra vez. Quería el zueco. Linda no sabía cómo volverse y bajar por la escalera. Sacudió los pies para dejar caer sus propios zuecos. Así Jan se sentiría menos afligido. Jan tiró entonces también el otro zueco. Y ahora les era mucho más fácil subir con los gruesos escarpines de lana. Pero Jan quería volver atrás para recuperar sus zuecos. Linda le empujó casi con furia. No le quedó otro remedio que seguir trepando.

Pero cuando llegaron a la nueva trampilla, se encontraron con otro camaranchón vacío, de donde partía otra escalera, y con un ventanuco igual al anterior, demasiado alto para ellos. Tampoco se veían desde allí las casas ni las islas del mar que Linda le había prometido.

Jan se puso a sollozar amargamente. Linda había dicho... Sin embargo, por alguna razón completamente desconocida, Jan, de repente y sin que Linda interviniera, se fue hasta la nueva escalera y empezó a subir, mientras unos sollozos sin lágrimas le sacudían como un hipo, hasta llegar a la siguiente trampilla. El último sollozo se le quedó, cortado, en el pecho. Tenía delante la gigantesca maquinaria del reloj.

El reloj funcionaba junto a ellos con su tictac sonoro. Jan miraba, con ojos como platos, las enormes ruedas bronceadas llenas de dientes. Esta vez fue él quien apremió a Linda para que salieran de allí. Le espantaba el movimiento lento y constante de las grandes ruedas y su fuerte chirrido. De pronto, en la parte superior del mecanismo se produjo un raro zumbido, y el reloj dejó oír una sonora campanada. Era la media.

—¡Me ha hecho daño en el oído cuando ha tocado! —dijo encantado.

Ahora estaba lleno de asombro y excitación. Se agarró a la barandilla de hierro como si se dispusiera a encaramarse por la maquinaria. Linda se apresuró a cogerle y apartarle de allí.

—¡No puedes! ¡No debes subir ahí! —dijo muy prudente—. Si tu madre...

No se atrevió a terminar. Pensó en su propia madre y en la fechoría que ella misma estaba cometiendo al subir a la torre.

—Vamos un poco más arriba y seguro que vemos las islas —volvió a prometer atropelladamente, para desviar su propio pensamiento del recuerdo de su madre.

—Bueno —dijo Jan con una docilidad sorprendente.

Estaba empezando a obedecer a Linda como si fuera su mamá.

Jan, después de encaramarse por la trampilla sin que nadie lo empujara esta vez, había quedado arrodillado.

—¿Qué es esto? —exclamó.

Era la campana. La enorme y hermosa campana de bronce que habían estado oyendo todos los días de su corta vida. Su prodigioso tamaño los tenía ahora maravillados y llenos de temor. Estaba allí, colgada frente a ellos de las gruesas vigas del techo. Era tan grande que casi ocupaba toda la habitación.

Jan, a gatas todavía, se acercó más a la campana y miró por debajo de ella. En medio de la vasta cúpula colgaba el gran badajo. Súbitamente, tumbándose de espaldas en el suelo, Jan se introdujo bajo la campana. El badajo le fascinaba.

Linda estaba perpleja, mirando los pies del niño. Se alarmó. No podía ser bueno estar metido allá dentro. Cogió a Jan por los pies y quiso arrastrarle hacia afuera. No había quien lo moviera. Se había aferrado al badajo.

—¡Tienes que salir de ahí! —le gritaba Linda, desesperada.

—¡No quiero! —contestó Jan.

Su voz le llegaba tan opaca y extraña, que Linda se asustó.

—Jan —se puso a inventar apresuradamente—, desde aquí se ve todo. Se ve el pueblo y los tejados y hasta las islas.

—¡No me importa!

—Y cigüeñas también, ¡cigüeñas volando por el cielo!

Aguardó confiada. Había oído hablar tanto de cigüeñas durante aquellos días, que le parecía que las cigüeñas debían de ser lo mejor en cuanto a promesas. Algo que sacaría a Jan inmediatamente de debajo de la campana. Jan ni siquiera se molestó en contestar. El silencio del pequeño hizo que Linda se sintiera culpable. Todo había sido pura invención. ¡Había mentido! Por primera vez desde que habían llegado al camaranchón, Linda separó los ojos de los pies de Jan y miró a su alrededor, con aire un poco furtivo, como para ver si alguien había podido oír sus embustes.

¡Y era verdad! Después de todo, no había mentido. Podía verse el exterior. Allí, donde colgaba la campana, el camaranchón recibía la luz y el aire por tres de sus lados. Tenía unas grandes aberturas, anchas y bajas, a modo de ventanas, cruzadas por listones oblicuos, como si fueran celosías. Era fácil asomarse entre los listones y ver el cielo y el mar lejano. Y sí, ¡hasta las islas se veían! Al extremo de una de éstas se alzaba un faro, blanco y distinto, por encima del oscuro y embravecido mar.

Lo que no había por ningún lado eran cigüeñas.

Linda miró de nuevo la campana. Deseaba sacar de allí a Jan; pero lo de las cigüeñas había resultado falso. Se puso otra vez a mirar, fijamente, con el alma en los ojos, como si con eso pudiera conseguir que aparecieran las deseadas cigüeñas. Su hermana mayor, Lina, no hablaba de otra cosa. Y había dicho el otro día que, cuando pasara el temporal, no iba a quedar ni una. Pero también Lina..., ¡también Lina había mentido! ¡Sí que había cigüeñas! Había dos, muy grandotas, que venían volando por encima del mar. Volaban despacio, moviendo sus enormes alas... Iban hacia el faro... Eran tan blancas como el faro... Ahora bajaban; se habían posado en el mar. Ya no volaban. Estaban quietas, muy lejos; pero no tan lejos como el faro... Estaban quietas, en medio del mar.

Y Jan tenía que venir a verlas. De puntillas, Linda se acercó a la campana, agarró a Jan por los pies y tiró de él hacia afuera, antes de que pudiera colgarse del badajo.

—¡Mira, mira! —le dijo, ya en la ventana, señalándole las cigüeñas. Hasta le sostuvo la cabeza con ambas manos en la dirección debida.

—¿Eso blanco que está en el mar? —preguntó el niño—. ¿Dos cosas blancas? ¿Son cigüeñas?

—¡Claro! Antes iban volando. Ahora están de pie, en medio del agua. Ya te lo he dicho.

—¡Las veo, las veo!

Pero las cigüeñas seguían quietas y así, inmóviles, eran difíciles de ver. Y, además, resultaban muy poco interesantes. Jan volvió a la campana. Pensaba probar a ver si podía mover el badajo.

En la puerta de la escuela sonó una llamada. Pero antes de que el maestro pudiera levantarse para abrir, las madres respectivas de Lina y Auka estaban ya en la habitación.

—No sé si deberíamos... —empezó a disculparse la madre de Lina—. Maestro, Jan y Linda han desaparecido. Les hemos buscado por todas partes. —Su voz sonaba aguda y desesperada en el silencio de la clase; sus ojos alarmados buscaron a Lina—. Hija, tienes que venir; yo no sé ya dónde buscar...

—Y tú también, Auka —dijo la madre de éste con cierta timidez. Empezó a llorar.

—Iremos todos —dijo el maestro en seguida—. Así podremos buscar a un tiempo en varias direcciones.

—Les hemos dejado salir a jugar. Al no verlos, cada una de nosotras creía que estaban en la casa del otro —dijo la madre de Auka.

La de Lina asintió.

—Linda no paraba de hablar de las cigüeñas. Había oído a Lina que estaba preocupada por lo que les pudiera suceder con la tormenta. Tememos que se hayan ido por el campo a buscarlas. ¡Y todas las acequias desbordando de agua! Jan y Linda no están en el pueblo. He preguntado casa por casa.

Le era imposible quedarse allí más tiempo, sin hacer nada. Se volvió y echó a correr. La madre de Auka la siguió.

—Iré con las mujeres —dijo el maestro—. Estarán más tranquilas si las acompaña un hombre. Que cada uno de vosotros tome el mismo camino que tomó cuando buscamos la rueda. Pero que no dejen de ir dos por el dique, a lo largo del agua.

«La cosa debe de ser grave cuando el maestro suspende las clases», pensó Lina, mordiéndose los labios nerviosamente.

Jella, entonces, tomó la iniciativa. Cuando Lina le oyó decir: «Tú y yo iremos por el dique», marchó detrás de él, pisándole los talones, muda y agradecida.

Jella andaba a paso rápido por la cresta del dique.

Lina iba detrás casi corriendo. Aquella carrera, con el viento que seguía zumbando, no le dejaba aliento suficiente para hablar. El chico era el que hablaba. Se sentía muy importante por dirigir la campaña de búsqueda. Claro que los que se habían perdido no eran sus propios hermanitos, y Jella, en su entusiasmo, casi parecía perder de vista el objetivo de este paseo por el dique. Se quedó mirando al mar.

—Será inútil que durante unos días esperemos ver cigüeñas —declaró con aire experto—. La tormenta continúa activa sobre Inglaterra.

Lina hizo una mueca burlona y despreciativa. Jella no tenía la más ligera idea de dónde estaba Inglaterra. Jella, en geografía, era el último de la clase. De pronto, la ansiedad de Lina se recrudeció y se puso a trotar más deprisa. Le hubiera gustado que fuera Auka y no Jella el que estuviera con ella. Después de todo, Jan era hermano de Auka, y también se había perdido. Lo malo es que juntos, Auka y ella, hubieran estado demasiado angustiados. Hasta puede que fuera mejor sentirse irritada y enfadada con Jella, porque eso le impedía, en cierto modo, fijar el pensamiento en cosas tan terribles como Linda y Jan flotando en una acequia o una zanja llenas de agua sucia. Miró un momento al reloj de la torre: eran casi las diez. Hacía más de dos horas que los pequeños habían desaparecido.

Jella, entonces, se puso a explicar sus propias ideas acerca de la torre.

—El maestro no debería haberse ido con tu madre y la de Auka. Debería haber tocado la campana. Todos los campesinos hubieran venido al pueblo y nos hubieran ayudado a buscar. Lo más probable es que esos críos estén dando vueltas y vueltas por el campo y pudiera ser que alguien de los que andan trabajando en la tierra los hubiera visto.

—El maestro no podía hacer eso —replicó Lina muy acalorada—. ¡No puede! —¿por qué estaba tan furiosa con Jella?—. Sabes muy bien que el gobierno tiene establecidas las ocasiones y las horas en que debe tocar la campana. ¡Vendrían todos corriendo como locos, pensando que habría ocurrido algo grave! Un fuego, o algo así.

—¿Es que no te parece bastante grave lo que ocurre? —replicó Jella—. Dos criaturitas que pueden haberse ahogado... ¡Oh! No debería haber dicho eso. —Jella se dio cuenta demasiado tarde, al oír cómo Lina tragaba saliva, dando un respingo—. Bueno, lo más seguro es que estén jugando por ahí, o encerrados en algún sitio... Ya lo verás —se apresuró a rectificar enérgicamente.

—Démonos prisa —contestó Lina.

Los dos echaron a correr en dirección al lugar donde estaba encallada la vieja barca de Douwa. Más allá del pueblo quedaban los restos de un antiguo malecón desmoronado, que se introducía durante un corto trecho en el mar. No quedaba de él más que una fila de pilastras desiguales, medio derruidas, que sobresalían del agua, como los dientes podridos en la boca de un viejo. Era una tentación para los chicos atravesar las arruinadas pilastras hasta el extremo del malecón. Entre pilastra y pilastra había a veces peligrosas brechas y agujeros llenos de pedruscos donde faltaban los pilotes.

Lina intentó tranquilizarse pensando que Jan y Linda eran demasiado pequeños para atreverse a ir allí; ni siquiera serían capaces de pasar saltando de un pilote al otro. Y menos aún donde éstos faltaban. Pero el miedo no la dejaba, y allí... Cogió de pronto a Jella por el brazo y, sin poder hablar, señaló... Algo blanco flotaba en el agua, en uno de los huecos que había entre dos pilotes. Algo blanco. ¡Blanco...! Pero los niños no irían vestidos de blanco en invierno. Es terrible lo pronto que se asusta uno cuando está preocupado y ansioso.

—Nada, no es nada —pudo decir al fin—. Creí que había visto...

No explicó más. El alivio que sentía la había dejado demasiado débil para hablar.

—No era nada —repitió complacida.

Pero Jella seguía mirando al lugar señalado por Lina.

—¿Nada? —gritó, de pronto, indignado—. ¡Son dos cigüeñas ahogadas!

Lina no pudo correr tras él. El tremendo susto le había dejado el cuerpo flojo y desarticulado. ¡Qué horrible sensación había tenido al ver aquello blanco que flotaba! Pero ¿qué había dicho Jella? ¡Cigüeñas! Sin darse cuenta, estaba ya corriendo. Para cuando llegó al dique ruinoso, Jella volaba ya por él, saltándose los huecos. Ahora se había tendido cuan largo era al borde de uno de ellos y se estaba dejando caer hacia abajo, estirando el brazo todo lo que podía. ¡Eran cigüeñas! Una tras otra, Jella las sacó del agua, cogidas por las alas, y las puso a su lado, sobre la pilastra.

Con el rostro ceñudo, volvió al lado de Lina, con una cigüeña mojada y sin vida colgando de cada mano.

—Y Janus nos dijo... —casi lloraba—. Era el periódico el que tenía razón. Se han ahogado en el mar. ¡No quedará ni una! Vamos, tenemos que enseñárselas al maestro.

—Pero Linda y Jan...

—¡Es verdad!... —Jella miraba las cigüeñas—. Sí, claro...

Luchaba entre el deber y el deseo de mostrar al maestro y a los otros chicos su terrible hallazgo. Hizo un movimiento como para depositar sobre el dique a las cigüeñas muertas.

—Sigue tú —dijo a Lina—, yo voy a correr hasta que encuentre al maestro. Iré como un relámpago y volveré en seguida.

No esperó la respuesta. Cogiendo a las cigüeñas por sus largas patas, recorrió el dique como una exhalación y tomó el camino del pueblo a la misma velocidad. Lina, abandonada, se le quedó mirando con desconsuelo. Casi se volvió para continuar sola la búsqueda. El viento le revolvía las faldas produciendo el único ruido que se alcanzaba a oír.

El hallazgo de las cigüeñas muertas, la deserción de Jella, la soledad del dique y del mar barridos por el viento..., todo aquello era demasiado para Lina. De pronto, no lo pudo soportar. Se volvió bruscamente y salió detrás del chico.

—¡Jella, Jella!... ¡Espérame!...

El grito le brotó tan alto y agudo, tan angustiado, que Jella debió de pensar que había encontrado a Jan y a Linda... Incluso que los había encontrado ahogados. Se detuvo en seco y esperó a Lina, cuando se hallaba ya precisamente enfrente de la torre.

Allí estaba Lina, su hermana mayor, corriendo a reunirse de nuevo con el grandote Jella. Jella se había escapado de Lina, llevando las cigüeñas. Pero aquellas cigüeñas no eran las que habían llegado volando sobre el mar. Jella y Lina habían ido y habían sacado del agua otras cigüeñas. Se habían equivocado. Linda se asomaba tremendamente interesada, por entre los listones más bajos de la celosía, allá en lo alto de la torre, junto a la campana.

—Jella y Lina tienen dos cigüeñas en el dique —dijo—. Las estoy viendo.

Jan salió deslizándose de su escondite.

—¿Dónde? —preguntó aun antes de ponerse de pie.

—Tienes que asomarte por aquí para verlo.

Jan retrocedió.

—No tengas miedo —le dijo Linda con aire maternal—. Yo te sostendré. —Y le ayudó a subir.

Jan se colgó de las maderas y, por entre los intersticios, miró hacia el dique.

—¡Qué altos estamos! —dijo con sobresalto. Quiso bajar al suelo en seguida, pero Linda lo tenía sujeto por la espalda.

—Yo te sostengo —repitió para animarle—. ¿No las ves?

—Sí. Tienen las dos cigüeñas; es verdad.

—¡No tienen ni una! —negó Linda indignada—. Ésas no son las mías. Las que digo están en el mar. ¿No las ves allí, de pie?

—No.

Esto impacientó a Linda y se enfadó tanto con Jan que, de pronto, decidió llamar a su hermana y decírselo.

—¡Linaaa...! —gritó—. Te has equivocado de cigüeñas...

—¡Linda, Linda! ¿Dónde estás? —La voz aguda de Lina llegó por el aire hasta el alto camaranchón de la torre.

—¡Estoy aquí!

—¿Dónde es aquí? Dime dónde estás.

—¡Aquí arriba! Estoy aquí arriba y Jan se ha metido debajo de la campana. ¿No me ves?

—¿La campana? ¿Estáis en la torre?

—¡Síiii!

—Linda, ¿no hay ninguna piedra ahí arriba? Busca una y golpea con ella la campana. ¡Dale fuerte!

Linda miró. Había piedras de todos los tamaños que, sin duda, se habían caído de las viejas paredes. Cogió la más grande de todas. Tuvo que levantarla con las dos manos. Se acercó a la campana tambaleándose. Cuando intentaba golpearla, la piedra se le cayó. Pesaba demasiado. Al caerse, dio en el borde de la campana; por poco le pilla la punta del pie. ¡Bong! Un formidable y resonante tañido salió de la campana, y pareció hincharse y llenar por completo el camaranchón. Jan miró hacia arriba, escuchando sus últimas resonancias. ¡Qué cosa tan bonita! Le había gustado. Se echó a reír. Linda, en cambio, estaba aterrada. ¿Qué es lo que había hecho? Se apartó de la campana todo lo que pudo y se dirigió a una de las ventanas de la torre.

—¿Cómo lo has hecho, Linda? ¿Cómo has hecho que sonara?

Linda, sin perder el miedo, señaló la piedra. Jan no necesitó más. Cogió otra cualquiera con las dos manos y golpeó la campana con todas sus fuerzas, una y otra vez. ¡Bong! ¡Bong! ¡Bong! Todo el mundo iba a oírlo, desde todas partes.

—¡Ahora sí que la has hecho buena! —gritó Linda—. Todos lo habrán oído. Ya verás tu madre...

Así era. En los campos cercanos, todo el mundo había levantado la cabeza y estaba mirando a la torre. Los chicos llegaban corriendo por distintos caminos. Por otro venían dos mujeres y un hombre, corriendo también a toda prisa. Era el maestro con las mamás.

—La has hecho buena —repitió Linda—. Ya viene tu madre.

Jan se puso a llorar.

Lina gritaba desde abajo:

—¡Linda, Jan, quedaos ahí! ¡No intentéis bajar! ¡Ya viene mamá con el maestro!

¡El maestro y las mamás! Linda recorrió con la vista el sotabanco. Estaba desesperada.

—Tu madre también viene —dijo a Jan—. ¡Buena te la vas a llevar! Has sido tú el que ha tocado la campana.

—Y tú primero —contestó Jan, como un rayo. Pero luego empezó a gimotear. Al cabo de un momento estaba llorando a moco tendido. Con la boca abierta, llora que llora, se acercó a la bajada. Horrorizado, se quedó mirando hacia abajo, hacia aquella serie de escaleras y aquellos camaranchones oscuros, que le parecían pozos sin fondo. De puro miedo se le cortó el llanto de repente y se echó hacia atrás. Pero al apartarse de la escalera se fijó en la campana y le dio otra llantina. Ahora Linda lloraba con él.

Lloraban ambos a coro, con tanta fuerza, que no

oyeron cómo, allá abajo, se abría la puerta de hierro de la torre. Ni siquiera oyeron a Jella y al maestro subir por las desvencijadas escaleras, que crujían sin cesar, hasta que estuvieron en el piso de abajo. Entonces era ya demasiado tarde para hacer nada. El maestro los encontró, pegados el uno al otro, sentados en el suelo, con las espaldas apoyadas en la campana, llorando a más y mejor.

—¡Caramba, caramba! —dijo el maestro en tono ligero, con una sonrisa alentadora—. ¡Bonito sitio para sentarse a llorar sin ningún motivo! ¡Mirad, pareja de bobos: aquí está Jella también, y, uno a cada uno, os vamos a bajar a caballito! ¿Quién quiere ir a caballito?

Linda dejó de llorar y tendió los brazos a Jella, así que Jan tuvo que cabalgar sobre las anchas y desconocidas espaldas del maestro.

—Cierra los ojos —dijo éste a su jinete— y verás qué bien.

Jan obedeció, y también Linda cerró los ojos con fuerza, escuchando la voz del maestro, que bajaba detrás de Jella con Jan sobre sus espaldas, y no cesaba de decir al niño toda clase de cosas cariñosas y alegres. Pero Jan no dejaba de sollozar, contestando con «nos» entrecortados por el hipo a todas las preguntas que le hacían.

Linda seguía con los ojos cerrados. Cuando los abrió, pudo ver, con maravillado asombro, que, al pie de la torre, se había reunido una gran cantidad de gente. ¡Allí estaba todo el mundo! Y todo el mundo hacía preguntas y más preguntas. Todos hablaban a un tiempo. Era mareante. Su madre se apoderó de ella, casi de un tirón, y se puso a abrazarla frenéticamente, cubriéndole de besos la carita, sucia y mojada por las lágrimas. Y la madre de Jan estaba haciendo exactamente lo mismo. Lo más raro era que todos hablaban a porfía, pero nadie estaba enfadado. Allí estaban todos, menos las dos cigüeñas blancas. Las muertas. Por lo visto, se habían quedado tiradas en el dique.

Ahora podría explicar a su hermana Lina cómo se había equivocado, porque aquellas cigüeñas no valían. No eran las que ella había visto, vivas y de pie, en medio del mar, después de llegar volando. Pero su madre la tenía tan apretada que no podía decir nada. Ahora se la llevaba para casa, en brazos, como se lleva a los niños de pecho. Igual que Jan era llevado por su propia madre. Los otros iban detrás. Todos, hasta el maestro. Era imposible hablar con Lina; no había modo de decirle aquello. Sin embargo, Linda decidió aprovechar la primera ocasión para explicar a su hermana que se había equivocado de cigüeñas.

CAPÍTULO XV

CIGÜEÑAS
EN EL MAR

Al final fue el pequeño Jan el que se acordó de decir lo de
las cigüeñas que habían visto posarse en el agua, después de llegar volando por el cielo. Su madre le había
metido en casa y las cosas se habían calmado. Jan estaba
en la ventana, viendo cómo Lina y los chicos volvían corriendo hacia la escuela para reanudar las interrumpi-
das lecciones. Se lo había mandado el maestro, aquel
hombre simpático y tranquilo que le había bajado a caballito desde lo alto de la torre. Pero Jella no le había
obedecido. Había echado a correr hacia el dique y Jella
sabía muy bien por qué. Iba a coger las cigüeñas. Pero
Linda había dicho que ésas no eran.

Tampoco Auka había vuelto derecho a la escuela. Tenía hambre. Se había metido en la cocina y se estaba preparando una rebanada de pan con mermela-
da. Dándole el primer bocado, salió corriendo hacia la
puerta para alcanzar a los otros. Estaba ya Auka en el
umbral, cuando Jan vio de nuevo a Jella que se aproxi-

268

maba, por el extremo de la calle, con las dos pobres cigüeñas.

—Mira, Auka —le dijo su hermanito—: Jella tiene cigüeñas.

—¿Cigüeñas? —volvió sobre sus pasos—. ¿Qué estás diciendo?

—Que Jella tiene cigüeñas; pero ésas no valen; las otras, las que están vivas, bajaron al mar y allí se han quedado.

Auka ya no le escuchaba. Estaba mirando a Jella y a las cigüeñas.

—¡Muertas! —dijo para sí con la voz alterada—. ¡Se han ahogado durante la borrasca!

—¿Quieres que te enseñe dónde están las otras, Auka? —insistió Jan esperanzado, echando una ojeada codiciosa a la rebanada de pan que su hermano conservaba en la mano, sin acordarse de comerla.

—¿Qué diablos dices? —contestó Auka con malos modos—. ¡Cigüeñas en el agua! ¡Y vivas, nada menos!

—¡De veras, Auka! ¡La pura verdad!

Auka le miró con el ceño fruncido.

—¿No te lo estás inventando? ¡Ojo con las trolas!

—Que no, Auka. —También él se había puesto muy serio.

En ese momento pasaba Jella por delante de la casa con las difuntas cigüeñas. Auka echó a correr tras él. Pero, antes, se volvió a su hermanito.

—¿Lo sabe Linda?

—¡Pues claro!

Linda conocía muchísimas más palabras que Jan y se explicaba mucho mejor.

—Voy a preguntárselo —decidió Auka.

—Auka, ¿me das tu pan? Como no te lo comes...

—Toma. —Y se fue corriendo a la casa de al lado, a interrogar a Linda.

—¡Se me olvidó! —dijo Linda confusa y asombrada—. ¡Mira que habérseme olvidado! Se lo dije a Lina cuando estábamos en la torre; pero, desde abajo, no me oyó. Luego lo olvidé. Sí, eran dos cigüeñas que vinieron volando y volando y bajaron al mar. Yo las vi. Y se las enseñé a Jan. Desde la torre se las ve.

Auka salió de la casa disparado, como un cohete. Jella estaba ya muy lejos, al final de la calle.

—¡Jella, Jella, corre; ven conmigo! Los peques han visto unas cigüeñas que se posaron en el mar.

—Bueno; aquí las tengo —contestó Jella sin volverse.

—No. ¡Ésas no! Cigüeñas vivas. Las vieron volar. ¡Vamos corriendo!

Jella se volvió en un santiamén. A mitad de camino se detuvo un segundo para depositar las cigüeñas muertas en un porche y, en menos de nada, estaba con Auka.

—Dicen que vieron volar dos cigüeñas que venían hacia Shora, pero que luego se bajaron y se posaron sobre el mar —explicó Auka apresuradamente—. Puede que aterrizaran en el banco de arena. No sé. Ellos dicen que vieron dos cigüeñas. Pero ellos ¿qué saben?

Los dos chicos estaban ya en el dique. Casi se desojaban a fuerza de querer ver, pero sin duda el dique no era bastante alto. Miraban anhelosamente, escudriñando entre las olas que rodaban, atropellándose unas a otras. Miraban siempre en dirección al sitio donde sabían que se hallaba el banco de arena, pero nada percibían sino el agua agitada y oscura.

En esto, Jella vio la barca de remos que los pescadores habían dejado allí. Se balanceaba incesantemente al extremo de la corta maroma que le sujetaba al ancla.

—Vamos a coger la barca. Iremos remando hasta el banco.

—¿Con este mar? ¡Qué dices! ¡No podemos embarcarnos con este tiempo sólo por lo que digan dos mocosos!

Se quedó mirando a lo alto de la torre.

—¡Sin embargo, parecían tan seguros! A lo mejor, el maestro se olvidó de cerrar la puerta con todo aquel jaleo... Como, además, llevaba a Jan encima...

—La puerta del cementerio sí que la cerró —dijo Jella.

—Ésa no importa. Tú eres alto. Me puedes aupar y yo saltaré la cerca. ¡Si pudiera subir a la torre!

Sin pensarlo más, fueron corriendo hasta el edificio para intentarlo. Auka se quitó los zuecos. Jella le alzó tan alto como pudo sobre la tela metálica del cercado. Auka se quedó colgado un momento y, luego, ayudado por un terrible empujón de Jella, echó los pies por alto y cayó del otro lado con un ruido sospechoso de tela rasgada que casi no advirtió ni le preocupó lo más mínimo.

—¡Ya está! —gritó victorioso. Apenas dirigió una mirada indiferente a los rotos pantalones. Levantándose de un brinco, corrió hacia la torre.

La puerta estaba cerrada, pero sin llave.

—Espérame ahí —gritó a Jella, y desapareció.

Jella estuvo mirando a lo alto hasta que el cuello em-

271

pezó a dolerle. Al cabo, llegó hasta él, desde muy arriba, la voz excitada de Auka:

—¡Jella, Jella, allí están! ¡Allí están! Las he visto perfectamente. Una movía las alas como si luchara con algo. Puede que se hayan hundido en la arena. Corre a decirlo a la escuela. Y a Janus también. Y prepara la barca. Y a ver si el maestro me abre esa puerta...

Pero Jella no había tenido paciencia para escuchar aquella larga serie de instrucciones. Iba ya corriendo como una liebre en dirección a la escuela.

En el camaranchón de la campana, antes de bajar por las sucesivas escaleras, Auka no pudo evitar mirar otra vez a las cigüeñas. Estuvo unos momentos oteando el mar fijamente, hasta que de nuevo las encontró. Estaban mar adentro, a considerable distancia, del lado de las islas. Detrás de ellas, bastante más lejos, se alzaba el faro, blanco y redondo, como una barra de tiza. Bajo el cielo encapotado, las olas se agitaban, grises y puntiagudas. De vez en cuando, cuando éstas no estorbaban la vista del banco de arena, las cigüeñas se destacaban en lo gris como dos manchas blanquecinas. De pronto, una de ellas se puso a aletear. El movimiento de las grandes alas la hacía distinguirse con más claridad. Con gran asombro de Auka, se levantó y voló pesadamente por encima del banco. Mas su pareja no la siguió. El ave, entonces, volvió a descender y se posó junto a la otra. Allí se quedaron, muy juntas, completamente solas en medio del mar infinito, que se revolvía plomizo e incansable.

Auka se acercó a la abertura de la torre que se abría al lado del pueblo. Por encima de los tejados, miró a la escuela. Nada se movía en ella. Y, sin embargo, era necesario darse prisa. ¡Oh! Allí estaba Janus. Venía por la calle desierta, en su silla de ruedas. Al respaldo de la silla iba sujeto un rollo de cuerda. Cuando llegó al pie del dique, se detuvo impotente.

Janus se puso a mirar al cielo. Luego sus ojos se volvieron al reloj de la torre. Auka adivinó que estaba haciendo un cálculo del tiempo que faltaba para que llegara la marea. No podía ser mucho, porque Janus hizo girar la rueda con visible impaciencia y dirigió sus miradas a la calle. ¡Al fin! Allá venían los chicos y Lina, corriendo a rienda suelta, muy por delante del maestro.

Janus no esperó siquiera a que llegara éste, sino que mandó a los chicos que le subieran, con silla y todo, por las escaleras del dique. Lina ayudaba empujando con todas sus fuerzas por detrás. ¡Arriba con Janus! Una vez sobre el dique, él mismo se dejó deslizar por la rampa hasta el nivel del agua. Janus no era de los que pierden el tiempo.

—¡Viva el viejo Janus! —dijo Auka, tranquilizado.

Se habían olvidado de él. Auka empezó a dar gritos para llamar la atención del grupo que se movía al pie del dique. Luego lo pensó mejor. El asunto de la barca era más importante.

Janus mandó a Jella que fuera vadeando para traer el bote. Quedaba todavía mucha agua junto al dique, a pesar de la marea baja. Jella había acercado la barca de remos a la orilla. ¡Arrea! ¡Estaban embarcando a Janus! Por eso éste había traído la cuerda! El maestro le ató con ella a un banco de la barca. Janus pensaba en todo. A nadie más se le hubiera ocurrido. Janus, que no tenía piernas, había de ir bien atado o, sin el apoyo de los pies, perdería el equilibrio al remar y se caería. En otro banco, delante de Janus, se colocaron Jella y el maestro.

Auka dio un pequeño grito de asombro. ¡Lina también iba! Se estaba acomodando a proa. ¡Y también Pier!, que se colocó en la popa. Sin embargo, Eelka y Dirk se quedaban en tierra. ¿Por qué iban Pier y Lina y no ellos? Auka reflexionó. Eran los más pequeños y los que menos pesaban. Eso era. Ellos iban a llevar sujetas las cigüeñas mientras los otros remaban. Las cigüeñas no dejaban de ser animales. Y recién llegadas de África...

Eelka y Dirk estaban ya remando para separarse del dique. Janus empezó a batir los remos con increíble vigor. Los que iban delante acomodaron el ritmo a los golpes de Janus. El bote avanzaba regularmente, alejándose del dique.

Iba a ser un trayecto largo y duro. Auka se trasladó al otro lado de la torre que miraba al mar. Cuando el vaivén de las olas le permitió divisar las cigüeñas, vio que las aves permanecían inmóviles y fantasmales, erguidas como blancos centinelas. Ya no aleteaban ni luchaban por levantar el vuelo.

Auka se dio cuenta súbitamente de que estaba más helado que un carámbano. El frío le calaba hasta los huesos. Con un escalofrío volvió a mirar un momento hacia el pueblo para ver lo que hacían Eelka y Dirk. Corrían por el dique hacia la torre. Dirk agitaba algo que llevaba en la mano. Era la llave del cementerio. El maestro no le había olvidado. Auka bajó a toda prisa por las empinadas escaleras.

A bordo de la barca nadie hablaba. Los dos hombres y Jella tenían bastante con darle a los remos. Para el joven maestro era imposible hundir el remo y levantarlo en los momentos precisos, a compás de sus compañeros; pues, además del esfuerzo desacostumbrado que ello suponía, se lo impedían el chapoteo y la incesante subida y bajada de las inquietas olas. Sin embargo, hacía lo que podía, y no sería justo exigirle más. Janus apretaba cada vez con más ímpetu. Lina, a intervalos, veía la cabeza de Pier que tan pronto desaparecía en el seno de las olas como se levantaba sobre las crestas. Pier no separaba los ojos de la torre. Siempre que veía el rostro de Pier, estaba mirando a la torre, nunca al mar, y menos aún a las olas que los rodeaban. Y su cara estaba verde, desencajada, con los labios pálidos. ¡Pier luchaba a brazo partido con el mareo!

Ni aun cuando estaban en lo más alto de una ola, podía ver Lina a las cigüeñas. El mar era una ilimitada masa de agua en continuo movimiento; el cielo estaba encapotado y plomizo. La punta del faro se destacaba de pronto, blanca y precisa, sobre el cielo, para hundirse en seguida en el agua. Sólo Janus sería capaz de decir a qué distancia y en qué lugar exacto se hallaba el banco de arena. Pero Janus guardaba un sombrío silencio.

De pronto, apartó los ojos de los remos que tenía delante y, volviendo la cabeza, lanzó una ojeada fugaz al reloj de la torre. Luego siguió remando en silencio durante algunos minutos.

—Maestro —dijo de pronto con cierta impaciencia—, pase atrás, al lado de Lina, y descanse un rato.

Sin decir una palabra, Jella se colocó en el centro del

banco, y cogió el remo de manos del maestro. Janus, gruñendo para sí, imprimió un nuevo ritmo a las remadas. Jella lo captó en seguida. Sus brazos, jóvenes y vigorosos, se movían fácilmente, a compás con las anchas espaldas de Janus. Los cuatro remos subían y bajaban a un tiempo. Janus sabía que era necesario navegar más deprisa.

—Se nota que es hijo de pescador —dijo el maestro a Lina.

La niña asintió con el gesto. Sus ojos no cesaban de registrar el mar, esperando descubrir algo blanco entre las olas grises.

De nuevo miró Janus hacia la torre.

—Veinte minutos —murmuró—. Dentro de otros veinte, empezará a entrar la marea, y ya no podremos ir a ningún sitio, sino volver al dique. Y las cigüeñas quedarán sumergidas. ¡Muchacho, si eres capaz de remar, rema ahora!

—Con este mar, ¿podremos hacerlo en veinte minutos? —preguntó el maestro.

—El rumbo que he tomado nos llevará al pie del banco, de este lado de la corriente. Cuando lo tengamos delante, el mismo banco amenguará el embate de las olas. La mar no estará tan movida y avanzaremos más.

Cuando Lina miró de nuevo hacia atrás —se había impuesto la obligación de esperar hasta que la cabeza de Pier hubiera aparecido y desaparecido veinte veces— la esfera del reloj se veía borrosa. ¡Ahora sí que corrían! Fijándose en la torre, se podía ver el avance. El bote ya no se limitaba a bailar, siempre subiendo y bajando. Janus y Jella lo hacían avanzar a toda marcha siempre hacia delante. ¡Qué fuertes eran! Pier seguía sin mirar a otro lado que no fuera la torre; evitando fijarse en el agua con sus olas verdosas. El sudor le caía por el rostro descompuesto, pero no flaqueaba. No iba a dejar que un simple mareo pudiera con él.

—¡Ya estamos! —exclamó Janus, aunque ninguno de los otros advertía nada—. Jella, unos cuantos golpes de remo y estaremos al socaire de las arenas. ¡Ánimo, muchacho!

Efectivamente, pasados unos momentos, todos percibieron la diferencia, aunque ninguno acertara a ver nada. La fuerza brutal de las olas parecía haber perdido gran parte de su empuje. Se veía fácilmente que el bote volaba, siempre avanzando.

Sin decir una palabra, el maestro volvió a ocupar su puesto en el banco, junto a Jella. Pero, en el momento en que empezó a remar, se produjo en el agua un súbito remolino y una nueva fuerza se dejó sentir. El mar entero pareció hincharse. Se sintieron levantados. Todo el mar se levantó. Había llegado el grueso de la marea. Era el principio de la subida.

—¡La marea! —gritó Pier. Eran las primeras palabras que pronunciaba.

—¡Remad, remad! —rugió Janus—. ¡Remad como fieras! ¡Hacia adelante!

En cosa de segundos, se alzó frente a ellos el alto talud del banco de arena. Pier se puso en pie. Sujeto con una mano a la borda, se empinó tanto como pudo y se atrevió, buscando a las cigüeñas.

Lina esperaba que Janus le ordenara sentarse; pero, en lugar de ello, se limitó a decirle:

—Prepárate. En cuanto te parezca posible, salta y sube por ahí con el ancla. Y vete inmediatamente a traer las cigüeñas.

Pier se volvió a mirar a Janus con la boca abierta de incredulidad.

—Haz lo que te digo. La arena está firme. Yo mismo he estado ahí mil veces. Lo más fuerte de la marea está pasando ahora al nivel del faro. Te dará tiempo.

La popa del bote chocó con el talud y encalló en la arena. Pier saltó y cayó de golpe con el ancla, que llevaba apoyada contra el pecho. Subió por el talud un corto espacio y la dejó caer. Miró a Janus pidiendo instrucciones y, también, algo de seguridad.

—Según mis cálculos, tienes tres minutos. Dentro de tres minutos, la marea pasará por encima del banco. Corre.

Pier tenía aspecto de estar asustado, pero no vaciló. Se volvió y trepó a lo alto del banco. Se detuvo un momento en lo alto.

—¡Ahí están! ¡Ahí están! —gritó exaltado—. Están vivas, pero el agua les llega hasta el cuello.

—¡Atrápalas! —gritó Janus—. Cógelas por el cuello y arrástralas hasta aquí. No se resistirán. Estarán agotadas. Rápido, muchacho, no os vayáis a ahogar los tres.

Dirigiendo al bote una última mirada de susto, Pier desapareció. Fue una espera tensa y terrible. Ante ellos se levantaban las arenas vacías. Pier se había desvanecido como tragado por el mar. Oculta a su vista por el banco, pero atronando sus oídos, la marea venía despegándose hacia ellos con un bramido sordo.

—¡Ya viene! —exclamó Janus. Clavó el remo en la

arena; hizo girar al bote para que su costado descansara junto al banco cuando Pier llegara—. ¡Tira del ancla y arrástrala hasta aquí! —ordenó a Jella—. Pero no hagas sino retirar el ancla, no te caigas por la borda. Ese chico tendrá mucha suerte si tiene el tiempo justo para saltar al bote. ¿Qué es lo que le entretiene?

En esto un grito salió del otro lado de las arenas.

—¡Janus, Janus, la marea! ¡Janus!

Janus, olvidándose de su condición, se apoyó contra las cuerdas como si quisiera levantarse para ayudar a Pier.

En el mismo momento, la cabeza de éste apareció sobre la cresta del banco. Corría frenéticamente delante de la marea, que parecía rugir a sus talones. Bajó casi rodando por el talud, con los ojos dilatados de horror, arrastrando por el cuello a las dos cigüeñas, cuyas alas se movían débilmente.

—¡Salta! ¡Deprisa! ¡Salta!

Pier saltó. Arrojó a Lina una de las cigüeñas. La niña la cogió en sus brazos. A sus pies, con la otra todavía sujeta por el cuello, cayó Pier hecho un guiñapo.

—¡Se resistían! Peleaban. ¡No querían venir! ¡Y pesaban tanto! ¡Y estaban tan hundidas en la arena! —repetía una y otra vez, medio sollozando. De pronto pareció enfurecerse—. ¡No estaba firme! Me hundí en la arena yo también; y, entonces, llegó el agua.

Janus estaba demasiado atareado entonces para contestar. Arrancó el remo que había clavado en la arena, y dejó libre el bote. La marea se deslizaba silbando sobre el banco como una hirviente cascada. Pero la barca navegaba ya a su favor. La corriente se apoderó de él y lo empujó hacia delante como una flecha. A toda velocidad, llevado por la misma fuerza del agua, se dirigía hacia tierra.

—No conté con la borrasca —explicó Janus—. El temporal habrá depositado sobre el banco una capa de légamo pegajoso. Pero tú has salido del paso. ¡Chico valiente! ¿Eh? Y nos has traído las cigüeñas...

Lina continuaba inmóvil con la cigüeña en el regazo. Pier seguía acurrucado a sus pies, exhalando un último sollozo. Al cabo respiró profundamente. Se levantó y se sentó junto a Lina, abrazado a la otra cigüeña. Los dos se mantenían muy quietos y callados, sin dejar de mirar a las grandes aves medio muertas, casi ahogadas. Tan sólo algún ligero movimiento de sus párpados indicaba que aún tenían vida. Pier se puso a acariciar dulcemente el cuello largo y suave. Lina apretó al animal contra su pecho para darle calor.

Parecía increíble. ¡Cigüeñas en sus brazos! Enormes aves, animales extraños que volaban por encima de los mares y de los océanos y de los grandes continentes, estaban ahora aquí, apretados en sus regazos. Pier y Lina se miraron una a otro, con ojos llenos a la vez de asombro y de dicha, y volvieron de nuevo la vista a las cigüeñas para convencerse de la maravillosa verdad. Ni siquiera se habían enterado de que el bote, bogando como una exhalación a favor de la marea, estaba ya acercándose al dique.

—¡Cogedlas fuerte por el cuello! —aconsejó Janus—. No olvidéis que son salvajes, aunque ahora parezcan completamente mansas. Con esos picos que tienen podrían llenaros de agujeros.

Lina le miró un tanto alarmada. Pier no le escuchaba; seguía acariciando con sus dedos el cuello del ave que casi le había costado la vida. Todavía no podía creerlo.

De súbito, los gritos de Dirk, de Auka y Eelka llegaron hasta ellos desde el dique. Pier y Lina levantaron la vista sobresaltados. ¡Estaban ya de vuelta! ¡Junto al dique! Y en el dique los esperaban no sólo Auka, Dirk y Eelka, sino todas las mujeres con todos los chiquillos, y Douwa, y hasta la abuela Sibble. Todo el pueblo estaba reunido en el dique.

Cuando volvía Douwa de su largo paseo acostumbrado hasta Ternaad, los chicos, a gritos, le habían comunicado las buenas noticias. Todos chillaban a la vez.

Cuando, al cabo, consiguió enterarse de lo que le decían, se animó:

—Mirad; hemos de creer que volverán, de seguro, con las cigüeñas, sobre todo habiendo ido con Janus. Traerán una pareja de cigüeñas medio muertas, pero no por eso menos ariscas y salvajes. No les va a gustar nada que las manoseen. Es preciso que preparemos las escaleras y todo lo que sea necesario para depositar a esos bichos en el nido lo antes posible. Lo demás ya no es cosa nuestra, es cosa de las cigüeñas. Pero creo que, después de todo lo que las pobrecillas habrán pasado, estarán tan molidas y apabulladas que cualquier cosa les parecerá un paraíso. Cuanto antes las pongamos en la rueda, más fácil es que se acomoden en ella y se queden en Shora.

Todos sabían que Janus era el único que tenía escaleras. Pero Janus estaba en el bote y el cobertizo donde las guardaba se hallaría, con toda seguridad, cerrado con llave. De cualquier modo, los chicos se dirigieron, sin perder tiempo, a casa de Janus a todo correr, mientras Douwa los seguía, no tan de prisa, pero con firmes y rápidos pasos al compás del grueso bastón con que golpeaba el suelo. En efecto, el cobertizo estaba cerrado.

—¡Echad la puerta abajo! —ordenó Douwa.

Los chicos se le quedaron mirando. ¡Entrar por fuerza en un cobertizo propiedad de Janus!

El viejo Douwa se rió con sorna.

—¡Ea! Yo cargo con la responsabilidad. No creo que Janus me atraviese sobre sus rodillas y me dé una azotaina...

Como los muchachos todavía dudaban, el propio Douwa se acercó a la puerta. Usando el recio bastón como palanqueta, introdujo la contera bajo la aldabilla del cerrojo, hizo fuerza y la cerradura saltó. Seguido por los chicos, entró en el cobertizo. Allí estaban las escaleras. El ruido que hicieron al llevárselas atrajo a la abuela Sibble a la puerta trasera.

—A eso lo llamo yo asalto y allanamiento de morada —dijo desde allí—. Douwa, a tus años, podías tener más formalidad.

—Es por una buena causa, Sibble. Estamos esperando unas cigüeñas que, de un momento a otro, llegarán a Shora. Las primeras desde que los dos éramos chicos. Sólo que éstas vienen en barco. —Y Douwa relató los últimos acontecimientos a la anciana señora, cuyos ojos relucían de placer.

—Eso tengo que verlo yo. Por nada del mundo me lo pierdo. Subiré al dique aunque el viento me lleve. ¿Me prestarás tu bastón, Douwa?

Douwa se lo entregó por encima de la cerca.

—¡Te estás haciendo vieja, Sibble!

Los chicos iban ya por la punta de la calle, cargados con las escaleras.

—Bueno, tengo que hacer —dijo el viejo.

Volvió a entrar en el cobertizo y salió con un rollo de cuerda. Con él en la mano, siguió a los muchachos. Dirk y Auka tenían ya colocada una de las escaleras contra la pared de la escuela. Bajo la dirección de Douwa, levantaron la otra y la pusieron sobre la pendiente del tejado. Ataron ésta a la primera por medio de la cuerda, y luego a la rueda que estaba fija al caballete.

Los chicos trabajaban con increíble ardor. Estaban impacientes por volver al dique. Eelka, de pronto, desapareció misteriosamente. La chimenea de la escuela empezó a echar humo. Trocitos de papel medio chamuscado salían volando y llovían sobre Dirk y Auka, que estaban aún en el tejado.

—¿Para qué hace eso? —preguntó Dirk a Douwa.

Eelka salía ya de la escuela, restregándose las manos ennegrecidas y sacudiéndose de los pantalones el polvillo de la turba. Estaba muy orgulloso de que se le hubiera ocurrido a él la idea de encender la estufa.

—Las cigüeñas han estado metidas en el agua fría horas y horas, después de batallar con la borrasca. Necesitarán un poco de calor para revivir —dijo.

—¡Caramba, caramba! —exclamó Douwa—. ¡Lo que a estos chicos no se les ocurra!

Por último, entre los tres muchachos, pronto estuvieron abajo las escaleras y los tres salieron disparados hacia el dique, dejando atrás al viejo Douwa sin con-

283

templación alguna. El anciano los seguía, a su paso. Las cigüeñas muertas, abandonadas en el porche de su propia casa, le llamaron la atención. Con voz de mando, llamó en seguida a los chicos para que retrocedieran. Dirk se vio obligado a entrar una vez más en el cobertizo de Janus para coger una azada y una pala, mientras Auka y Eelka transportaban las cigüeñas hasta el cementerio, al pie de la torre. Cuando llegaron las herramientas, Douwa forzó a los chicos a cavar una pequeña fosa.

—No deberíamos hacer esto aquí. Es propiedad del gobierno, ¿no? —objetó Auka lleno de dudas.

—Hemos hecho tantas cosas ilegales en estas últimas horas, que una más o menos no tiene importancia —respondió Douwa despreocupadamente—. Y, además, ¿quién va a saberlo?

Volvió la cabeza hacia el dique. Todas las mujeres de Shora estaban allí reunidas, mirando al mar. Junto a ellas se hallaban los niños pequeños. Y hasta la abuela Sibble, abrigándose contra el viento en medio de las mujeres.

—¿Cómo volverán? —se preguntó Eelka.

—Ya lo verás en cuanto hayas enterrado a estas pobres cigüeñas. No podemos dejarlas a la vista. Si las que van a traer vivas se echan a volar por ahí, para hacer el reconocimiento de Shora, y ven los cadáveres de sus primas, podría no gustarles el pueblo. Y acaso se marcharan sin pensarlo dos veces.

No hizo falta más. Auka y Dirk se pusieron a cavar con todo entusiasmo; pero estaban demasiado impacientes para cavar muy hondo. En cuanto las cigüeñas descansaron en su tumba, la cubrieron de tierra y volvieron a colocar encima los trozos de césped que habían levantado. Hecho esto, ya no les fue posible esperar un minuto más. Tiraron las herramientas y salieron de estampía. Cuando Douwa se inclinaba para recogerlas, un grito clamoroso se levantó del dique. Douwa, a su vez, abandonó las azadas y, tan deprisa como pudo, se dirigió hacia allí. Toda la gente que había estado sobre el dique había bajado a la orilla del agua. Douwa llegó a la cresta en el preciso momento en que los tres muchachos se agarraban al costado del bote y lo arrastraban hacia la rampa.

Lina saltó la primera, con la cigüeña en los brazos. Tras ella vino Pier, sosteniendo la otra. Echaron hacia arriba por la rampa, con los demás chicos brincando a su alrededor como perrillos impacientes. Jella y el maestro habían desembarcado también y salieron andando tras el primer grupo. Las mujeres y los críos los siguieron.

Solo en el bote, Janus lanzó un terrible alarido de rabia. Todo el mundo se había olvidado de él; nadie había pensado que estaba atado al banco del bote.

—¡Sujetad el ancla al dique, bajad la silla de ruedas y sacadme de aquí! —gritó imperioso—. ¿Es que ya no soy nadie? ¿No cuento ya para nada?

Douwa y el maestro acudieron a rescatar a Janus. Los otros iban ya por el dique sin molestarse en mirar atrás. También la abuela Sibble se quedó rezagada, sin que nadie se preocupara de ella en medio del general entusiasmo.

Nadie se fijaba en nada que no fueran las cigüeñas. En el grupo de los chicos, Dirk, Auka y Eelka trataban de explicar a Pier y Lina todo lo que habían hecho y preparado en su beneficio. Pero nunca terminaban, porque se interrumpían ellos mismos con incesantes preguntas acerca de la caza. También las mujeres se habían quedado atrás. ¡Tanto corrían los chicos! Todavía más lejos, Douwa y el maestro venían empujando la silla de Janus, que echaba chispas y dicterios, tan impaciente como cualquiera de los jóvenes.

—¡Podría haberme ahogado o me hubiera muerto de hambre en el bote con tal que a las cigüeñas no les pasara nada!

—Tranquilícese, amigo Janus. Usted ha hecho ya su parte —le decía la abuela Sibble, que, a su vez, no dejaba de correr todo lo que podía con ayuda del bastón que Douwa le había cedido.

Ya en la escuela, Janus volvió a ser el que era. Todos le estaban esperando porque no sabían si poner ya sobre la rueda a las congeladas y semiahogadas cigüeñas o calentarlas primero al amor de la estufa. A gritos se lo preguntaron a Janus cuando éste estuvo lo bastante cerca.

Janus los dejó esperando hasta que la silla quedó precisamente en medio de la reunión. Luego, reflexionó durante un rato exasperantemente largo.

—Bien. Me parece que si yo fuera una cigüeña acabadita de salir de los calores de África, y hubiera tenido que sufrir una tormenta que me dejara sin pellejo durante días y noches, y hubiera permanecido luego en un banco de arena más frío que el granizo con el agua escupiéndome en los ojos... Si yo fuera esa cigüeña... ¡creo que me gustaría sentarme sobre la estufa!

Inmediatamente, Lina y Pier llevaron a las cigüeñas

al interior de la escuela. La palabra de Janus era ley. Pronto se colocaron sillas enfrente de la estufa y Pier y Lina se sentaron en ellas con las cigüeñas en su regazo.

—¿Qué os tengo dicho? —gritó Janus enfadado—. Ponedles una mano alrededor del cuello. Cuando esos pajarracos se reanimen, os van a sacar los ojos.

—Vosotros las habéis traído todo el camino —decían Dirk y Eelka, suplicantes, dirigiéndose a Pier y a Lina—. Dejadnos que las tengamos un momento.

Lina apretaba los labios con aire tan tozudo que se cebaron en Pier.

—¡Anda, Pier! —decía Dirk—. ¿Ni siquiera a tu hermano vas a dejarle?

—¡Dejadle en paz todos vosotros! —intervino Janus autoritariamente—. Él fue el que arriesgó el cuello para sacarlas del banco de arena.

Lina estaba silenciosa, sin quitar ojo a la cigüeña. Tenía que permanecer muy quieta, absolutamente inmóvil, porque si no acabaría por salir gritando, riendo, llorando, o todo a la vez. Era tan increíble, tan maravilloso estar así, sentada en la escuela, con una cigüeña viva y verdadera abrigada en su regazo. ¡Cigüeñas en la escuela! ¡Cigüeñas en Shora! Se inclinó más sobre su cigüeña y lloró un poquito mientras le acariciaba el cuello largo y blanco.

Detrás de Lina, el viejo Douwa estaba explicando a Janus lo que habían hecho para que las cigüeñas lo tuvieran todo preparado; cómo se habían metido por las bravas en el cobertizo y habían utilizado sus escaleras, su cuerda y sus azadas. Pero Janus no parecía estar muy atento. El maestro, en cambio, cuando oyó lo del entierro en el cementerio de las cigüeñas ahogadas, pareció consternado.

—¡Pero, Douwa, ese terreno es del gobierno! Lo que habéis hecho va contra la ley. Es un delito. Esa tierra pertenece al Estado, a la reina —estaba de veras escandalizado—. No habrá más remedio que sacarlas de allí.

Janus hizo girar la rueda para enfrentarse con él.

—¿De modo que aquello es propiedad de la reina, y si ellos han ido y han abierto un pequeño agujero, a la reina no va a gustarle nada? ¡Pues que venga la reina y las desentierre y se las lleve a Amsterdam y las entierre detrás de su palacio!

El propio Janus, dándose cuenta de lo que estaba diciendo, no pudo menos de soltar el trapo. La escena de la reina en persona desenterrando las cigüeñas, paseándolas por los caminos hasta llegar a Amsterdam, y cavando para ellas un pequeño agujero detrás del palacio, le colmaba de regocijo. Se moría de risa.

Todo el mundo intentó contenerle.

—¡Janus, las cigüeñas! ¡Vas a espantar a las cigüeñas!

—¡Bah! Si están acostumbradas a los rugidos de los leones que viven junto a ellas, como quien dice a la vuelta de la esquina, no se van a espantar de Janus. —Y echando la cabeza hacia atrás, volvió a soltar la carcajada.

Al pie de la estufa, la cigüeña de Lina comenzó a agitarse entre sus brazos, y a luchar furiosamente por desprenderse de ellos cuando la niña pretendía sujetarla. Su largo cuello y sus coléricos ojos se levantaron por encima de la cabeza de Lina. Janus dejó de reír.

—¡Cógela, Jella! ¡Agárrala del cuello! —gritó—. Y vamos a colocarla sobre la rueda. ¡Deprisa! Ahora que la sangre les corre ya por las venas, hay que apresurarse. Y tú, Pier, ven también.

Pier y Jella le obedecieron al momento. Acordándose del consejo de Janus, no dejaban de apretar con una mano los ondulantes cuellos. La que llevaba Jella no cesaba de luchar frenéticamente, retorciéndose y pateando, para librarse de sus garras.

—¡A ver si la estrangulas, idiota! —le dijo Janus.

Mientras subía la escalera, no tuvo Jella más remedio que soltar la presa, pues necesitaba ambas manos para trepar. Con el ave sujeta debajo del brazo, emprendió la subida. Pier le seguía inmediatamente. De pronto la cigüeña de Jella empezó a picarle en la cabeza. Jella cerró los ojos y aguantó estoicamente. Hasta que los furiosos picotazos le arrancaron la gorra y el afilado pico empezó a martillearle en la cabeza desnuda, arrancándole un mechón de cabello. Jella, a pesar suyo, exhaló un gemido. No estaba dispuesto a aguantar más. Se afirmó bien sobre la escalera, cogió a la cigüeña con las dos manos, y la lanzó con todas sus fuerzas, y con cierta rabia, hacia la rueda.

Dos alas se abrieron inmediatamente, grandes y blancas, y la cigüeña aterrizó en la llanta. Pier, entonces, pasó la suya, que seguía medio atontada, al propio Jella, y éste se encaramó para colocarla directamente en el centro del futuro nido. Inclinando rápidamente la cabeza, el macho, esforzándose sin duda en demostrar que lo era, volvió a freír a Jella a picotazos. El chico, sin pensarlo más, soltó a la hembra a toda prisa. El macho se

acercó y se irguió junto a ella en actitud defensiva. Muy despacio, la cabeza de la hembra se levantó, y, estirando el cuello, dirigió la mirada a su salvador.

—¡Suelta la cuerda y quitad en seguida las escaleras! —dijo Janus desde abajo—. Antes de que puedan espantarse con vuestros movimientos.

Jella soltó los nudos, aplastado sobre la escalera del tejado y, con la ayuda de todos, pronto estuvieron las dos escaleras en tierra. Se retiraron entonces, quedándose agrupados en el camino, algo alejados, sin moverse y sin hablar, con los ojos fijos en la rueda. El macho estaba allí, erguido y blanco, sobre sus altas patas, contemplándolos. Su pareja, con las patas encogidas bajo el vientre, descansaba sobre el cubo.

El macho se movió. Con paso seguro y lento fue dando la vuelta a la llanta, examinándola atentamente, dándole de cuando en cuando unos golpecitos con el pico. Una vez terminada su inspección, quedó de nuevo en pie, grande y solemne, mirando al cielo. Su pico se abrió y empezó a lanzar hacia lo alto un sonoro y alegre castañeteo. La hembra ladeó la cabeza y se puso a escuchar, intentando incorporarse.

El macho le pasó cariñosamente el pico a lo largo del blanco cuello. Luego, cuando menos se pensaba, tendió las alas y bajó volando hasta el patio, precisamente enfrente del grupo reunido en la carretera. Sus agudos ojos habían visto una larga ramita. La cogió con el pico y, aleteando torpemente a causa de su debilidad, se elevó hasta el tejado y dejó caer su tesoro dentro de la rueda, delante de su pareja. Se inclinó graciosamente ante ella y con el pico le acercó aún más el palito. Todavía acurrucada y aturdida por el tremendo cansancio, la hembra tocó la rama con su propio pico y se la metió bajo el pecho. Parecía como si la aceptara en señal de esperanza; como una promesa del nido que pronto habían de construir. Entonces el macho se acurrucó también sobre la rueda y, pegados uno a otro, cerraron los ojos.

Abajo, en el camino, nadie decía una palabra. Todos estaban silenciosos, mirando fijamente al tejado. Al fin, Janus susurró:

—Quieren mostrarnos que están agradecidas. Nos dicen que se quedan y que van a construir ahí su nido. Vámonos sin hacer ruido y dejémoslas en paz.

Se fueron de puntillas, mirando para atrás de cuando en cuando, con Janus en medio.

—Parece mentira; casi no puedo creerlo; ¡cigüeñas en Shora! —murmuraba Janus repetidamente.

—No las ha habido desde que yo era una niña —decía para sí la abuela Sibble.

—¡Cigüeñas en Shora! —repitió Lina a su vez—. Pero yo sí que puedo creerlo, Janus. Precisamente porque es tan imposiblemente imposible, hay que creerlo.

—Sí, pequeña —confirmó el maestro—. Tan imposiblemente imposible, que tenía que ser. Nuestro precioso sueño (cigüeñas en todos los tejados de Shora) ya ha empezado a convertirse en realidad.

ÍNDICE

I. ¿Qué sabéis de las cigüeñas?. 9
II. Preguntarse por qué. 15
III. La rueda. 32
IV. Jella y el granjero. 43
V. Pier, Dirk y el cerezo. 62
VI. Eelka y la rueda vieja 82
VII. Auka y el hombre de la hojalata 105
VIII. Lina y la barca volcada. 126
IX. La llanta. 156
X. El carro en el mar 171
XI. La tempestad y las cigüeñas 187
XII. La rueda sobre la escuela. 204
XIII. Sociedad «Ruedas y cigüeñas», de Shora . . 230
XIV. Linda y Jan en la torre 244
XV. Cigüeñas en el mar. 268

noguer ✦ INFANTIL

Títulos de la colección:

Jim Botón y Lucas el maquinista
Michael Ende

El último vampiro
Willis Hall

El pequeño capitán
Paul Biegel

Abecedario fantástico
Ursula Wölfel

Zapatos de fuego y sandalias de viento
Ursula Wölfel

Tía Yeska
Boy Lornsen

La pequeña bruja
Otfried Preussler

El dragón perezoso
Kenneth Grahame

Muggie Maggie
Beverly Cleary

Una rueda en el tejado
Meindert DeJong

noguer